執拗迷愛

Try Me 3

MAME／著　胡矇／譯　HT／繪

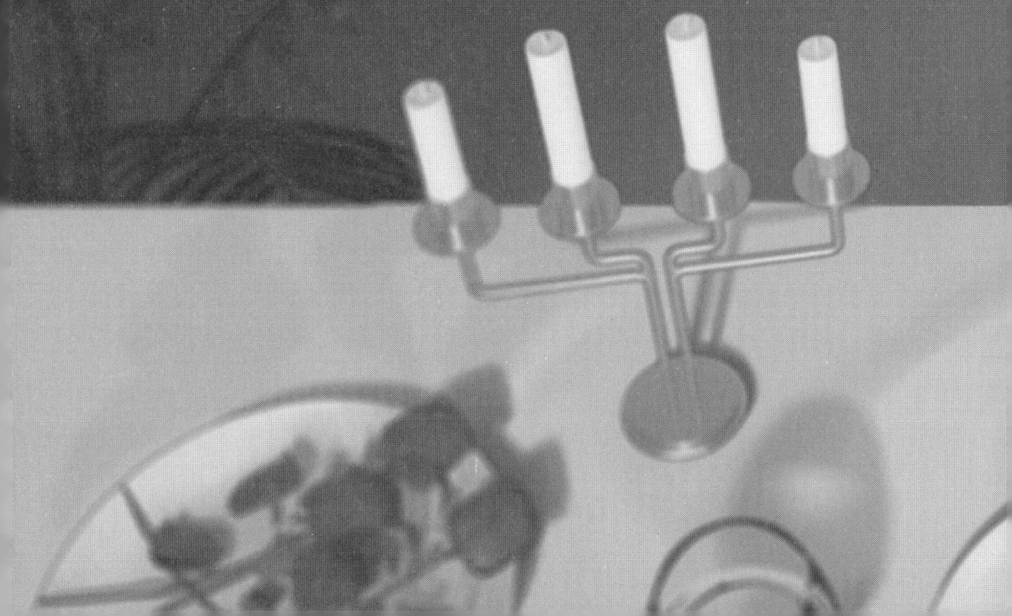

目錄

第三十二章

給好孩子的獎勵

Graph也知道自己只是個沒用的小鬼，因為等怒氣一消，原本躲回自己房間的他就試圖厚著臉皮跑回那個已經霸占了一個星期的房間，甚至還深深地暗自擔憂……自己會不會被趕出去呢？

吱呀——

房間門被打開了一道小縫，不良少年隨後僅露出了一對眼眸，掃視一下周遭，確認方便通行，接著發現浴室內的燈光明亮，說明了房間的主人還在裡面，他躡手躡腳的盡可能地安靜潛入，有意直奔那張大床，然後勉強閉上眼睛先讓自己睡著。

不管是Janjao或者是Win哥都說了不用搬走……既然如此就賴著吧。

「呼～」等一溜進房，少年這才鬆了口氣，他正小心翼翼地要把門闔上，可是……。

「進來之後就把門鎖上吧。」

砰！！！

「嚇！」可房門都還沒來得及完全闔上，一道低沉的嗓音便忽地從身後傳來，嚇了少年一大跳，正在推動門把的手不由得一頓，門板因而被猛力一推，砰的一聲用力關上，同時少年也迅速回頭望向了聲音的主人。

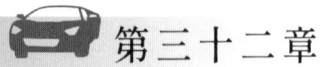

「啊！」

只見Pakin僅在腰部圍了一條浴巾、脖子上掛了一條小毛巾，寬厚的胸膛與殘留著水滴的壯實肌肉則統統一覽無遺，

Graph忍不住別開了視線，轉頭看向其他地方，因為心臟正在胸腔裡劇烈跳動。

Pakin哥好看成這樣，有時候也挺令人討厭的。

「我還以為你不打算來了呢。」說這話的人雙手環抱胸前，身體倚靠在門邊。

「哥知道我會過來？」

大個子僅勾起了唇角，轉身走進了更衣室，然後從容地說道——

「不然我早就鎖門了。」

！

Graph猛地一頓，立即回過身去注視著房門，這才意識到真如對方所言，因為Pakin哥如果待在房間內，通常會鎖上門。上次能成功潛入，是由於Win哥使用了備用鑰匙先一步進入房內，因此Pakin哥肯定已經猜到他會過來，而這令他莫名地感到不爽。

可惡，這分明就是自投羅網！

「自己在那邊生氣，等氣一消又自己跑回來了，也太可悲了吧。」Graph喃喃自語，覺得和以前沒什麼不同，自己還是追著對方跑。明明一切都在逐漸改變，現在不只是他厚著臉皮一廂情願地倒追，Pakin哥也承認自己是在哄人，可他感覺卻……和以前沒什麼不同。

依舊覺得對方在自己之上。

「唉，這個男人讓人迷戀到無法自拔以致於抬不起頭，這種情況妳朋友是能怎麼辦啊？ Janjao。」少年嘟噥道，相當失望地對自己搖了搖頭。愈是看向更衣室的門，他就愈想要返回自己的房間，想要賭看看Pakin哥會不會跟上來，可是那……也僅止於想像。

然而實際上，已經穿上睡衣的Graph就這麼走到床邊坐了下來，沉重地嘆了口氣，隨後拿起手機查看訊息。

留在手機裡的幾則訊息，有些是一起喝酒的朋友所發來為下午的事件致謝，有些是好友發來的一大堆貼圖與短短的訊息。

「……Graph近況如何？晚餐的情況怎麼樣？」

少年僅猶豫了一下，接著就撥打電話給Janjao。

「Graph，情況如何！！！」

電話另一頭傳來了尖銳的聲音，令Graph臉部稍稍一熱，想起了從湯品做為開端的晚餐，接著又吃了主餐，最後以甜點收尾，為此不禁感到有些難為情。

全都是Pakin哥自己做的。

「就……沒怎麼樣。」

「跟Pakin哥和好了對吧？」

「我才沒在生氣咧。」

少年和好友聊天減輕了緊張感，可是輕輕的交談聲卻使得正從更衣室裡走出來的人愣了一下。Pakin銳利的眼神隨即掃向盤腿而坐的少年，見他低著頭，目光僅注視著床單，可是臉頰與耳朵卻明顯發紅。

「那Janjao晚餐吃了什麼？」

害羞的人試圖轉移話題，可一提到名字，房間的主人立刻知道了少年在和誰說話。

又是那個丫頭。

Pakin當然相當不高興。

「也沒吃什麼大餐，Graph離開後，我們就讓San哥飆摩托車去市場，買了半隻炸雞、蠔油炒蔬菜，還有涼拌酥炸鯰魚，就這樣而已。」

「講完了沒？我要睡了。」

在Graph回答好友之前，確認過手機訊息沒什麼急事的Pakin這時出聲打岔，讓Graph不由得回頭望去，看到某人走去關上了燈。

「哥想睡就睡啊，我要講電話。」

反駁的話一出，Graph就很想掌自己的嘴，原以為對方會目光炯炯地以冰冷的嗓音把他趕回自己的房間講電話，結果他只是聳了聳肩，然後⋯⋯。

咻。

「啊，哥為什麼要脫掉！」

身上只穿了件浴袍的房間主人這時解開了綁在腰上的帶子，隨意地把浴袍搭在床尾，這回Graph不僅看到了胸肌，還看到了男人那稱得上是完美無瑕的漂亮身軀。然而那副身軀的主人卻一點也不害臊。

「Win沒講過我睡覺時不穿衣服的嗎？」說完他又聳了聳肩，讓聽的人張口結舌。

「可⋯⋯可是今天哥不是一個人睡。」Graph急忙辯解道，雖然起了身雞皮疙瘩，他知道同樣都是男人的身體，可卻無法直視。

房間的主人僅僅微微揚起眉毛，然後露出了一抹笑容。

「無論是一個人睡或是好幾個人一起睡，我都是這麼睡的，再說⋯⋯。」說話的人掃視了一遍身體僵硬的少年，接著又說了這麼一句——

「又不是沒有做過。」

這句話讓Graph的臉忽地熱了起來，雖然知道他們曾經做過，可還是不自覺地往後退到了床頭那面的牆壁。

當高大的男人一靠上來，大手跟著伸出來想要碰觸少年那潔白的臉頰時，這動作驚得少年拿著手機的那隻手不停地顫抖，一時間講不出話來，和電話另一端的情況一樣。

電話另一端的人早就已經聽見了所有的對話，而且還張大了嘴巴。

「哥……哥打算做什麼？」Graph驚慌失措地問道。即便今天早上自己輕易地就答應和對方上床，不過他現在氣還未消。然而，當對方把臉一靠過來……他卻不自覺地緊閉雙眼。

是打算做嗎？現在就要嗎？

Graph能感覺到打在他臉頰上的鼻息，接著……。

啪嗒。

「呵，很期待我做些什麼嗎？」

突然間，床頭的檯燈一暗，伴隨著輕柔的聲調，讓Graph不得不睜開眼睛，與那雙閃爍著戲謔神情的銳利眼睛對視，並聽見那道低沉嗓音中帶著些許挖苦的意思——那句話是刻意讓電話另一端仍未結束通話卻停頓的人能聽見。

「很希望我現在欲求不滿嗎？」

啪。

「哥……哥到底在玩什麼啦？」

這一次，回過神的Graph立刻推開對方的胸膛，Pakin則只是聳了聳肩。

「我沒在玩，我只是想關燈。而且就算我再怎麼想要，但因為我還沒睡覺，所以現在完全沒心情做任何事情。不過，如果是你想要……那就把我弄醒。」

Pakin最後露出了一抹笑，然後才翻身躺下，留下Graph獨自傻坐著，身上的熱氣同時一個勁地往臉上衝。

「我才不……不想要咧！」

「Graph就試著讓Pakin哥想要啊。」

「先這樣！」一聽到Janjao悄聲這麼說，才意識到好友把每個字都聽進去了，Graph不禁對著電話大吼，接著迅速切斷通話。隨後，他翻身躺了下來，試圖讓身體稍微往床沿移動，可是男人光裸的身體卻一直浮現在眼前，他因此幾乎想抬起手甩自己巴掌了。

Pakin哥才是那個欲求不滿的人，不是我！

少年不斷地在心裡這麼告訴自己，可是他真的無法不去在意和他蓋在同一條被子底下的那個人……對方的身上甚至沒有任何遮蔽物！

那樣的想法輕易地就讓少年的內心變得混亂，兩條腿隨之緊緊地閉合，身體也蜷縮成一團，因為少年的內心深處十分嚮往……嚮往能像這樣和對方睡在同一張床上。

才第一天和Pakin哥一起睡覺心臟都能跳得這麼快了，往後還能繼續厚著臉皮賴在這個房間裡多久啊？Graph！

＊＊＊

「Graph，我們的Graph、Graph，親愛的Graph呀。」

「叫一次Graph就夠了，幹嘛叫那麼多次？」

「還不是因為你在生我的氣。」

「我沒有在生氣。」

「那你為什麼不看我的眼睛呢？」

「啊，我現在看了，滿意了嗎？」

今天Graph照常到學校上課，可奇怪的是每次都會遲到的他竟然在升旗典禮之前到校，而且還一直閃躲在別人眼中看來超可愛的女朋友，明明他們平常就表現得如膠似漆。

這時候Janjao也不停地追在少年的周遭打轉，臉上掛著甜甜的笑容，以清澈的嗓音對他說話，眼睛還閃閃發亮，越發使得閃躲的少年不想直視她。

直到女孩出聲質問，Graph這才轉過來對上Janjao的眼睛，但僅一瞬間就又別開了臉。

「喲～大帥哥臉紅了。」

「……」

其他同學揶揄的話語讓Graph像是在生氣般的沉默了下來。可對於看著好友抬起手遮住臉頰的女孩來說，少年這動作根本就是在害羞嘛。

「哎喲，Graph是在害羞什麼啦？所有事情我也都知道了吧……說到這個，昨晚你有讓那位哥哥想要吧？」

「……」好友滿是好奇的眼神讓少年很想去撞牆。

「Janjao，妳是女孩子耶。」

「哎喲？性別歧視喔？我呢，有滿腹的理論，但缺乏實際經驗嘛。」女孩輕輕笑了幾聲，這才終於肯停止戲弄好友，因為光是看到好友今天心情這麼好，與昨天的狀況相比根本是天壤之別，她也跟著鬆了一口氣。

昨天Graph的情況看起來真的很不好，Graph或許經常為了Pakin哥掉淚，可是Graph從不曾對外表現出自己的脆弱，昨天這個好友在學校抱著她哭，因此他現在看樣子是在害羞了，不過他能像這樣讓人調侃，她也就放心了。

「感覺我好像變成媽媽了呢。」

「妳說什麼？」

「沒事。」馬尾女孩迅速搖頭，接著轉移了話題，和好友相偕前往餐廳。

「對了，Graph想好要向Pakin哥要求什麼了嗎？」

「要求？什麼要求？」

俊俏的少年立刻揚起眉毛，甚至還轉過頭來不明所以地注視著好友的眼睛——這反應說明了之前發生的事件，讓他忘記了一件重要的事情。Janjao睜大了眼睛，一副不敢相信自己耳朵所聽到的話，她急著反問對方。

「Graph怎麼可以忘了？ Pakin哥答應要給你的獎勵啊！Graph不是跟我說過，如果你痊癒之後就能向Pakin哥提一個要求嗎？」

「對喔，完全忘光了！」

經好友這麼一提，Graph不由得大叫了一聲，立刻回想起自己生病的事情，嘴唇也跟著勾起一抹燦爛的笑容。這一幕使得那些剛好經過的學妹紅了臉，可不一會，他臉上的那抹笑容卻漸漸地淡去。

「可是要提什麼要求呢？」

「要求當那位哥哥的男朋友啊！」

！

Graph一頓，臉上表情看起來似乎不怎麼贊同。

「瘋了嗎？如果這麼要求，不僅白白浪費機會，而且一定會被笑的……像他那種人怎麼可能會輕易答應成為別人的男朋友？」雖然他是個執拗的孩子，但不表示他不知道那個男人不喜歡別人表現出占有欲。

少年的好友因此稍稍皺起臉來，兩人走進了餐廳。

「想吃什麼？我去買。」在繼續這個話題之前，少年直接走向一張空桌，扔下書包，接著再轉頭詢問好友。

「我自己去買也行。」女孩隨即不好意思地回覆道。

「不用，妳就坐在這邊占位子吧。」

「這樣的話，看Graph想吃什麼，我也點一樣的好了。」

一聽到答覆，Graph便離去消失在學生堆中，這時候他腦袋裡在想著好友的問題。用身體換來一項要求，真的很難決定，經過一番仔細思考，他仍然不知道該向Pakin哥提什麼要求才好。

要求對方以後和善一點……那種人也不知道能不能堅持個兩天？

要求對方購買昂貴的物品……其實他自己也有非常多錢可以花用。

如果是要求對方和自己交往……這種事情是能強求得來的嗎？

嘆了一大口氣的人這麼想著，然後就端著兩盤一模一樣的餐點回到了座位，這時他發現好友正在記事本上寫寫畫畫。

「妳在做什麼呢？ Janjao。」

「正在思考Graph提出什麼要求最划算。」

聽了這句話，Graph探頭過去查看，這才發現紙面上寫滿了一堆資訊，有些內容被刪掉了，這表示女孩從他一離開去買飯的時候就開始在思考，令他不知是該感動或是該笑好友如此這般認真。

「那有想出什麼建議了嗎？」

「不知道啊，其實Graph應該先思考自己想要什麼，我再接著幫你想。」

少年沉默了半晌，隨後才說——

「想要Pakin哥愛……。」

想要被愛。

「嗯？」

在脫口講出心中的話之前，Graph及時收了口，注視著抬起頭與自己目光相迎的好友。Janjao揚起眉毛，像是詢問Graph究竟是什麼意思。Graph才慢慢地搖了搖頭，隨即改變了答案，因為他很清楚剛才差點說出口的事情，是不可能會實現的。

他都努力了十年，若只因一個微不足道的要求就想讓對方接受他的愛意，那根本是在做白日夢。

「或許會想讓Pakin哥對我好吧……可是以他的個性大概不會輕易答應才對？」

「那如果只要求Pakin哥疼愛你一天呢？」

資優生女孩立即這麼提議，不良少年不由得眉頭一皺。

「為什麼是一天？」

「嗯……這牽涉到時間長短以及人的感受呢，Graph。」

一講到這裡，連湯匙都還沒拿起的女孩把臉靠了過來，隨即興致勃勃地開始發表自己事先擬好的理論。

「Graph你試著想想喔，如果我叫你請我吃飯吃一個禮拜，你大概只會請我吃一些簡單的飯菜對不對？若累計下來其實也是一大筆費用。可如果我叫你請我吃一頓飯，你大概就會下重本請我吃一頓大餐，因為會想說『就只請一餐』。道理是一樣的。如果Graph要求Pakin哥一個禮拜都對你好，他就會把對你的好平均分配，但如果只要求一天……轟！他那一整天就會悉心地對你好。」

Janjao用手做出了爆炸的手勢，意指要是Pakin哥答應，肯定會非常疼愛Graph，絕對令人滿意。

「……不過我認為要求Pakin哥對你好，『好』這個字的定義太過廣泛了，Graph。」

Graph聽了不禁感到震驚，因為就連這種事情，Janjao也能面面俱到地考量到利弊得失，令人忍不住肅然起敬。

「太厲害了。」

少年激賞的眼神使得滔滔不絕的女孩倏地害羞了起來。

「別誇我了啦，就算我這麼厲害也是會害羞的好嗎？」Janjao稍微皺了皺鼻子，思考著該如何讓好友得到最大的好處。

「那我該要求什麼才好？」

這一回Graph問得很認真，不過在Janjao回答之前……。

「這對小情侶又在秀恩愛了，剛剛我看見了喔，Graph這傢伙竟然跑去買幫老婆買飯欸。」正是昨天原本打算蹺課的那幫小混混，對方上前來一邊抱住Graph的脖子，一邊還扯著嗓子大聲調侃。

少年見狀回過頭去招呼對方。

「幫我買飯也好過鬧事被叫到訓導室吧？」Janjao語氣不善地說道。

Graph似乎也感受到好友的不滿，因而用力推了一下那幫損友的頭。

「你們有多遠滾多遠，沒看見我正在談話嗎？」

「哇，我朋友竟然怕老婆耶，寵成那樣真的好嗎……啊、啊，走了、走了，別用那麼凶狠的眼神瞪我們嘛！那就改天再一起喝酒吧。」

當帥氣朋友的目光一掃過來，出聲調侃的那個人便抬起手做出認輸的手勢，而且對面前這個唯一的女生也像有些不好意思，因為就算他們再笨，從表情也看得出來Janjao不喜歡他們，他們只好往另一個方向走去。不過，那句話似乎激發了女孩的靈感。

咻。

「Graph ！」

就在這時，女孩忽地抓住了好友的衣領，而後一把拉向自己，甚至還很興奮地在少年耳邊悄聲細語，聽得少年睜大了眼睛，帥臉不一會就泛起一絲紅暈。

這對少年少女的動作，其實只是兩個好朋友在講些悄悄話，可是對於其他人來說，看起來就像是Janjao把臉埋在Graph的頸項間。

那畫面使得所有人的目光都聚集在一處，而其中一道目光，就是正往這裡走來，接著又僵在原地的高三學長——Night學長。他手裡拿著一瓶冰涼的水，有意要拿它當藉口向美女學妹獻殷勤，可這下就只能愣在原地，而且如果可能的話，他也很想鬆手讓那瓶水直接掉下去。

為什麼我每次來找Janjao學妹，都會發生讓我心碎的事件啊！

可當最酷學長正受到打擊時，那名帥氣的學弟卻是心臟怦怦直跳，因為——

Graph想好了，他想好要向Pakin哥提出什麼要求了！

＊＊＊

Pakin今天和熟識的朋友有約，因此在處理完工作之後，他順道前往Phayu的修車廠確認賽車的狀況，接著駕駛一輛酷炫的超級跑車在夜裡飛速行駛在大馬路上，欲將前往市中心的一間夜店。可是路途才到一半，口袋裡的手機忽然震動了起來，Pakin

只好將手機掏出來，掃了一眼螢幕。

固執的臭小子。

「怎樣？」Pakin接起電話後語氣平淡地說道，雖然心中正感到納悶，因為那小子很少會打電話找他。

那小子通常會肆意地突然出現，打電話過來的次數少得屈指可數。

「哥今天打算幾點回來？」

「我有必要向你報告嗎？」男人習慣性地這麼回答，電話另一端因而靜默了一下。不用猜也知道，Graph那孩子此刻肯定是一副很想喝他的血、吃他的肉的表情，他於是又補了一句——

「如果沒事的話，我要掛了。」

「等一下，Pakin哥，哥打算幾點回來？」

「會很晚，先睡吧。」

「不要！我不睡，我要等哥。」

咦？

正在控制方向盤的男人揚起了眉毛，因為那些話聽起來不像是Graph會講的話……感覺異常的可愛，那小子甚至還堅持說下去——

「不管哥多晚回來，我都要等，我打來只是要告訴你這件事。」

Pakin把手機放了下來，可依舊沒鬆開深鎖的眉頭，因為一直以來，那孩子若有什麼需求，通常會更任性地講出來，會比這通電話說的還要更煩人，譬如：「哥必須馬上過來找我」、「哥幾點回來？我等很久了」。不然就是也不管時間，直接跑來找他。因此，當Graph說了不管多晚都要等，Pakin便不自覺地將正踩著油門的那隻腳朝後縮了回來。

Pakin靜默了一下子，然後決定撥通電話給朋友。

「臭Scene，今天先取消，我下禮拜再過去找你。」

男人取消了約會，接著改變了時髦跑車行駛的方向，準備直接回家。他告訴自己，這絕不是因為那小子說了幾點都要等，而是他想知道Graph為何會跟他說這些話。

＊＊＊

「我知道哥是個信守承諾的人，哥應該不會違背跟我許下過的諾言對吧……雖然我那個時候生著病，但哥講的話我可是記得一清二楚呢。如果是哥講的話，我不曾忘記，哥說過會答應我一個要求……這都什麼啊Janjao，妳的臺詞會不會太長了！」

結束了和Pakin哥的通話之後，少年便盤腿坐在床上，一邊瞪著手機螢幕，視線掃過一大堆從下午時就一直在背誦的字句，寫這些內容的人那時則站在一旁、雙手環抱胸前緊盯著，還特別交代要他完完全全照著講。

是什麼內容……就是跟Pakin哥討獎賞的內容啊。

至於寫那些內容的人是誰……就是Janjao啊！

『Graph呀，只要是Pakin哥的事情，你就會很急躁，所以要照著我說的去做喔！ Graph一定要記住——你務必要冷靜，就算那位哥哥欠Graph一個願望，可是Graph要知道，我們是請求的那一方，我們比較年幼，我們要懂得敬重，沒有哪個大人會不喜歡受到孩子的敬重呢。』

『可這不是敬重了，這根本就是在撒嬌嘛！這個……好不好嘛？ Pakin哥。這什麼鬼啊？ Janjao ？還有這該死的愛心符號又是什麼東西！』

Janjao在紙上寫了臺詞要他背下來。她跟其他女孩子一樣擁有很多顏色的筆，於是她在紙上塗上了各種顏色，甚至還在句尾以夢幻的粉紅色畫上了愛心，表示這邊要用撒嬌的、又緩又輕的語氣說話，同時還得眨眨眼睛……。

不如讓我死了吧，這誰做得到啊？

因此，Graph堅決不把那張紙帶回家，取而代之只好把內容記錄在手機的記事本中。他選了一些唸起來不會起一堆雞皮疙瘩的句子，然後就這麼坐著背誦。

「一天就好，我只要一天就好，哥可以答應我嗎……好假喔。」

Graph嘆了長長的一口氣，隨後將手機扔到了床中央，經過好一段時間的坐著背誦、記憶、發呆，整個身體都僵硬了。他躺了下來，緩慢地伸展著痠痛的手腳，房間內打開來陪伴自己的電視聲，使得他忽略了一道聲音——

吱呀。

「不是說要等？呵，不過才晚上十一點就等不了了是嗎？」

Graph一驚，從床上彈起來坐正，立刻扭頭望向剛走進房間的男人，而對方的語氣聽起來就像在說「早知道會是這樣」。Graph緊閉著嘴唇，莫名地感到不快。

誰叫哥在我伸懶腰的時候回來啦！

「到底有什麼事？」

再加上面前這位關掉電視的大人所講的這些話，使得正試圖要靜下心來的Graph就這麼隨著性子脫口而出——

「就是哥還欠我債呢！」

操，死Graph，你的語氣根本是在挑釁吧？

執拗的少年來不及收口，只好注視著以一種令人毛骨悚然的異樣眼神投射過來的大個子。

隨即，確認自己不曾欠任何人債務的男人便邁開步伐，以帶點威脅性的模樣走到了床邊，而那模樣也使得Graph意識到要是自己再繼續這麼講，保證得不到他所想要的東西。

咻。

所以，Graph連忙一邊拿起手機解鎖，一邊絞盡腦汁回想早已忘得一乾二淨的內容。

「就……就是哥曾經跟我許下承諾，而且到現在都還沒兌現呢，像哥這樣的人肯定會信守承諾，應該不會對我這種小孩子出爾反爾吧？」

吼，才不是這樣，你這個白痴Graph。Janjao才不是這樣寫的咧！老子那一無是處的手機、記事本到底在哪裡！

少年焦急地在心中這麼吶喊，但是被質疑不守承諾的男人，這時臉上卻露出慍色。

「我什麼時候跟你違背過什麼諾言了——」

「找到了！啊……重新再來一遍喔，Pakin哥。」Graph忽地打斷了面前男人冰冷的話語，當他一找到臺詞內容，便發現自己剛才講的那些話錯得離譜，因而深吸了一口氣，接著開口。

「哥記得在我生病的那時候，自己曾經說過什麼話嗎？」

「……」

Pakin依舊沉默，而已經把話說出口的Graph也不打算就這麼錯失良機，他立刻照著手機螢幕上的內容唸了。

自己亂說只會徒增麻煩，照著唸最妥當。

「那個時候哥跟我說，如果我康復了，哥會答應我任何要求，那我現在已經康復很久了，不知道哥是不是忘了？我不是要催你喔，我只是想說事情也過很久了，擔心一直放著，會不會就這麼沒了？我知道哥是個信守承諾的人，哥應該不會對我這種小孩子出爾反爾吧？而且，就算我那個時候生著病，但只要是哥講過的話，我就一定會記住，然後——」

咻。

「這是什麼？」

「啊！」

Graph自己也知道像這樣一句又一句照本宣科很悲慘，可是他真的沒有表演方面的天分呀，不僅臺詞記不住，也不懂得在臺詞中投入情感，所以就只好低著頭，假裝是在看手機以掩飾自己的羞怯，然而這舉動卻使對方感到狐疑，直接一把將手機奪過去查看。

就這樣，原本低眉順目的執拗孩子頓時放聲大叫，撲上來打算搶回手機，不過就這點程度，Pakin又怎麼可能會沒看到螢幕上面所顯示的內容？

「哥把我的東西還來啦！」

這前後反應彷彿是截然不同的兩個人——小聲閱讀的人突然消失無蹤，只剩下語氣強硬的少年。

Graph試圖想要把手機搶回去，只不過腰部被個子較高的男人抱住了，對方甚至還伸直手臂將手機舉到高處，Graph這下沒轍了。這時候Pakin銳利的視線掃向了螢幕，原先被指控沒信守承諾而顯得不悅的臉，突然變得邪惡。

凌厲的眼眸變得炯亮，嘴角跟著揚起，Pakin頓時明白了究竟是怎麼回事。

我就覺得說話方式為什麼這麼奇怪。

「別吵，你的筆記最後一句話寫說，要好好地跟我講話，如果要做得更好就要撒嬌啊？」

Pakin一邊把頭轉回來對上Graph的眼睛，一邊還模樣欠揍地揚起眉毛，而這些舉動本應惹得Graph火冒三丈，可此時的Graph卻……害羞了。

被人揭穿之後，他羞得兩邊臉頰都紅彤彤的。

「把我的東西還來啦。」最後Graph只能輕聲細語地說道，已經沒力氣再搶手機，因為Pakin哥都看光了。

個子較高大的男人因而輕輕地從喉嚨裡發出笑聲。

「對呀，我確實欠你債……想要什麼？」

「……」

「你如果不回話，那我就自己看嘍。」

「啊，別看，Pakin哥，不准看啦！！！」

男人一開口威脅，懷中的少年便放聲大叫，一臉驚慌地那麼說道，並且試圖伸出手去遮蔽男人的眼睛。房間的主人這時轉過臉來，和少年四目相交，以那雙始終凌厲的眼眸凝視對方，接著只講了一個字——

「說！」

「我……。」那個字讓Graph很想別開視線，可是他沒辦法，所以只好以微弱的語氣說道——

「我想要……想要哥順從我……一天。」

「順從？」Pakin複誦道，對於這項要求感到相當訝異，但只過了一會，他那凌厲的眼睛便亮了起來，像是理解了這句話的意思。

「你是想讓我什麼都聽你的，就一天是吧？」

這孩子很懂得怎麼提出要求。

「哥沒辦法答應我嗎？我想像哥這樣的人是不會出爾反爾的。」Graph的模樣相當害臊，因此說話的時候舌頭開始有些打結了。

然而不知道為什麼，Pakin明知道這種要求於他而言有多麼吃虧，可是他卻只簡單地說道：「臺詞錯了吧？Graph，你現在必須怎麼跟我說？」

明知道自己在占這小子便宜，但也應該要回敬一下這小子吧？

Pakin一邊注視著還不知道該講什麼的少年，一邊在心中這麼想著，大手因而把手機螢幕湊到少年的面前，鬆開摟在少年腰上的手，然後以手指指向先前一瞬間所看到的最後一句臺詞，接著眼前的畫面便讓他覺得這個虧吃得有價值，因為不良少年那張俊俏的臉正不停地漲紅，直到整張臉變得通紅。

「快點，我沒那個時間整晚耗在這裡聽你講。」

Graph握緊拳頭，把嘴唇咬到發白。但也就只能這樣了，他最後還是輸給了那對凌厲的眼眸，只好用細小的聲音說了出來——

「拜託嘛，Pakin哥，順從Graph一下下好嗎……拜託。」

Pakin差點就說出**「沒聽見」**，可是能看到這個狂妄小鬼一味地發抖、面容通紅、雙眸濡溼，一副羞恥得快要哭出來的模樣，他便把手機遞了過去。Graph見狀，迅速地將手機抽了回來，接著向後逃開。

咻。

男人瞬間把人摟進了懷中，低下頭在少年耳邊低語。

「可以！我就順從到讓你滿意為止。」

那語氣令人起了一身雞皮疙瘩，Graph當場愣住，望向鬆開他的人，迎上那讓人心悸不已的迷人雙眸。接著那位露出壞笑，但卻充滿魅力的人又補充了這麼一句話——

「反正明天是假日，那就從明天開始如何？」

這一回，Graph像是措手不及般傻愣地站著，喔不，他是真的完全沒想到Pakin哥竟然願意……順從他。

第三十三章

任性孩子的第一場戰爭

目前科學已經證明了，人類通常能夠在REM（Rapid Eye Movement）[註]期間記住夜裡的夢境，在這段期間內腦波相當活躍，縱使是在睡眠狀態下也一樣。而Kritithi先生則正處於這段期間。

編織夢境的期間。

感覺就像是飄浮在一堆雲層之上，能和飛行汽車一同翱翔，少年因此期望能伸手去碰觸雲朵，這時候他意識到嘴唇正向上勾勒出一抹燦笑，一股暖意突然包裹住整個身體，讓他很想就這麼一直維持這種感覺，可是……。

咻！

啊！

就在這時，正和一堆雲層飄浮到相同高度的身體，倏地往下方地表墜落，嚇得少年放聲大叫！他只能低頭向下望，可是眼中所看到的畫面並非綠油油的土地，而是一座座矗立在鮮紅地面上的白色大山，接著就在那一瞬間，Graph意識到那並不是山。

那是一隻怪異巨獸的牙齒，牠正張著大嘴，Graph因此能看見牠巨大的鋒利獠牙，於是他擺動四肢拚了命地想逃，可是身體墜落的速度異常的快，快到幾乎要突破重力加速度法則了。

（註）REM即「快速動眼期」，指睡眠過程中，眼球快速移動，這時身體呈肌肉放鬆狀態，腦波近似淺眠階段，做夢機率高，夢境時間更長。

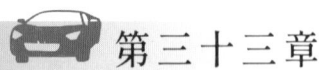

那畫面應該會令人害怕得渾身發抖，可實際上，Graph卻意外地平靜下來，既然逃不了，那他就不逃了，反正也只能一直一直往下墜……結果在掉入大嘴之前的那一剎那，他突然察覺到——

牠並不是什麼怪異的野獸，而是一條龍。

嗯，一條龍……也不算差啦。

帶著強烈睡意昏昏沉沉的人這麼想著，他閉上了眼睛，讓身體墜入一片漆黑之中，不過……。

「……醒來。」

「……」

「該起床了，Graph。」

「很吵欸，你這隻臭龍。」夢境的主人囈語呢喃道，甚至還試圖翻身閃躲，覺得這不知道是什麼煩人的噪音，已經打擾到他休息了。

不過這並沒有讓努力叫醒少年的人放棄，因為少年此時的感覺已經不只是剛掉進巨龍的嘴裡了，而是感覺到如同地震般劇烈的晃動，可是……。

「再睡兩分鐘。」

「如果再不起來，別怪我沒提醒你喔。」

沒提醒什麼？這隻愚蠢的巨龍說話的語氣怎麼這麼像Pakin哥？盡是會說些恐嚇的話，呃，哥怎麼長這麼大啊？

「呵，不回答就表示同意嘍？」

同意什麼鬼啦？這又是什麼東西？怎麼爬在我身上啊……？

「啊！！！」

就在這一刻，Graph感覺有蟲子爬進衣服裡……不對，當他一睜開眼往下看，發現蟲子並沒有爬進衣服裡面，而是比巨龍還要邪惡的人，過分地把他整排的睡衣鈕扣都解開了。他渾身一震，想睡覺的感覺瞬間消失殆盡，嚇得彈跳起來坐直了身體，然後用努力裝出來的凶狠語氣問道——

「哥他媽的是在做什麼啊？」

語氣或許可以再更強硬一點、凶狠一點，若不是因為Graph發出的聲音既乾燥又沙啞，不管怎麼聽都不覺得可怕，加上像是尚未完全清醒、半瞇起的迷濛雙眼，以及像個純情少女般急忙把衣服收緊的模樣，使得看的人忍不住……笑了起來。

低沉的笑聲震撼了聽的人的神經，Graph因而完全睜開了眼睛，傻楞楞地注視著Pakin。對方或許早就醒來一段時間了，因此身上才會穿著深色T恤與牛仔褲，整體造型看起來比平常還要舒適，英俊的面容也跟平常不一樣……那對凌厲的雙眸感覺比以往都要迷人。

並不是以往的Pakin哥沒有魅力，而是這個人通常都會用看起來很可怕、令人敬畏的森冷眼神看著他，對一切不順心、礙眼的事情會感到煩躁，不然就是經常暴怒，讓他害怕大過於心動。然而那對凌厲的雙眼此時卻顯得炯亮、光彩熠熠、帶著幾許笑意、充滿非凡的魅力，就算看起來再怎麼危險，相信只要被那樣的眼神注視，任誰都會像飛蛾般心甘情願地撲向火堆——

那是男人注視自己心儀對象時的眼神。

那眼神令少年寒毛直立，臉頰發燙到讓他害怕，甚至連手都不知道要往哪兒放，越發使得面前的男人勾起嘴角露出笑意。

「該怎麼叫醒愛睡懶覺的孩子？還以為要用其他方式叫你起床了呢。」Pakin就連說話的語氣聽起來也不覺得有不悅或是煩躁，而是充滿了玩笑之意、關切憐愛……以及狡獪戲謔。

「不……不用叫，我已經醒了。」Graph只好連忙說道，注視著面前這位轉頭去看時鐘，接著又移動過來和自己一起坐在床上的人。

果不其然，少年不習慣這種異常的親密感，猛地退了開來，不過大個子對此並沒有說什麼，只是輕鬆地這麼說道：「其實我原本打算早上九點就叫你起床的，可是看你昨晚似乎睡不太著，而且今天也是假日，所以就讓你再多睡了一會。現在已經十點了，快點起來吃飯吧，不然得了胃病又要哀哀叫了。」

如果Pakin哥說話的語氣如往常那般有一絲煩躁，Graph大概會大聲反駁，但就是因為對方說話的語氣帶著幾許無奈與一些玩味，而且不知怎的還很悅耳，Graph只好用力地揉了揉自己的臉頰，而後企圖把臉轉向其他地方，因為……他覺得害臊。

不只是為自己的模樣感到害臊，還因為被對方發現……發現自己昨晚睡不著而感到害臊。

這一切都是因為Pakin哥說要給他獎勵造成的，大腦於是不停地思索著對方的話，一方面感到興奮，一方面又覺得焦慮、緊張，等到真的睡著，天大概也快要亮了。Graph因而感到害臊……真是太丟人了。

結果那個通常會落井下石、把他氣到七竅生煙的男人，卻什麼也沒說，僅僅轉向了床邊的桌子，這時Graph才發現……早餐已經被端到床邊了！

早餐是一份紅中帶粉的紅絲絨可麗餅，中間包裹著看起來柔軟光滑的奶油乳酪，再以深色的巧克力醬拉出並排的線條，一旁的佐料是裹上透明糖漿的各種水果，看起來香甜可口。盤子旁邊還有一杯香醇的熱巧克力，以及和食物相襯的橙色果汁。

這些食物統統都被擺在一個銀色托盤上，而Pakin哥這時正將托盤放置在自己的大腿上。

「對早餐有點興趣了嗎？」

再加上大個子帶著戲弄意味稍微揚起了眉毛，使得聽的人將嘴唇一抿。

「這是哥自己做的？」

「有些事情其實沒必要問，只要吃下去就行了，Graph。」Pakin語帶笑意地說道，接著用叉子切了一片薄薄的可麗餅遞到了Graph的嘴邊。

他那對凌厲的眼神帶著些許強迫的意味，Graph不由得偷瞄了食物一眼，而後決定張嘴吃下。

哇，好吃耶！

看起來很甜的早餐，實際上卻沒有想像中那麼甜。一口下去包含了可麗餅柔和的滋味、帶點酸味的奶油乳酪、再搭配淋在上方的巧克力甜度，接著是微酸的水果，吃起來十分清爽。當然嘍，Graph完全沒想到會這麼好吃。不討厭吃甜食的少年——畢竟他有個發自內心熱愛甜食的女性好友——正不自覺地張嘴準備吃上第二口。

「呵呵。」

那模樣讓看的人輕輕笑了起來，Graph見狀立刻闔上嘴，臉不由得一熱。

「吃啊。」

男人又遞了一口可麗餅，並以叉子輕輕碰觸少年潤紅的嘴唇，此時他的一雙眼睛看起來有說不清的狡詐，而這一舉動卻使得被戲弄的人渾身顫抖。

從Pakin的行為、言語到眼神，全都令他為之顫抖。

這一切讓Graph連開口反駁的力氣都沒了，只能以撒嬌的語氣弱弱地說道：「我不吃了。」

「吃啦，再一口。」不光說而已，Pakin甚至還用叉子再次去碰觸那潤紅的唇瓣，使得接受食物的那個人僅猶豫了一下子，因為受不了這種眼神，最後仍張開了嘴。

真的很好吃。

Graph一邊在嘴裡咀嚼著美食，一邊在心中這麼想，接著他低下頭直盯著放在對方大腿上的銀色托盤。

「哥拿過來吧，我可以自己吃。」

啾。

「！！！」

Graph的話甚至都還沒講完，Pakin就猛地靠了上來，以溫熱的舌頭舔著他的嘴唇，令他睜大了雙眼、身體立刻變得僵硬，只能注視著Pakin靠得很近的那張臉，正在舔拭他沾上奶油乳酪的嘴唇，而且還在這一刻目光相對……Graph覺得自己像是快要死掉了。

對方看過來的眼神，讓他的身體抖得像是發燒了一樣，而且當Pakin的舌尖一鑽進他的口腔裡，他更是抖得像被鬼上身一樣……這個吻，幾乎沒有要被燒焦的熱烈，也沒有血脈賁張或是凶猛狂野，而是……甜美得叫人害怕。

Pakin迎上前來的這個吻，一同分享比原先還要甜的奶油乳酪，甚至還挑逗少年一副純真模樣卻不自覺做出回應的舌尖。兩人的濕舌於是交纏在一起，全部的津液都被吞進了喉嚨，可Pakin仍不退開來，繼續搜刮Graph舌尖上每一滴汁液的滋味，親到他抖著嗓音呻吟，身體微微顫抖。

這時Pakin緊抓著Graph的手臂，感覺就像要把人推倒，儘管Graph已經半坐半躺在床上了。

直到高大的男子退開來，原先沾在不良少年臉上的殘渣也跟著沒了，僅剩下渾身癱軟的俊俏少年。

Graph連臉和脖子都紅了，雙眼濡溼，兩隻手緊緊抓著Pakin的手臂。特別是聽見Pakin以低沉的嗓音呢喃，而且還挑了挑眉，他的臉瞬間變得滾燙。

「這樣的早安吻不壞吧？」

「……」

壞！哥太壞了，竟然讓我……抖成這個樣子！！！

Graph只敢在心中大吼，可實際上什麼也做不出來，僅把餐盤接過來放在自己的大腿上，不知所措地低下頭，只知道Pakin哥正在發笑，然後才下了床。

男人故意要讓這孩子知道自己正在跟誰交手，而且還有意再逗弄一下這孩子，可當他一見到善於爭論的孩子竟講不出話來，像是措手不及般的渾身顫抖，他就知道應該要停止調戲了，要不這小子可能會心臟病發。

不過，在他走出房間、留下Graph先平復心情好在這一整天接下來的時間中和他對抗之前——

「Pakin哥！」

少年則先一步出聲叫喚，Pakin只好回頭迎上對方的目光。

那個緊緊抿著嘴唇的人，接著才以微弱的音量問道：「哥……這種事情你做過幾次了？」

聽的人先是沉默了半晌，而後才揚起嘴角。

「你應該要知道的，不是我究竟做過幾次這種事，而是……。」Pakin靜默了一會，然後才拋下最後一句話。

「……我今天是為你一個人做的。」

他不否認自己曾經為別人做過這種事情，或許少到屈指可數，但並不是沒有做過，可那不是這小子應該知道的事情，這小子只需要知道今天、此時此刻，他正在討好這小子**「一個人」**就夠了。

這些舉動看來似乎讓討好人的那一個，在早餐這一戰，壓倒性地完勝任性的那一個。

＊＊＊

「想學開車？」

「嗯，哥教教我吧。」

度過了差點心臟病發的早餐之後，Krittithi先生重新恢復了平靜，他強壓下自己的害羞，前去面對那位坐在客廳裡看電影的人，講出了自己在洗澡期間反覆思量後所決定的目標。

既然Pakin哥今天會順著我的意，那就表示……什麼要求都可以才對？

Graph努力思考有什麼活動是可以兩個人一起進行的，起初也想過要一起打電動，可就他住在這棟屋子裡所觀察到的，Pakin哥不打電動已經很久了，而且告訴自己要從心所欲的那個人，實際上也還是會擔心對方會感到無趣，因此他想了個他們都感興趣的活動。

沒錯，那就是和車子有關的活動，雖然乍看之下Graph好像什麼類型的車子都有辦法駕駛，且不在乎是否已滿能考駕照的年齡，但實際上，Graph只會騎乘摩托車以及馬力很強的超級摩托車，至於汽車則……畢竟一直都有人開車接送他。

「有開過車嗎？」

「有開過一次，但只是稍微開著好玩而已，因為我對重機比較感興趣。」

這答案讓Pakin點了兩下頭。

開車並非難事，再加上是自排車，只需要懂得倒車、向前行駛和停車，比剝開香蕉皮、把香蕉放進嘴裡還簡單，可沒開過車的人距離會抓得不精確，所以每一項才都需要練習，不能只有理論而已，就算是事先已經擁有頂尖的超級摩托車騎乘實力的人也不例外。

「等一下找人準備車子讓你試試。」

「哥的車？」Graph聽了不由得睜大眼睛。如同大家所知的那樣，私人展示櫃裡的汽車都是Pakin哥的寶貝愛車。

Graph的這句話，讓按下遙控器關閉電視的人呵的笑了一聲，反問道：「找死嗎？」

這使得已找回理智，並告訴自己其實拿了一手更好的牌的Graph立即回覆道：「哥講過今天會順從我的。」

！

聽的人頓時沉默了下來，或許應該說是渾身僵硬。這時，男人凌厲的臉上明顯露出了倍感壓力的神色，像是沉重地思考著究竟是要違背承諾，還是要讓自己的寶貝孩子冒生命危險？到底哪一個對自己來說比較嚴重？

結果Pakin拿不定主意的神情使得一臉興致高昂的少年……羞愧了起來。

「我的車子幾乎每輛都是手排車，你不是想練習自排車嗎……唉，重新買一輛都比拿我那些車讓你練習要簡單多了，你想試哪一輛？」

這個幾乎不曾露出為難神色的男人，正露出一副像是被強迫吃苦藥的表情，越發加深了Graph的愧疚感。

靠，完全沒有想像中的好笑啊，Pakin哥可惡地讓我覺得像

是什麼很嚴重的事情。

「我開玩笑的，隨便找一輛自排車讓我練習就行了。」實際上是個好孩子的不良少年於是改口這麼說道，他注視著對方明顯好轉的臉色，自己才覺得舒坦了一些。

殊不知，大個子正暗自竊笑，彷彿早就猜到該怎麼做才能讓這小子讓步，只是先前沒想過要這麼做罷了。

等到真的做出了這種行為，他感覺其實沒想像中的差。

要讓這小子讓步，完全不是難事，只是老子以前從沒想過要這麼做罷了，而且當這小子好好說話的時候，也挺惹人憐愛的嘛。

「吼，哥真的太壞了。」

「我哪裡壞了？」

「哥騙了我。」

車子的事情協商好了，這個時候Graph正坐在一輛車裡面，這輛車雖是這屋子裡最便宜的，可價值依舊比一般人所使用的轎車貴上兩倍，而副駕駛座原本應該由屋主坐在那，結果卻坐了……Panachai先生。

半個小時之前，「教練」不得已被請了過來，Pakin則站在車子外面雙手環胸，低頭注視抱怨個沒完的少年。

「哥不是說要教我開車？」

「我才沒那麼說，我只有問你要試哪輛車而已。」

聽他這麼說，Graph很想往男人臉上揍一拳，但實際上卻無法爭辯，只能注視著害他完全中計的人，並利用僅有一天效期的發號施令權。

「可是哥說過要順從我的！」

少年那副偏執的倔強模樣挺煩人的，可也同樣令人覺得滑稽，這使得通常不會退讓的Pakin僅嘆了口氣、將手搭放在車頂上，接著彎下身來與駕駛對視。

「你希望我順從你是吧？」

「是。」Graph大聲地說道，

Pakin不禁再次嘆了口氣，然後朝著方向盤的位置抬了抬下巴。

「如果你讓我教你開車，我就會變成違背諾言的人。」

「蛤!?」Graph不由得困惑地叫出聲，看著那張迷人俊臉緩緩地搖了搖頭，感覺自己就像個笨蛋。

這一幕使得坐在一旁的人開口替老闆解釋。

「Graph先生不是也很清楚嗎？我老闆在車子方面是個很嚴格的人，如果Graph先生犯了錯，一定會被罵，大概無法要他在教開車的時候對你好，那麼一來就意味著要在道路上冒生命危險。就連Saifa不是也曾經斥責過Graph先生嗎？」

這個理由讓Graph立刻沉默了下來，視線轉回不肯違背承諾的人的臉，接著心裡湧上一股愧疚感。

很難為所欲為啊。

少年那臉色讓Pakin問出了一道問題。

「明白了對吧？」

「嗯，就讓Chai哥教我吧。」

於是，這位讓校導師都差點發布懸賞金的不良少年只好溫順地如此回應。坐在副駕駛座擔任教練的Panachai則嘴角上揚露出笑容，而後視線移向自己的老闆，接著就看到了以前不曾看過的畫面。

年輕的老闆把手伸進來碰觸少年深色的頭髮，然後輕輕地揉了幾下。

「假如Chai有誇你是個好學生，等一下我就會獎勵你。」

咻。

「真的嗎？哥！」

Graph高興得立刻轉頭看去，這讓通常會帶著煩躁眼神注視少年的人……笑了。

Panachai怎麼也沒想過會看到老闆那樣的笑容。

「這是訂金。」

接著Panachai又更吃驚了，因為老闆把頭伸過來快速親了一下這執拗的孩子，然後分開來。被親的少年這時候渾身僵硬，直愣愣地注視著輕輕拍了拍車頂的那個人。

「好好教這小子，別讓他倒車撞到東西了。」說完，Pakin就退開來、雙手環抱胸前，一副等著觀賞別人練習開車的樣子。

那姿態樣子讓該名手下很想用力地搖頭。

就這麼投下炸彈，Graph先生沒踩下油門加速撞牆已經很好了。

Panachai瞄了一眼仍抓著方向盤發呆的少年，當對方一發現到他的視線，甚至還渾身一震。

「啊，Chai哥在看什麼啦？看路啊！」

Panachai遵照命令行事，卻忍不住露出了淺淺的笑容，因為他看得一清二楚——這叛逆的孩子臉紅了。

你一出手，就把Graph先生吃得死死的，今天不知到底是誰順從誰呢？

***

「大哥今天會過來嗎？」

「先看一下時間，等等把孩子送回去哄睡之後或許會過去。」

「孩子？哪個孩子？大哥應該沒去糾纏我朋友的孩子吧？」

「如果那孩子願意跟我玩，當然好啊。」

Pakin正一邊靠著一望出去就能看見屋前區域的玻璃牆，一邊和自己的專屬修車技師談話。當他一想到Phayu提到的孩子，便忍不住從喉嚨裡發出了笑聲。那個孩子和正在練習開車的這個孩子全然不同。

「大哥知道嗎？當那位弟弟來跟我詢問大哥的地址時，Oat對Chin發了好大一頓脾氣。」

對方無奈的語氣差點讓Pakin笑出聲來，想起上一次那位泰日混血兒為了把Janjao接回家而闖進他家，他隱約也有聽到風聲，說是那兩個人為了這件事情大吵了一架。

而講出這件事情的人，正是Saifa那傢伙。

「我跟那傢伙講過很多次了，我不跟有對象的人亂搞。」

「還不是因為大哥每次都用那種眼神盯著Chin看，我要是Oat那傢伙，肯定也會防著大哥。大哥什麼都比他好，他會擔心，也在所難免。」

這番話讓Pakin緩緩地搖了搖頭，因為光是想起自己渴望擁有的那個人的眼神，就知道絕對沒戲唱。

那個孩子很壞，是那種一看眼睛就知道怎麼搞定對方的壞，可是他所渴望的那個壞孩子是用什麼眼光在看Oat那傢伙，大家都看得出來。

明眼人一看就知道不該浪費時間介入他們二人之間，不過基於好玩而戲弄他們，其實也挺有趣的。

「應該說那傢伙不信任我比較貼切吧？」Pakin說道，接著才又繞回到剛才談到一半的賽車上。

「Graph先生？第一次學開車，學得怎麼樣了？」

當Pakin聽見女管家向正從外面走進來的Graph打招呼的聲音，他這才回過神來。

「很好玩，至少我沒撞到家裡的牆。」

Pakin轉身看向說話的人，對方像是很滿意自己的表現，然後他又轉向親近的手下。

當Panachai一對上他的眼睛，隨即幫忙補充道：「Graph先生很棒呢，不管什麼，只要教過一次就能記住，就只剩倒車入庫還沒學到，看什麼時候滿十八歲，應該能直接去考駕照了。」

這是在證明自己的徒弟今天表現良好，有資格得到老闆所準備的獎勵。

「那我之後再打電話告知。」Pakin這才與電話另一端終止了對話，而後轉身望向那個踟躕不定、一副很想衝上來告訴他今天自己表現得有多棒的孩子，令人差點笑出聲來。

聽說前些日子還表現得既愚蠢又煩人呢。

「開車學得怎麼樣？」

「簡簡單單，比騎BMW還要容易。」

少年說的那輛車，不外乎是停放在Phayu的維修廠、被他下令報廢成零件的超級摩托車。想當然耳，男人尚未決定什麼時候要將它歸還。

因為只要一還回去，麻煩事就會一籮筐的來。

「也好。」Pakin聳了聳肩，一屁股坐下來，以舒舒服服的姿勢靠在沙發椅背上，看過來的眼神猶如是在問：然後呢？

那模樣令期待得到誇獎的孩子一陣語塞。

然而本該誇獎人的那一個卻始終不開口，靜靜地注視著少年的眼睛，讓一旁等得焦急的女管家忍不住開口幫腔。

「Graph先生車開得很棒呢！ Pakin先生，剛剛我稍微偷偷看了幾眼，他這才第一次學開車呢。」

「嗯。」Pakin平淡地應了一聲，然後抬起手環抱胸前。

另一個人見狀也跟著幫腔道：「對，Graph先生不管教什麼都能記住，禁止他做的事情也沒有再犯，只要實際開到大馬路上一、兩回就熟了。」

「本來就該那樣，自排車原本就很簡單。」Pakin仍無動於衷，看著兩名下屬互相看了對方一眼，而後又轉過來以懇求的眼神注視著他。這時，期待被誇獎又不願直說的少年，臉色變得愈來愈陰沉，眼神看起來相當憤恨。

「幹嘛那樣看著我？如果你不講，我就不會知道你想要什麼。」

在任何方面都很聰慧的人，卻會在某些事上這麼裝傻，使聽的人不由得撇嘴。

「誰會想看著哥這種人啊……下午有沒有什麼東西可以吃？Kaew嬸，我餓了。」

「椰漿米線，是雞肉湯汁，雞肉煮得非常軟嫩呢，我一早就開始燉了。」

得到那樣的回應，Graph因而語氣不善，逕自拉著女管家的手臂就要往廚房走，可臨走前不忘以憤恨的眼神掃了Pakin一眼，然後才離去。這個小動作使得本應順從的人站起身來跟了上去。

由於男人的步伐較大，因此才走了幾步……。

啪。

一隻大手搭在了Graph渾圓的頭上，Graph嚇得立刻回頭望去，壞心人這時僅輕輕地壓了壓這顆圓滾滾的頭顱。

「真棒。」

短短的一句話，卻猶如神奇的咒語，令臭著臉的孩子頓時喜笑顏開，原先憤恨的眼神立即消失不見，取而代之的是顯而易見的喜悅，以及他用雙手抓住自己頭髮的反應。

Graph就這麼傻愣了一會，隨後才察覺到屋子裡另外兩個人所投射過來的眼神。

「幹嘛看我？我餓了。」Graph急著說道，接著連忙跟著屋主走向飯廳，出聲問道：「那我的獎勵呢？」

聽了這個問題，大個子簡單地回應道：「今晚就知道了，不再生我的氣了吧？」

「我沒在生氣！」被說是在生氣，Graph馬上回嘴，卻在對方銳利的雙眸一掃過來時，立刻安靜了下來。

「是啊，沒在生氣也好，我才不用哄人。」

就是這種眼神！他只有在Pakin哥逗弄別人的時候看過……而這戲謔的眼神，卻讓他的心臟無法控制地悸動。

「我也從沒講過要哥來哄我啊。」Graph嘟噥道，停下了腳步，試圖想抹去幾天前才剛讓對方追到朋友家裡來哄人的事實，即便他在心中這麼告訴自己——

這下不好了Janjao……Pakin哥是對我很好，可是我……心臟悸動到不行了，這樣子真的對心臟很不好。

然而當男人低沉的嗓音一響起，這想法就立刻被他拋諸腦後。

「你那什麼椰漿米線到底還要不要吃？這是在走路還是在爬行？」

對他好心的那個男人回過頭來問出了一個欠揍的問題，可卻又……站著等他。

那行為讓Graph再次對自己說道——

Pakin哥這麼順從也挺不賴的，不過我的心臟會承受不住啊！

第三十四章

執拗小孩打不贏的仗

哐啷！！！

「哇嗚，打到了！」

下午時分吃過午飯後，Pakin繼續履行順從這執拗孩子的承諾，詢問對方有沒有什麼想做的事？想去哪？在晚上七點前還有些時間。然而對於生命中只對這個壞心男人感興趣的少年而言，這就等同於是在問他——除了Pakin哥之外，有沒有什麼感興趣的事？

Graph不是個喜歡跑出去玩的孩子，先前不過只是隨波逐流跟著一群朋友到處玩。

Graph不是個喜歡昂貴物品的孩子，因為他自己就有足夠的金錢可以無限使用。

Graph不是個朋友眾多的孩子，所以不知道該去哪裡消磨時間。

而且Graph從未曾和別人交往過，所以不曉得該去哪裡約會才好。

因此Kritithi先生什麼也想不出來，可是又不想白白浪費時間，沒想到不久前才剛做過的活動瞬間鑽進了腦海中。

沒錯，就是和學長去打保齡球。

最終兩人便決定前往在Paragon（註）的保齡球場。

（註）位在曼谷的大型百貨，全名是Saim Paragon。

起先還躊躇著要去賽車場或是來這裡好，可是今天天氣熱到爆炸，如果跑去賽場，搞得Pakin哥心情不好，那我不就慘了？還是這裡比較好。

傻傻站著的Graph這麼想，他扔出了重重的保齡球，使之擊中保齡球瓶。保齡球瓶橫七豎八地倒下，可沒想到兩邊各剩下一支球瓶沒倒，雖然無法累積到補中（註）的成績，但他仍忍不住驚嘆：*Night學長教的方法還真有用！*

可是Graph接著又不禁擔心：*Pakin哥跟我在一起會覺得好玩嗎？*

想到這裡，他不由得瞄向了正在估量保齡球重量的男人。讀不出Pakin哥是怎麼想的，但他可以猜得出自己肯定被對方輕視、被當成了小孩子，所以才會選擇這麼孩子氣的地方，而且還……。

太令人不爽了。

在保齡球場上有不少人將視線投射過來，偷偷瞥向今天一身輕鬆打扮的大帥哥。Pakin下半身穿了一件牛仔褲，讓他健壯的長腿、緊實到極度性感的臀部線條展露無遺，上半身則穿了件展露出手臂厚實肌肉的黑色無袖背心，原本還有套上一件無袖襯衫，可那件衣服早就已經被脫下來掛在椅子上了。

嗯，哥是很帥，帥到讓人不爽！

砰！咚。

「！！！」

接著，少年不爽的情緒變成了睜大眼睛的反應，因為當那個

（註）補中（Spare）：指第一次投出保齡球沒有全倒，但在第二次投出保齡球後將剩下的球瓶都擊倒，這時就會被登記為補中。

帥氣、各方面都很優秀的人，以非常漂亮的姿勢將保齡球扔了出去，甚至還使出了全力——可惜那樣的力道一點用處也沒有，因為沉甸甸的球快速轉動，隨後掉進了……球道旁的凹槽。

是的，Pakin哥洗溝了。

「爛死了。」

咻。

Graph不敢相信地脫口而出，Pakin凌厲的目光立刻掃了過來，唇瓣接著勾起一抹冷笑。

「對呀，我真是爛透了。」

被注視的Graph能感受到對方大概相當不悅，不過他一點也不同情，因為不遠處的一群女孩子像是替Pakin哥感到惋惜般的發出了哇的聲音，甚至還堂而皇之地出聲幫忙打氣，讓他同樣感到不悅。

久久獲勝一回的少年於是以憤恨地語氣說道：「嗯，我也有比哥還要出色的地方。」

語畢，一臉吃味的少年隨即走過去抓起保齡球，站在球道上。這時他聽見了對方用低沉的嗓音問道——

「你經常跟朋友一起來玩？」

「不常，我很少跟朋友出來玩。」

因為我把時間都花在追著哥跑了，可就算死我也不會說出口的。

稍微失去一些理智的Graph一邊這麼想，一邊將保齡球拋了出去，可成績依舊只拿到了六分。他回過頭來迎上那對注視著自己的銳利眼眸，心裡很想說出來，不過面前的這個男人從來都不聽他說，今天或許是能談論自己的好機會。

至少他也想讓Pakin哥知道他平常過著什麼樣的生活。

太可悲了，難道我平常就這麼缺乏可以談天的朋友嗎？

「我朋友很愛蹺課去遊樂場、去打遊戲，我以前也很喜歡跟著他們去玩，可是後來Janjao不准我去，要是我哪天去上學，Janjao就會要求我進教室，如果我一蹺課……就會嘮叨到我耳朵麻痺。」少年無奈地說道，但其實搞笑的成分居多，因為最近老師對他的印象大有改觀，不再因為他身為政治人物的父親會捐款給學校，就不敢教訓他。

「看樣子你跟那孩子很熟嘍？」

「對，因為Janjao是我的好朋友，每一件事都會幫我，包含學習方面還有其他方面的事情。」

就連被哥罵的時候都會護著我。

哐啷。

Graph一邊想，一邊走向球道繼續扔球，他想像著那些保齡球瓶是某個正注視著他背後的壞心人的臉。或許是因為憤恨的力量，Graph因此輕鬆地拿下了補中的分數，他回過頭來有意炫耀自己也是有優點的，可……奇怪的是，那對凌厲的眼睛正緊盯著他。

「哥是在看什麼？」

Pakin隨即以另一個問題來回答這個問題。

「你就只有一個朋友嗎？」

「喂，哥這是在說我沒朋友是嗎？」聽到這種話，Graph立刻變得潑辣，可對方卻只揮了揮手。

這個多年來一直不關心不良少年的男人，這時以較為和緩的語氣說道：「我不是在找你麻煩，繼續說啊，所以你的朋友就只有那女孩子一個人嗎？」

「就說了不是這樣子，怎麼這樣子看我？我也是有朋友的好不好？雖然是Janjao不怎麼喜歡的朋友就是了，誰叫那些傢伙老是喜歡蹺課、喝酒、遊戲成癮，有時候會一起去把妹。有些事情我也不喜歡，可是跟那些傢伙在一起很自在，不會有人一直跑來問我成績幾分？書看了沒？打算之後要去哪升學？為什麼不這樣、不那樣的，他們從來沒問過我這些問題，比教室裡的同學好多了。」

一有機會可以說說話，少年便說得飛快，腦中想著那群被其他人視為是校園小混混的放牛班朋友，其實他們也有不少外人所不知道的優點。像是上次他要求去人家那裡借住，那些傢伙也沒多問，而且直接一口答應了。

聽著這些話，Pakin靜靜地注視著Graph。他依舊沒從椅子上起身，雖然已經輪到自己了，可他依舊蹺著二郎腿看向少年。

「所以你就跟那群傢伙鬼混，連家也不回？」

「就算回家，又有誰會在家裡等我呢？我爸有小老婆，我媽也只在乎她的慈善事業，他們兩個人沒離婚就已經很好了，家裡就只有一群喜歡阿諛奉承的傢伙。哼，別以為我不知道新來的女傭已經跟我爸上過床了，我超討厭那女人跑來煩我，不過只是個下人！」

一開啟話匣子，把許多事情都鬱積在心中的孩子便立刻滔滔不絕地道出，然後又別開了臉，因為他意識到自己對家中的人心懷怨恨，明明不應該去在意不在乎他的人。

我都已經在Pakin哥家住了好一陣子，結果只接到媽媽打來的兩次電話，而且還只交代了不准給Pakin哥造成麻煩……她是把我當成了什麼大麻煩不成？

沉默站在原地的人這麼想，兩隻手緊握住拳頭，Pakin於是起身，走過來站在Graph的面前。

「看我幹嘛？又想講我什麼了？」

感到委屈的少年語氣不善道，Pakin則輕輕地笑出聲來。

「今天的話真多。」

咻。

男人的話一說完，Graph立即抬起頭，雖然知道自己身處公共場合，甚至還有好幾雙眼睛關注著這邊，可他就是無法克制住大量湧上的情緒。

「哥才是吧？從國外回來之後就一直沒興趣聽我說話，哥已經好幾年不願意聽我說話了，如果不讓我現在說，那我要什麼時候說？如果不是今天，哥根本就不打算聽我這種麻煩小鬼說話對吧！」

Graph提高了說話的音量，結果竟讓今天說要順從他的人沉默了半晌，然後……笑出聲來。

「是在笑屁喔？」

「看來你氣我氣了好幾年。」

！

少年頓時身體一僵，沒想過壞心的男人會這麼反將他一軍，兩隻緊握的拳頭一震，因為他沒法否認……對，他超氣、超委屈的。

「想要我怎麼哄你？」

男人就這麼直接問出口，銳利的雙眸望進了Graph的眼中。情緒急躁的Graph瞬間說不出話來，一切就像卡在喉嚨裡，明明他心裡面一直有答案。

我就只是希望哥能聽我說說話而已。

「怎樣？」Pakin又問了一遍。

「我……。」

「啊？這不是Pakin哥嗎？」

！

正當Graph猶豫著究竟該不該說出口的時候，突然有一道清澈的嗓音從後方傳來，他震了一下，迅速回過頭，結果不禁讓他……沉默了下來。

「Fa。」

是那個女人……Pakin哥跑到醫院探望的那個人！

可惡，為什麼非得是今天啊？為什麼非得在這裡相遇啊！

Krittithi先生差點就把保齡球砸在地上以發洩情緒，因為此時，本該順從他的男人竟站在了另一區，身邊圍繞著四、五名一同前來的女性上班族，其中最顯眼的那一個，不外乎是那位有著一頭烏黑長髮的年輕女子，而她今天沒了疲態，不像上次在醫院時看到的那樣。

Plaifa……那位讓Pakin哥拋下他，然後特地跑到病房探望的美人，噢，Pakin哥那天甚至還帶了鮮花去探病呢。

為此，少年是既憤怒又怨恨，想要大鬧一番，想要任性妄為，但就因為他和男人之間的關係改變了，所以當Pakin哥望向這邊，然後冷靜地說道「等一下再過來」時，他竟然無法使性子，因為他害怕……害怕今天所發生的美好事情，就這麼終結在此刻。

任性少年只好自個兒點開手機玩遊戲發洩情緒，卻不停用眼角偷瞄那個方向，導致遊戲輸了一次又一次。於是他不禁暗罵自己是個倒楣鬼，明明一切才正要好轉，那些人卻在這時候進來摻和？還有啊，他又怎會不知道Pakin哥想上那個女人，想到渾身顫抖。

「媽的！去死啦！統統從這個世界上消失吧！」

只要是那個男人想得到的人，都去死一死吧！

遊戲又輸了一輪的人這麼想著。他雖然很想把手機摔在地上發洩情緒，可是實際上能做的就只有跺腳跟。最後他起身想去廁所洗把臉，可當他一抬起頭……。

「你好，Graph弟弟，還記得我嗎？」

！

那個漂亮的女人正站在自己面前露出笑臉。

「我的名字叫做Plaifa，我們那天在醫院碰過面，直接叫我Fa姐也行。」

他都還沒來得及回答，對方就又帶著好看的笑容繼續說下去，長相帥氣的少年不由得嘟噥道：「誰想知道啊？」

當然，若是Pakin哥在這裡，他可能會因為頂撞對方看上的女人而遭到責罵，可現在對方還在和這名美女的朋友談話，少年因此別開了臉，一副不想搭理的模樣，也不打算為自己的出言不遜道歉。

「可是我想認識你呢，聽說你是Pakin哥的人。」

「我不——」

「不什麼？」

Plaifa帶著笑意，注視著想反駁但又說不出口的人，接著她差點忍不住笑出來，因為少年惡狠狠地這麼說道——

「如果我是Pakin哥的人，那妳能不能別再糾纏Pakin哥了！」

「為什麼我就不能跟Pakin哥糾纏呢？」女子笑著這麼說道，明明憋笑憋得肩膀都在抖動了。面前這孩子似乎完全誤會了，不過她並不打算解釋，因為她也想知道，那個大家都認為沒有弱點的男人，究竟會怎麼處置這個少年。

每當Pakin和別人在一起的時候，看起來就像個過於完美的男人；可當他一和這孩子相處，看起來就會稍微比較像個普通人。

「妳真是——」

Graph差點就要脫口罵人了，但最後還是及時收了口，因為他瞄到某個人正往這裡走來，要是被對方聽見他在罵人，免不了會被當場拋棄，而且還會被罵到痛徹心扉。因此，Graph所做的事情就是別開臉看向他處，以此表達——我不想跟妳講話。

Plaifa見狀也不囉嗦，僅露出了淺淺的笑容。

「我朋友已經等很久了，那就今晚見嘍。」

「今晚？」雖然不想和這女人講話，可這番話還是令Graph忍不住脫口而出，回過頭來迎上對方的眼睛，接著就發現對方看起來一臉不解。

「呃？你今晚不打算跟Pakin哥一起去嗎？今天有比賽……啊，可能是我多嘴了。」Plaifa抬手貼在自己的唇上，假裝沒看見面前的少年一聽懂她話中之意便隨即睜大了的雙眼。

「你們在聊什麼？」

「沒有啦，Pakin哥，那我就先走嘍。」

Pakin正巧在這個時候回來，從一群朋友那邊脫隊跑來的Plaifa向他微微一笑後，就離開了。而平常會調戲對方幾句的男人並沒有那麼做，僅向她點頭示意，然後轉過去注視著他自己帶來的孩子。

然而Graph緊握住拳頭的模樣，不禁令他感到意外。

「怎麼了？」

「沒事！我哪裡會怎麼樣啦？只是哥帶我來這裡，自己卻不見人影，跑去找其他女人了。」

「好好講話，Graph，如果我真的不見人影，就不會站在這裡了。」Pakin看得很清楚，Graph的眼神透露出了委屈。

Graph避開了視線，然後以忿忿的語氣說道：「輪到哥了，早就輪到哥了。」

「別無理取鬧，我只是過去和她們打個招呼而已。」

「靠！關我屁事喔？」

少年從喉嚨裡發出咒罵聲，不過Pakin今天僅是嚴肅地注視著他，並沒有開口說什麼，接著又繞回到原先談論的事情。

「你還沒講你是跟誰來打保齡球的？」Pakin問出口後就跨出去隨隨便便一扔保齡球，一副有沒有打到都無所謂的樣子，然而這一次的成績並沒有很慘，擊倒了四、五支球瓶，不算太難看，結果反而是接下來的答案讓他的手一頓。

「Night學長。我又不是只會跟哥一個人出來。」

！

又是那個臭小孩，你到底是怎麼教你弟的？你這個王八Scene！

擁有龐大權勢的人在心裡發出了咆哮聲，把炯亮的眼眸轉向不肯與他對視的孩子。

「Night學長不知道比哥厲害幾千倍，幾乎每一回都是全倒，還拿下了全部的補中，上一次跟Night學長玩了四、五局，所以Night學長才教會我怎麼玩。」

Graph或許是有意諷刺，可他完全不知道聽的人是那種……好勝之人。

噢不，應該說是從沒吃過敗仗的人，所以很厭惡被人拿來比較，更何況是比自己弱了不知道幾倍的對象。

哐啷！

於是，Pakin原本打算隨意扔出的球，就這麼精準地拿下了補中的成績，看得Graph只好撇著嘴。

「僥倖的吧？ Night學長厲害多了。」

小壞蛋喃喃道，使得原先打算讓這孩子贏球的人轉過頭來正眼直視，眉毛已經在抽動了。

「那要不要來試試到底是僥倖還是實力？」

「哥這是在跟我下戰帖？怎樣都是我贏，Night學長已經教過我怎麼玩了。」

一直聽著Graph嘴裡吐出來的那個名字，Pakin笑得越發森寒。

那笑容讓Graph不由自主地感到背脊發涼，可是話已經講出口了，他只好走上前抓起保齡球，準備全力奮戰，甚至還斬釘截鐵地說道：「如果我贏了，哥就不准再去找那個女人！」

深知自己相當無理取鬧，可他就是管不住自己的嘴，然而對方卻僅揚起了眉，接著說了一句——

「吃醋？」

！

僅一句話就讓Graph愣住了，因為自己那點小心思被對方戳破，甚至還讓他覺得自己像個神經病一樣單方面想著Pakin哥的事情，這令他又惱又羞，不過就一會，潔白的臉頰變得紅彤彤的。

這時Pakin也沒再繼續挖苦，只走過來站在Graph面前，把手搭在了Graph抓著保齡球的手上，緊接著彎下身來貼著他的肩膀。

「那如果我贏了……今晚就別求我停下來。」

「啊！」

Graph猛地一驚，幾乎是立刻向後退，不過Pakin一點也不以為意。Graph這一退恰巧就退到了走道的位置上，而Pakin凌厲的眼眸明顯表達出了……他的認真。

不要，不管怎樣今晚就是不要！我絕對不要當那個女人的替代品！

少年在心中發誓自己絕不能輸，特別是看過自己的男人那樣子追求其他女人之後。之前願意屈於對方身下，或許只是因為被哄騙，但是今晚他不想給，他不會屈服的，就讓他提著褲子在一旁乾枯吧！

走著瞧，我會贏的！

緊接著，霸凌小孩子的盛會就這麼拉開序幕。

然而，這一切全都落進了另一名莫名感興趣的女子眼裡。Pakin哥一不高興，就卯起來跟一個比自己小了十歲的孩子較量，只因為不滿從自己稱之為……**煩人小鬼**的嘴裡聽到其他男人的名字。

＊＊＊

「你是只長了個子嗎？不然怎麼輸了就耍賴？」

「我才沒耍賴！」

「那這是什麼反應？」

「我就只是在生氣！」

「氣什麼？」

「哥騙我說自己不會打保齡球。」

交手了幾局之後，原本很有信心自己不會像第一次玩保齡球時那麼廢材的Krititihi先生，一張自信的臉垮了下來，因為在那之後，他就被Pakin追上來的成績擊潰，對方一路以一次又一次的全倒積分超越了他。遊戲一開始出現的那個草包到底消失去哪了！！！

「我沒說謊，我只是先暖身一下，畢竟很久沒打了。」Pakin一邊輕鬆地說道，一邊帶著Graph前往樓上的電影院。

這時Graph仍板著一張臉，露出像是很想啖肉飲血的表情，甚至還回嘴。

「可是哥不可能會這麼厲害！」

「高中那時候，我應該比你還常來玩。」

和其他人一樣有過青少年生活的男人這麼說道，使得Graph憤恨難平，感覺自己又被人擺了一道，再來就是……今晚得兌現自己的承諾。

可惡！我終究還是贏不了，最後就只能躺在床上呻吟，讓Pakin哥覺得可悲罷了。

「別氣了，還想不想要獎勵？」

這一次，Graph聽了馬上轉過頭來，他完全忘了有獎勵這一回事，而後才想起對方答應過，如果當個好學生得到Chai哥的讚賞，就能獲得獎勵。他因而環顧了一下四周圍，這才發現他們兩個人已經來到了頂樓。這裡是Enigma，號稱全國最貴的電影院。

「來看電影？」

「現在的年輕人都不看電影了嗎？」

「會看……。」*的吧？*

Graph忍不住想在後面加上備註，一般的年輕人或許是那樣沒錯，可是他最近一次進電影院，應該是去年的事了？假如沒記錯的話，那次是被Janjao拖著一起去看愛情電影，最後他還在電影院裡面睡著。

「還是你不想看？不想看就回去了。」

咻。

「啊，要看！我要看！哥。」誰會白白讓這次的獎勵消失在空氣中啊？而且就算他不太常看電影，也知道這裡是間什麼樣的電影院，像是可以把椅背放下來變成床，想當然耳，百分之九十九的觀眾都是情侶，那他又何必白白放走這個機會呢？雖然情侶這個詞會讓他臉頰發燙。

「那為什麼要選這裡？」

聽了這個問題，Pakin哥竟面無表情地回答——

「因為我是帶你來約會的。」

！

原本不是很確定的Graph一下子紅了臉，兩條腿頓時停在了原地，心臟也不受控地悸動。坦白說，他做夢也沒想過這句話會從這個男人嘴裡說出來，自己先前的不滿於是一點、一點地消散。後來他覺得愈來愈難以招架，因為以前只會臭罵他、責備他的人，現在居然抬起手來摟住了他的肩膀，帶著他入內，這讓他有些恍恍惚惚，害羞得不敢抬頭看工作人員，一想到自己可能是今天唯一的一對男男配，就愈是害臊得無以復加。

因此，Graph在點食物、飲料的時候說了「Pakin哥點就好了」，接著就靜靜地待在一旁，沒來得及注意到所有工作人員都以十分好奇的眼神看了過來。

當然嘍，任誰都會像他們一樣，若是能窺探到一絲親密舉動，肯定也會好奇的。

「想坐哪個位置？自己挑。」

「這是什麼意思？想坐哪個位置？」

直到他們走進影廳，這才發現有十七張雙人床，未曾感受過被取悅的少年不禁一臉茫然地問道，一頭霧水地迎上男人的視線。當他視線一轉，對上了正走上前來的工作人員目光，他就越發感覺被一塊熱燙的鐵塊壓在了臉上。

為什麼要那樣看著我啊？

「因為我把整間電影院都包下來了。」

「蛤！」

沒錯，工作人員的目光正緊盯著這名獨自包下這間最貴電影院的男人，而且還是為另一名少年包下來的。

得輪迴幾世才有這等好運？

「如……如果要包下整間電影院，哥還不如回去自己家裡的放映室看。」那棟豪宅裡並非沒有看電影的廳室，雖說比這裡小了一些，但也是間小型的私人電影院。

Pakin不由得回過頭與少年四目相對。影廳內的燈光儘管不比外頭明亮，可Graph又怎麼可能會沒看見……那抹充滿魅力的笑容。

那一抹男人知道該如何正確展現的笑容。

Pakin這時靠了上來，說了句悄悄話。

「我不是講過了嗎？這是約會。」

Graph果不其然地愣住了，看著長相帥氣迷人的Pakin哥抓住他的手臂，然後將他帶往中間一組自己挑選的座位。Graph當下就只能乖乖地跟上，因為大腦一時摸不著頭緒，但可以肯定的是，他的心臟正撲通、撲通地猛跳，幾乎快要蹦出胸口了。

因為剛才那個女人而產生的妒意，他已經忘了。

對方從沒善待過自己的委屈，他已經忘了。

一直以來的痛心難過，他已經忘了。

只要Pakin哥這麼對他好，他便願意原諒這一切。

咻。

因此，在兩人坐下來之前，Graph伸出手抓住了Pakin哥的衣角，此舉引起了對方的注意。Pakin隨後轉頭望去，發現人人口中的不良少年正注視著他，其眼中帶著困惑、不解以及……那眼神太明顯了。

那眼神一看就知道自己的行為會讓問題接踵而來，因為這小子的眼神太明顯了。

這小子看過來的眼神，表現出了……愛意。

「我很抱歉對哥無禮。」下一刻，Graph輕聲說道，接著又以更輕微的聲音問道：「Pakin哥……可不可以別去找那個女人？」

「這是命令嗎？」

Graph今天有權力命令他任何事。

然而，Graph卻緩緩搖了搖頭，抓住衣角的手收得更緊了些。他望進了男人的眼裡，然後聲音顫抖地說道：「我是在拜託哥……都跟我睡過了，就別再跟別人上床了好不好？哥。」

Graph不在乎影廳內去他的有多安靜，不在乎被哪個工作人員聽見，不在乎其他人會怎麼看待他們兩個男人包下一整間電影院一起看電影，他只想請求面前的這個人……別再去看別人了。

我任何事都可以退讓，我會當個好孩子，我會很聽話，我什麼都願意做，只求……哥只看著我一個人可以嗎？

這時Pakin沒給出答案，反之拉著少年躺了下來。

Graph也乖巧地配合Pakin的行為，接著他閉上了眼睛，壓抑住自己的欣喜，因為——

「那你就要代替那些人來當我的抱枕啊。」

少年再也無力反抗，僅能躺下來心甘情願地依偎著男人的肩膀。

就算只能當個抱枕，但如果他能是唯一的一個，就他一個人，沒有別人……那麼他這個傻Graph便會無怨無悔地甘願做個小抱枕。

「哥這是答應嘍？」

Graph喃喃道，隨後得到了答案——

「你不是也知道？我從不食言。」

少年只能期望這次的許諾沒有效期……真的就只能如此期望。

第三十五章

這一戰超出了執拗小孩的能力

「這部電影真好看。」

「啊？嗯、嗯，還不錯。」

當二人一起走出電影院時，Krititthi先生只能迷迷糊糊地回答身邊之人的問題，這份迷糊並非因為喝了對方點的紅酒——更何況他只喝了一杯——而是因為幾分鐘前才剛結束的氣氛。

起初Graph以為像Pakin哥這種欲求不滿的男人，是絕對不可能會乖乖躺著看電影的。更何況電影院的座位還是可以躺下來的床，有被子可以蓋住身體，方便他們在工作人員看不見的地方做些什麼事情。可實際上，Pakin哥僅僅以背靠著枕頭，伸出其中一隻手摟抱著他的肩膀，眼睛直盯著面前的銀幕，偶爾拿起飲料抿了抿，葡萄發酵的高級酒香混合著男人性感的香水味把他醺得又暈又醉。

不僅如此，不帶慾念的肌膚接觸所產生的溫度也成了催化劑，再加上蓋在同一條被子之下所產生的親密感，簡短的對話，在在使得Graph不得不壓下想把被子拉起來蓋住臉部的衝動。

Graph鮮少害羞得那麼厲害。

或許是因為這是他第一次感受到像是普通情侶的那種關係。Pakin哥沒有一絲暴躁，沒有對著他咆哮，沒有用像是驅趕般的眼神看著他，兩個人就只是純粹一起躺著看電影。

Graph最後沒有把被子拉起來遮住臉部，因為他在心中安慰自己——這裡面很暗，不管怎樣對方都不可能會看到他的臉頰逐漸漲紅。

這就是面部滾燙的感覺了吧？

甚至燙到他不敢抬起手遮掩。

因此，電影好看嗎……不知道。

電影在演什麼……不知道。

就連今天看了什麼電影，Graph也只能說……完全不知道。

打從他被人拉過去依偎在寬厚的肩上，因而聞到了那股香水味，那之後電影演了什麼內容便進不了他的腦中。

他就這麼醉了，但醉的不是酒……而是他的Pakin哥哥。

他心甘情願的醉這一回。

「像這樣久久來一次也不錯。」走在前頭的那個人一邊這麼說道，一邊伸展了一下身體，接著低下頭看了一眼手錶，然後發現電影結束的時間比預想中要晚了些。

「餓了嗎？你幾乎沒吃什麼東西。」

Pakin又問了一個讓Graph不知所措的問題。

被這麼呵護備至，實在是太不習慣了，而且……Pakin哥還注意到他幾乎沒吃什麼東西，即便剛才有食物被送到床邊，但或許是因為影廳昏暗，此外又莫名地非常有飽足感，若是Janjao也在場，她肯定不會錯過揶揄他——這就是所謂的心滿意足。

關於這件事，傻Graph倒是沒想反駁。

很滿足……是真的很滿足……是這十年中最滿足的一次。

不是腹中的飽足感，而是情感上的滿足。他一直以來都追在Pakin哥後頭，結果統統在今天這一天裡有了回報，因而捨不得讓今天結束。

明天是不是就沒有這種待遇了？

一想到這裡，Graph的眼神變得落寞，他搖了搖頭。

「我不餓，哥呢？」

「我餓的是其他方面。」

！

少年頓住了腳步，接著立刻抬起頭迎上對方的目光，這才發現那對先前一直盯著銀幕的銳利雙眸此時正炯炯發亮，不久前他才剛看過這樣的眼神，因此他又怎麼可能會不知道對方想要什麼。

一意會到對方的需求，少年原本打算斥責對方是有多飢渴，但此刻的他是這麼的滿足，內心不禁……妥協了。

我自己也不是沒有慾望，我也是用盡一切方法，只求能跟Pakin哥發生關係。

沒錯，全部的事情都因他努力向前才會發生，就算前方是山谷的邊緣，他也會毫不猶豫地走過去。因此，當關係發展至此，他不是更應該感到高興嗎？

於是Graph輕啟嘴唇，正準備回答「那我們就直接回家吧，哥」的時候……。

鈴～～～

Pakin口袋裡的手機先一步響起。

手機的主人眉頭隨即一皺，但還是將它拿起來瞥了一眼螢幕，在那之後稍微側過身，像是不想讓人聽見通話內容。如果是在平常，執拗的孩子大概會毫不猶豫地設法偷聽，可現在他就只能靜靜地站在一旁，等對方將事情處理完畢。

我什麼時候成了這麼乖巧的孩子了？

「怎樣？」

「Pakin先生今天會過來嗎？」

Pakin這時候正聽著親信的話語，眼角乜斜那個叛逆孩子靜靜地站著，沒出聲也沒抗議，就那樣低頭站著，他因此不知道該覺得沉重還是該覺得好笑。

好笑在那小子表現得如此乖巧，只因為自己善待了他；沉重在自己讓那小子……又陷得更深了。

「怎樣？」

「出了一些問題，你記得那群被禁止進入賽場的傢伙嗎？我聽說，那群人今天會過來，假如Pakin先生在，他們或許沒那個膽，但大概是聽說你今天不會過來。」

Pakin聽了，眉頭皺得更深了，凌厲的眼眸明顯露出不滿的神色，因為他是那種說一是一的人，若說不行，就是不行，因此要是那群問題很多的傢伙來鬧事，他也絕對不會客氣的。

不過，當他一瞥向同行的人，這才發現那孩子正望向這邊，這個打算親自去解決問題的人因而冷聲道：「不去，我今天不過去，要是那群傢伙有哪個人敢亂來，你就直接處理吧。」

對方應了聲。

他能感受到親信心中的壓力，但他相信Panachai自己有辦法處理各種問題，所以他才能放心。可是當他的手一放下來，而後轉身……。

「今天有車賽對吧？」

Graph開口問起，聽得Pakin眉頭一攢。

「誰講的？」

「一聽就知道了。」Graph不想承認自己是從那個女人口中得知的，不過在聽到電話交談的內容之後才猛然想起，雖然明明知道回家做愛或許是個比較明智的選擇，可當他一看向手錶，發現還剩好幾個鐘頭才結束這一天，於是深吸了一口氣。

「哥也帶我一起去嘛……。」

「不行。」

「啊，哥不是說會一整天都順從我的嗎！」話都還沒講完，就立刻被對方否決掉，Graph因此睜大了眼睛，馬上吵了起來。

高個子見狀，說話的聲音變得更加嚴厲。

「無論如何我是絕對不會帶你去賽場的。」

特別是像這種感覺會發生事端的日子。

最後那一句話，說話的人在心中這麼告訴自己，因為光是看著那執拗小鬼的臉、注視著那小鬼的眼睛，他就能想像出許多後續會衍生出來的問題。特別是這孩子老是喜歡讓自己陷入危險的事情當中，就算他這麼多年來試圖阻止對方，保護他遠離是非，結果一個大意，還是讓這小子遭到追捕，以致於摔車。

「可是哥答應過會順從我的。」

「這件事不行，Graph，這件事不行。」

這個幾分鐘前**「曾經」**待他好的人搖了搖頭，接著率先朝著停車場的方向走去。Graph見狀，不由得緊緊抓住對方的衣角。

「為什麼不行？我只是去看比賽而已，又不是去給哥製造麻煩。」

Graph逐漸提高了說話的音量，隨後一愣，因為Pakin炯亮的眼眸掃了回來，彷彿是在問：還要鬧多久？

好友曾經說過的話，這時突然鑽進了少年的腦海中。

『Graph一定要冷靜下來喔。』

沒錯，他不能要小孩子脾氣、對Pakin哥大呼小叫。可是不管怎麼想，他這個傻腦袋仍然想不出什麼能夠交涉的籌碼，除了——

「哥就帶我去吧……一次就好。」

「不……。」

「那我今晚就不會哭著拜託哥停下來。」

「……」

Graph感覺到熱氣全部往臉上衝去，因為他鼓足了勇氣講出自己從沒想過會脫口而出的大膽言詞。他屏住呼吸迎上對方的目光，不肯別開眼，他知道對方正在思考，因此不知道該高興還是難過自己拿這件事來交涉，可這是唯一一件緊握在他手上的籌碼。

他不喜歡用自己的身體來做交易，不過既然都要給出去，他只好盡可能地從中獲取最大利益。

「呵，你比我想像中還要成熟呢。」這話連Pakin都不得不承認令人難以置信，於是他邁開步伐走上前來，以指關節輕觸叛逆少年的臉頰，隨即感受到了熱度，他因而勾起了嘴角。

就算這小子再怎麼固執，也是會害臊的……而且這一次還是極度的害臊。

「如果我帶你去看今晚的車賽，你就會……。」

男人最後又重複了一遍協議，讓俊俏的執拗少年屏住呼吸說出口，縱使這小子的臉早已紅透了。

「今晚我不會哭著拜託哥停下來。」

而Pakin哥的回應是——

「只能今天晚上喔，Graph。」

就算只有今晚，Graph也如願以償了。

＊＊＊

雖然指針已經過了凌晨一點好一段時間了，可是在市中心的一條大馬路上依舊很熱鬧，有一堆人來到了這個特殊的活動場地，只要活動一結束，這些人就會不留半點痕跡地消失無蹤。有幾輛深黑色的汽車擋住了出入口的通道，甚至還有檢查的流程，為了確認前來參加活動的人有無通行證。

「喔、喔，今晚的活動會不會又沒了？ Chai哥。」

Saifa一臉饒有興味地扭頭對看管場子的人這麼說道。上一次發生事件的當下他不在場，所以沒看到Pakin哥大發雷霆，這一次不知能否有幸讓他見識一下？

就在這個時候，一輛可能是全泰國獨一無二的漂亮超級跑車，就這麼飛速地飆進場內，守門的人員隨即機靈地開道，因為光看車子就知道……是誰來了。

「如果是自己帶過來的，應該就沒關係了吧？」

Panachai聽了Saifa的調侃，緩緩地搖了搖頭，一邊同樣以搞笑的語氣回覆對方，一邊和其他人一樣看向某個方向。

他的老闆哪時不搶眼了？而這一次則是加倍的搶眼，因為幕後掌控整個場子的男人下了車，身後還跟了一個長相俊俏的少年。如果有誰參加過上一次被取消的車賽，肯定記得就是這個人被下令**「禁止進入會場」**。

握有大權的那個人曾公開講過，往後要是再讓他看到這孩子出現在會場上，那他就會下令取消整個活動，結果這次居然自己帶過來了。

總是這般充滿趣味。

「但是我並不意外Pakin哥會把人帶過來呢。」就在這一刻，和Pakin的優秀選手一塊走過來的Chin，帶著狡獪的笑容說道，目光盯著那位像是對一切事物都感到興致勃勃並左右張望的少年。

Chin的男友不由得開口問道：「你為什麼會那麼想啊？

Chin。」

「呵呵，一看就知道那孩子是**『特別的』**。」不過到底是哪方面的「特別」就不得而知了。

直到高個子——話題的主角走向前來，Saifa這才探頭去向高個子身後的那個人打招呼。

「嗨，我的好徒弟。」

「老師。」

不用看也知道Saifa先生的臉有多開心了，他樂得走過去出手抱住那個小帥哥的肩膀，還寵溺地揉了揉人家的頭。不過，這個嘴上老愛找人麻煩的男子果不其然轉過去揶揄一旁的大人物。

「今天我徒弟有通行證嗎？哥。」

「那你想不想被沒收通行證？ Saifa。」

就算是天不怕地不怕的Saifa先生，一聽到這句話也乖乖閉上了嘴巴，猛地搖搖頭。雖然大家口頭上說的是「通行證」，但指的其實就是「臉」，一旦場子的主辦人說了不准誰入場，那麼除非去整容、重新改頭換面，否則別想再踏進這裡一步。

「我就只准許這小子今晚過來，至於其他晚上，還是同樣的規矩。」

「可是——」

「我們已經講好了，Graph，就只有今晚。」

在Graph開口抗議之前，Pakin立刻語氣強硬地說道，並以制止的眼神看了一下對方的眼睛。少年於是不高興了，一副想回嘴的樣子，可又擔心會被扔出場外，最後只能在一旁嘟噥。

「可惡，真小氣。」

「想被丟進車裡面嗎？」

「……」

威脅的話語讓執拗的少年立刻閉上了嘴巴，因為即便他多次偷闖進會場中，但卻得躲躲藏藏的，就只有這一次能夠正大光明的走進來，所以他還不想這麼快被丟出去呀，而且……已經超過午夜十二點了。

因獎勵而獲得的特權已經完完全全地失效了。

「別這樣啦，我們的小帥哥不要露出那種表情嘛，等一下Saifa老師親自帶你參觀，不僅如此，今晚有眼福嘍，Graph！Oat那傢伙今天會下場比賽。」

一見到少年臉色不悅，Saifa因而寵溺地這麼說道，場子的主人微微地搖了搖頭。

「不用順著那小子的意，光這樣就已經被寵壞了。」

「那哥什麼時候也寵寵那孩子呢？」就在這時，Chin笑臉盈盈地開口說道。

Pakin回過頭迎上對方的目光，隨即看到了了然於心的笑容，不過那並沒有讓Pakin感到心裡不痛快，因為想要得到對方的情緒還是很強烈，他因此向前走了一步，可是……。

咻。

「哥別忘了，這是我男友。」

「……」

Chin很想放聲大笑，因為有兩名身形堪比野牛的男人正站著互看對方，見到自己的男友在Pakin面前立刻化身為瘋狗，簡直爆笑極了。

Pakin這時候也在心中大笑，接著嘴裡脫口而出：「臭Oat，你真他媽愛吃醋欸？我講過了，不會對有家室的人出手。」

可是就在Oat打算說些什麼的時候，臉色從剛才就一直不太好的Graph隨即衝口而出——

「但如果對方也願意搞曖昧，哥還不是照單全收？」

咻。

笑容已從Pakin的臉上消失了，取而代之的是掃向說話之人的凌厲眼眸，而Graph就只是撇著嘴，把臉別向了另一邊，彷彿相當惱火。勾著Graph脖頸的Saifa也連帶接收到了壓迫的目光射線，他幾乎是立刻鬆了手，緊接著朝另一邊退開。

這臭小子怎麼有辦法忍受Pakin哥的視線啊！

眼神嚴厲之人抬起雙手環抱胸前，接著語氣平淡道——

「這是在吃醋？」

啊！

Graph頓時渾身一震，迅速回頭一看，發現每一雙眼睛都注視著他，他的臉頰因而漸漸漲紅，覺得被當眾揭穿非常丟人，可又無法反駁，所以只好瞪著讓他吃醋吃了一整天的男人的臉。

這一早一晚，又是女人，又是男人的，不讓人罵欲求不滿是要罵什麼啦！

Pakin的反擊是為了教育這個不懂得思考的孩子，在公眾場合講話之前要懂得三思。在這種時候讓他出洋相，他沒做出什麼激烈的行為，已經算是非常冷靜了，後來看到那小子原本潔白的臉頰此時紅得嚇人，他自己也不由得冷靜了下來，接著轉身去找自己的親信試圖轉移話題。

「今天臭Oat跟誰競賽？」

「跟女神。」

這個答案令Pakin有些意外，不過他隨即目光發亮，彷彿很感興趣的樣子，視線轉向了自家優秀的選手。

「賭了什麼？」

「純粹想切磋一下而已，我跟她很早以前就想比比看了，今天剛好兩個人都在，所以就趁這個機會比一比。」Oat這麼說道。

這個賽場上的規矩其實並不多，除了要以Pakin的規定為主之外，其餘的都可以自行協議。

選手之間可以講好要賭什麼，譬如：女人、金錢、酒或者是尊嚴。不過前來觀戰的人，通常是為了直接下注，莊家自然就是主辦方。這場活動並不是那些在路邊找人挑釁的混混可以進來的，來這裡的，都是在社會上有頭有臉的人，下注的金額不會是幾千塊的小錢，而是比這多出了不知道幾倍的鉅額。

「現在的差點（註）是多少？」

「Oat領先了一些。」

Panachai回答了老闆的問題，Pakin聽了不由得滿意地點了點頭。

「今晚應該會很有趣呢。」

這時，賽場主人將Graph託付給了Saifa，接著逕自走去找負責車輛事務的那個人，也就是Phayu。

「為什麼會叫那個人女神啊？」剛才聽了兩個男人對話，Graph轉身詢問Saifa。

Saifa聞言放聲大笑。

「因為她是這裡唯一一個敢和男人賽車的女性嘍！」

Graph依舊是不解的表情，Saifa因而繼續解釋。

「知道這場活動不是路邊飆車族在互相較勁吧？每一位進

（註）差點／讓分（Handicap）：在比賽中，為了讓技術有差異的選手能在一起進行公平的比賽，而由強者給予一定讓步，或對其施以某種限制以使弱者在比賽開始時處於優勢。

來賽場的人，開的都是藍寶堅尼，跟這些人比賽，等於是在跟有錢人比賽，如果輸了就會失身，但如果贏了，也可能會衍生出一些問題，比如會讓輸的那一方沒面子，所以就只會有男性下場比賽。至於這位女神，由於她的技藝深得Pakin哥的心，所以他才會開口當人家的靠山，因此沒人敢來找麻煩。然而有趣的是，一直以來……女神從未吃過敗仗呢。」

「這麼厲害？」

「嗯哼，所以大家才會把她稱為賽場女神啊。」Saifa津津樂道。

然而或許是因為這位哥哥是個樂天派，起初還有些緊繃的Graph變得沒那麼憂心了，他盡情地體驗自己想接觸的氛圍，在看到選手們如何競賽之後，愈是感到興奮不已。

當兩輛超級摩托車在互相競速的時候，發出了巨大的引擎轟鳴聲，輪胎與地面磨擦的聲音響遍全場，令人不禁起了身雞皮疙瘩，心臟因這份刺激而強烈跳動。第一組選手的競賽結束之後，第二組競賽的選手則是Oat哥與戴著安全帽遮掩住面容的女性。

Graph注視著Oat哥高大的身軀跨上了一輛大型的超級摩托車，而後對著那位Chin哥比了個勝利手勢，接著才催動油門。至於那位女神……身穿一套緊身皮衣的女性，其凹凸有致的身材十分引人注目。

縱使身材那麼姣好，可當她跨坐在一輛大型超級摩托車上的時候，看起來卻一點也不遜色。

「哥認為誰會贏？」

「肯定是Oat。」

Saifa這麼說著，似乎對自家朋友的技術很有信心，Graph因此轉回去興奮地注視著賽場，可就在這一刻……。

「Graph先生好，Pakin先生請你回到車上待著。」

「蛤！」Graph不明所以地轉頭望向出聲的Panachai，接著差點叫出聲來，因為一直以來都對他很好的人，突然出手拽住他的手臂，一把拉向貨櫃後方的一輛車。而這時Graph的眼角餘光看到Pakin正和Phayu靜靜地站在一塊，他不由得想開口叫喚，打算大鬧一番——

哥不是說好要讓我進入賽場的嗎？

結果……。

咻。

對方冰冷的眼神令他不自覺地閉上了嘴巴，然後跟著Panachai上了車。雖然他內心起疑，不曉得究竟發生了什麼事情，不過Pakin哥的臉色像是在說……即將有事要發生了。

就算Graph再怎麼詢問Panachai，想知道究竟出了什麼事情，但始終得不到答案。如果是平時的Graph，大概會想盡辦法弄清楚到底發生了什麼事，卻因為Panachai最後講出的一句話，讓他打消了這個念頭。

「Pakin先生是這麼吩咐的，因為他很擔心你的安危呢。」

說完老闆交代的話，希望他繼續當個好孩子之後，Panachai便關上車門離去。

他還能乖乖地待著，全因這句話……擔心。

可是真他媽的好想知道！

少年伸長脖子往貨櫃的方向張望，可惜那邊被遮蔽得很嚴實，他無法得知賽場裡面現在是什麼情況，只知道可能會讓那附近居民「讚揚祝福」的喝采聲與超級摩托車的引擎聲已經靜下來了。

咔。

「啊！妳為什麼上車了？」

不一會，Graph不由得放聲大叫，因為他眼角瞥見仍戴著一頂大安全帽的賽場女神往這裡走來，和Chai哥說了幾句話，接著讓他震驚的是女神就這麼打開車門，然後坐進了車裡。

一聽到這問題，戴著安全帽的女神轉頭望向他。

「是我。」

什麼是我？我哪認識妳啊！

！

Graph真的很想那麼脫口咆哮，可下一秒，他的雙眼頓時圓睜，因為女神這時拿下了安全帽，一頭烏黑的長髮就這麼在背後散了開來，而令他嚇到差點瘋掉的是那張正衝著他笑的鵝蛋臉。

Plaifa……Pakin哥的女人！

「妳怎麼會來這裡！」

「我白天的時候不是告訴過你了嗎？今晚見。」

「但我沒想到妳……。」

「喔，沒想到我會來參賽是吧？我長得像是那些男人帶來的車前娃娃（註）嗎？」Plaifa一邊覺得搞笑似的問道，一邊注視著明顯一臉錯愕的少年。但少年不一會就回過神來，而後用一聽就知道把她當成了敵人的不善語氣反問。

「那妳為什麼要上車啊？既然是來比賽的，那就去比啊。」Graph也知道自己說話的口氣很不禮貌，可他一見到那張臉就心情不好嘛。

（註）車前娃娃：泰國常用的用法，指像是擺在汽車前座手套箱上方的小娃娃一樣乖巧可愛。

結果這句話非但沒有讓從一開始就戲弄他的這個人笑出聲來，高䠷纖細的女子卻反而嘆了口氣，朝貨櫃的方向努了努下巴。

「我不想惹上麻煩。」

「麻煩？」

「嗯。」Plaifa沉默了半晌，像是在猶豫著是否該說，可一看到少年那充滿敵意的模樣，她只好坦白地說出來。

「現在賽場上來了一票跟Pakin哥不和的人想找麻煩，而我跟他們當中的其中一個男人先前有些糾紛……他比輸了就耍賴，一直想要把我找出來，但幸好有事先想到這一點，除了Pakin哥和Phayu他們那幾個，沒人知道安全帽底下的我長什麼模樣。剛才一看到那個男的也來了，Pakin哥就託Phayu過來通知，讓我躲在這裡。」

「……」

Plaifa這麼說道，期盼這位弟弟不善的態度能夠和緩一些，可結果……卻完全相反。

咔。

「Graph，別出去！」

不管女子再怎麼呼喚，Graph已經不想再聽下去了，他就這麼打開車門迅速下了車，驚得站在外頭的Panachai連忙跟上前去。Panachai一直都很和善的眼神這時變得凌厲，像是在說絕不會讓少年趕著去送死。

可此時的Graph已經對賽場上的事情沒了興致。

他正在發怒。

這就是所謂的擔心我的安危？

哥那個爛人，對每個想睡的人都這麼擔心吧！

當Graph一得知Plaifa也是被允許上車的人，不知打哪來的大量怒氣便頓時衝向胸口，他並非對有難之人沒有憐憫之心，可是他竟然被排在和這女人同等的位置上！

這種感覺爛透了。

哥是擔心我？還是哥只是在擔心自己想睡的人！

「Pakin先生有吩咐——」

「只要我回去就滿意了是吧！」

在Panachai重複講完那句命令之前，Graph隨即扼要地回嘴，對方不禁帶著訝異的眼神注視著他。

「我不想待了，我要回家，沒興致了。」

不管有什麼麻煩，Pakin哥不都有辦法自己處理嗎？我待在這裡只會礙手礙腳，拖累那個想當紳士保護美女的人，我回去不是比較好嗎？

這些挖苦諷刺的想法經由少年說話的語氣表現了出來。

「我不想當電燈泡，妨礙那個不信守承諾、處處留情的人，哥請人送我回去也行，我這個大麻煩不在，Pakin哥應該比較快活吧？」

這些話讓聽的人很想反駁，可現在不是時候，因此Panachai隨即點了點頭，轉身吩咐另一名手下。

Graph見狀，心中愈是感到委屈，認為自己就只是個人人避之唯恐不及的麻煩，即便Pakin的親信不是那麼想的。Panachai反倒是鬆了一口氣，如此一來，他的老闆便不用思前慮後，因為老闆現在所面對的傢伙，是曾經和Graph起過衝突的那幫人。

此時的Pakin，正以憐憫的眼神注視一大群前來打算砸他場的男人，特別是那幫傢伙的頭頭，那嘴臉熟悉得很……就是王八

Korn，曾經帶著一群狗雜碎追捕一名十七歲少年的人。

「不好意思吶，就這麼中斷了Pakin先生的活動。」

「沒關係，我不介意，我早就知道Nop先生養的都是一些路邊的野狗。」

「……」

活動的主辦人Pakin幾乎是笑著在挖苦對方，對方此時帶著厭惡的眼神瞪了過來。雖然Pakin起先並不知道這傢伙會來，但情況也不至於棘手到沒法處理。手下已告知會有一群先前被趕出會場的傢伙混進來，不過看樣子不只是混進來了，當Pakin一望向那票人，頓時明白過來手下所指的人是誰。

「這樣吧，我就直說了，才不會浪費你的時間。」眼神暴戾的Korn這時勾了勾手指，讓站在他身後的人上前與自己站在一塊。

而當眾人一看到對方是誰，站在遠處的Saifa不禁氣得捲起了袖子。

「我操，那不是Max嗎！」

那個人正帶著惡意的眼神轉頭瞪向Oat。

Max……這人曾經是這個賽場上的固定班底，但因為不滿Oat一次次在賽中贏過他，所以在賽場外暗地裡反咬人。優秀的選手忍無可忍，因而主動下了戰帖，協議好輸的那一方必須在所有人面前下跪道歉。結果終究是Max輸了，可那傢伙居然率眾圍攻，Pakin不得已只好親自出馬處理此事。

Max不僅被禁止進入賽場，也不許出現在眾人面前，甚至還被勒令不准參與Pakin合夥投資的全部事業。

「聽說你禁止Max進入賽場呢……你知道嗎？Max的爸爸跟我們老闆非常要好。」

「我認為那種事沒必要知道，白白髒了我的腦。」

Pakin從容地回應那些恐嚇之詞，甚至還覺得頗為可悲，對方竟然把Max那小子推出來當作衝突的導火線……如果他不准那小子重新回歸賽場，就等同於不給提出要求的人面子；可他如果答應讓那小子回來，無異於表示自己畏懼老傢伙們有意以權力壓制他的那些說詞。

這無疑是在倚老賣老，不過他可不是那些會敬老尊賢的傢伙。

「別這樣嘛，Pakin先生，不過是年輕人不懂事，何況Max先生也沒犯什麼嚴重的法吧？」

這句話要是被Saifa聽見了，大概會不斷咒罵。然而Pakin卻只從喉嚨裡發出了笑聲，明明眼神已經夠冰冷了，這時說話的語氣更是森寒，任誰聽了都會感到背脊發涼的那種語氣。

「不巧的是，在這裡『*我就是法*』。」

Pakin說完後，露出了一抹笑容。

那笑容讓Korn壓抑住憤怒的情緒，想狠狠地讓這冤家顏面掃地，就像這傢伙曾經搶走他的女人那樣，Korn於是語氣不善道：「你應該不會想跟我老闆產生更多的麻煩吧？他不過只是託你關照一個姪子，這應該不會超出你的能力範圍才對？Pakin先生。」

可這個把自己說過的話奉為圭臬的人僅是笑了笑，隨後嘴角拉成一條直線。

「可我沒必要往自己的背上增加負擔啊。」

回答很明顯是在……拒絕。

來找麻煩的Korn只好忍著想衝上前去找對方算帳的憤怒，旋即就要下令讓手下們走人。一旁的Max則因叔叔的人沒辦法照著他的期望辦事而露出了不悅的神情，可就在那一剎那……。

「Korn哥。」

一名手下上前附在Korn耳邊講了幾句悄悄話，Korn頓時眼睛一亮。

「至少我這一趟沒白跑。」

「……」Pakin瞇起了眼睛，因為會暗算人的狗突然露出一副像是勝券在握的表情。

「看來某知名政治人物的兒子也有參加這場活動呢。」

縱使Pakin的內心是一片驚濤駭浪，可表現出來的仍是一副不痛不癢的模樣。他就看對方打算耍什麼花招。

這時Korn帶著邪惡的笑容這麼說道：「剛好我的手下正巧碰上了那個孩子，看樣子得去打個招呼了。」

Pakin依舊不動聲色，然而若不是Panachai上前一靠、低聲說了幾句話，他或許還能繼續保持冷靜。

「我派人送Graph先生回去，可是剛才發現那個人就昏倒在車子旁邊。」

媽的王八Chai！

Pakin鮮少會氣成這樣。

第三十六章

束手無策的一戰

Graph覺得在他身上所發生的事情快到令人措手不及，快到他傻愣著整整一分鐘都還不明白發生了什麼事情。

當時他正跟著Panachai的手下走，前往一輛停在賽場外的車子，忽然感覺到有人偷偷從後方衝上來，一回頭，都還沒來得及張嘴驚叫，重重的拳頭就這麼打在他的腹部，他瞬間跪倒在地，疼痛得以雙手壓著腹部，接著像是要將晚餐從喉嚨裡嘔出來那般劇烈咳嗽，兩隻眼睛因淚水而模糊了視線。

「喂！你們別踢Graph先生……喝、嘿、唔、唔！」

這時候Panachai的手下氣得大叫，作勢要衝上來搭救，可那幫傢伙又有一名同夥從後方出現，迅速地把布覆蓋在他的鼻子上。開車的司機因而睜大了雙眼，不過這並非是戲劇，而是真實情況。

啪！

被下藥的人用手肘撞擊暗中發動攻擊的人的腹部上，緊接著握住拳頭準備反擊，但是……。

「別動！不然我就在這小子脖子上捅出一個窟窿！」

！

在司機反擊之前，Graph隨即感覺到冰涼的銳器抵在了脖子上，接著有一股力道將他的臉壓在地面上，可疼痛的感覺讓他脖子一緊，連發出聲音的力氣都使不上，就只能緊緊抱住自己的腹部。

少年只能從眼角餘光看向四周，接著就看見Pakin哥的人像是投降般舉起了雙手，而後……。

砰！

「我操你媽！」被手肘擊中腹部的那個人朝著司機的臉揮拳，個子高大的司機踉蹌了一下，接著被人踢中了膝蓋內側，隨後倒在了地上。在那之後，同一塊布覆蓋上司機的口鼻，司機一掙扎……。

「先警告你，再動我弄死這小子！」

抵在脖頸上的刀片加重了幾分力道，就連Graph自己也不敢輕舉妄動，雖然他的體力已經逐漸恢復了，但也只能眼睜睜地看著兩名男子衝上去制伏Pakin哥的人，對這個司機下藥。Graph祈求有人跳出來搭救，可一看到高大的司機逐漸乏力，眼睛跟著緩緩闔上，恐懼感頓時在心中蔓延開來。

Pakin哥，我什麼都沒做啊，我沒做！

Graph只想著他又一次把腳跨出去自找麻煩，Pakin哥該有多憤怒？雖然這一次不是他刻意要跨出去的。

咻。

「喂，輕一點啊你！別忘了這小子是誰的兒子。」

「我才不在乎他是誰的兒子，我只知道這臭小子害我被Korn哥罵！」

在一片渙散的意識中，Graph對於毆打他並且把他猛拉起來駕著手臂拖行的男子所講的那個名字，感到相當熟悉。他咬著牙抬頭一看，不久前的記憶忽地鑽進了腦海中。

這不是先前追捕我的那幫人嗎！

「我跟Korn哥說過，這小子對Pakin那混蛋來說很重要，看到了沒？相信我了吧？這小子來參加這次的活動，甚至還有那混蛋的人在護著他。」

「你快點閉上嘴，然後安安靜靜地把這小子拖上車，等一下讓Korn哥自行判斷重不重要。喂，你快去跟Korn哥講，我們抓到這小子了，快點！不然那個混帳要醒了。」

他們當中的一個人一邊下令，一邊朝著仍昏迷不醒的司機努了努下巴，要求另一個人跑回賽場的方向。Graph見狀，趁著這個間隙奮力一搏。

咚！

「噢，你這個死小鬼！」

砰！

「呃！」

Graph甩動其中一邊的手臂，直接打在了抓著他手臂的那個人的臉上，對方大叫了一聲。可是區區一名十七歲的少年又怎麼打得贏歷經過無數次大場面的壯漢？男子僅向後退開了一些，接著報復性地往Graph的腹部一踹，踹得他發疼，然後作勢再度衝上去。

咻。

「幹！我不是說了別傷害那小子？小心惹上麻煩！至於你，花招還挺多的，跟你的長相真不搭，過來這裡！」

Graph試圖用腳抵住街邊的地面，但卻無力阻止對方將他往賽場的反方向拖行得愈來愈遠，再加上不斷攀升的恐懼感，他終於發出了呻吟聲。

「救……命！」

「呵，現在應該沒人可以過來救你，他們都在賽場上。」

那些傢伙一邊語氣愉悅地說著，一邊抓著他的雙臂往一輛貼了深黑色隔熱膜的大型皮卡車拖行。當後座車門打開時，Graph

當下意識到，要是被扔了進去，自己能生存的機會就趨近於零了。

『你對我來說就只是個掃把星。』

！

突然間，某個人的聲音以及憤怒的表情鑽進了腦中，而這些便足夠Graph一鼓作氣地大聲呼喊。

「救命啊！！誰都好，快來救我！！！呃——」

「啊，媽的死小鬼！」

Graph這麼一叫，那些人便出手按住他的嘴唇，並且低吼了一聲。然而，若是以為Graph會這麼乖乖地束手就擒……。

喀。

「啊！！！死小鬼！！！」

Graph張開嘴，毫不猶豫地使勁往那傢伙的手咬了下去！被咬的人不由得大叫了一聲，直接鬆開了少年的身體，害他跌落在地板上。那人一邊甩手，一邊暴跳如雷地發出怒吼聲。

「老子不忍了！」

就在那一秒，Graph只能緊閉雙眸，雙手、雙腳都蜷縮起來，展現出自我保護的求生本能，等著承受下一波即將到來的疼痛。而這一次，被當作小少爺養大的孩子恐怕會難以承受，但是……。

砰……砰！

「噢——你是誰！！！」

忽地，頭上傳來了鬥毆聲，同時感覺到像是有風打在了臉上，Graph聽見身旁響起了咒罵聲，他害怕得微微睜開眼睛去看，接著就發現那個踢他的傢伙倒在不遠處的地上，他於是抬起了頭看向前來相救的人，而這一看，彷彿讓他見到了……戰神。

究竟為什麼那位正在閃避對方攻擊的棕綠髮色混血兒會令人產生這種感覺，Graph自己也不知道，或許是因為那殘酷的眼神、輕蔑的笑容，又或者是閃避拳頭時的那股從容。

戰神接著一個回擊，踢中了對方的頸背。

「Chin哥……？」

「就想說是誰的聲音，聽起來很熟悉，幸好有趕過來確認。」

沒錯，此時趕過來幫助他的人正是——Chin哥！

這個男人就算面臨二打一的圍攻，仍轉頭朝他挑了挑眉，接著一個回身，對著倒下去眼冒金星的人的胸口踹了一腳。

可就在Chin分神轉向其中一人的瞬間，Graph的眼角瞥見那個揍了他好幾下的混蛋再度衝了出去。不過這一回，眼前突然飛來一件物品，在路燈的照射下反射出銀光，目睹這一切的Graph心急得大聲吼叫。

「哥，小心！！！」

砰！！！

「！！！」

幸而那把刀子並沒有刺中面前這個男人的任何一個部位，因為Chin及時轉過身，動作迅速地一把扭過對方拿著刀子的那隻手，不僅如此，他還給了對方一記過肩摔！

Graph為此驚恐萬分地睜大了雙眼。

沒錯，所有動作彷彿曾在電影裡看過，一個彪形大漢就這麼被摔在了地上！

「啊！！！」

Chin哥的腳往下踹在了對方的咽頭上，那傢伙像是遭到熱水潑灑般奮力掙扎。接著，Pakin心儀的那個人隨即轉過頭來對上Graph的眼睛。

「沒事吧？」

「我……。」Graph講不出話來，只能抱著肚子靜坐在大馬路上，直至他感覺到被人攙扶了起來，這才渾身一震，猛地向後望去。

「Phayu哥。」

這個人同樣以一副不敢相信的眼神注視著那名棕綠髮色的男子。

「Oat那傢伙怎麼從沒說過你這麼厲害啊？」

這問題逗得Chin發笑，接著又往身下那人的咽頭補了一腳，最後露出了一抹……壞笑。

「Oat哥沒有跟哥說過，我在日本的家族是幹什麼的嗎？」

「沒有……而且我現在應該也不想知道了。」

就連Graph也不敢詢問Chin的身世，只能把手搭在Phayu的肩上，一邊小聲地發問。

「你們是怎麼找到我的？」

「喔，我擔心那些人不只是來鬧場而已，或許還會耍一些卑鄙的手段，所以就去守著貨櫃艙，Chin也和我在一起，結果就看到他們其中一個人往會場的方向跑去，我只是在懷疑發生了什麼事情，但Chin已經先跑過來了，差點就找不到人，幸好有聽到呼救的聲音。」Phayu解釋道。

Graph轉過去望著那位自己曾經抱有偏見的人的臉，然後僅說了這麼一句話：「謝謝你，哥。」

「小事一樁，不過……Phayu哥還是快點帶著Graph去找Pakin哥吧，現在大概已經快要瘋了吧？」

絕對不可能。

Graph在心中大聲反駁，但他或許確實是給他們惹來麻煩的始作俑者，因此只好語氣焦急地說道：「Phayu哥，帶我去找Pakin哥一下。」

儘管不認為Pakin哥會有多擔心自己，但他再也不想當Pakin哥眼中的大麻煩了。

＊＊＊

壓抑的氣氛籠罩著這座特別的賽場，好幾個不想受到波及的人紛紛躲到了會場之外，同時也有一部分的人留在會場上，興致勃勃地等著看好戲，雖然心中也畏懼著Pakin一臉陰沉的模樣。

某些說不清的異樣說明了這個男人並不若外表那般冷靜，而且是恐怖得令人難以置信。

「因為你上一次提醒過我，所以我才得知了那孩子是誰，好幾次都想登門道歉，看樣子這次或許是個合適的機會能和他聊一聊……你說是不是呢？ Pakin先生？」

「……」

聽的人依舊保持著沉默，Korn見狀，痛快地笑出聲來。

「噢，但我必須得先徵求你的同意呢，聽說你是那孩子的監護人……請讓我見見Graph先生吧，Pakin先生。」Korn這麼說道，彷彿對自己手下的所作所為一無所知，而後像是無所畏懼般迎上了Pakin森冷的眼眸，因為他確信那孩子就掌控在自己的手中。

上次沒弄清楚那臭小鬼的底細是他失誤，可這一回，他明白了那個少年有多重要，而且還是知名政治人物的兒子，更叫人感興趣的是，那孩子是由他眼前這個不共戴天的仇人所監護著，因此有什麼比給Pakin這王八蛋扣上照護不周的帽子更大快人心的事呢？

如果那孩子消失，會惹上麻煩的人是這個王八蛋，而不是他。

他們兩家之間長久建立起來的關係可能就這麼毀了。

那小子或許對Pakin這傢伙來說不怎麼重要，但只要那小子對Pakin有用處就夠了。

既然有用處，為了將人贖回，Pakin就得想盡辦法和我協商。

Korn一邊幸災樂禍地想著，一邊注視著曾說過Graph不過是對他還有點用處罷了的這個男人。然而，這個男人靜靜地完全沒回嘴，實在讓人很難揣測他的心思。

其實這個男人差點就要掏出槍往Korn的臉上開槍，讓他像條狗一樣死在路邊！

對Pakin而言，他不曾讓自己屈於弱勢，他不曾在敵人面前暴露出自己的弱點，因為那等同於自殺。因此，在協商的時候，通常都是由他拿下勝仗。然而這一次，他信任的手下與他悄聲說的那幾句話仍在腦海中大聲迴響，而那嚴重到足以讓他開口講出這些話——

「我不喜歡拐彎抹角，你想要什麼？」

Pakin知道自己可以表現得胸有成足，也可以裝出一副不在乎Graph的模樣，讓別人誤以為那孩子根本無足輕重，而且沒有一丁點用處可以拿來恐嚇他，但這必須是在那小子掌控在自己手上的情況下。他並非不明白眼下的情況如何，因為只要一講錯話⋯⋯。

我操你媽！

Pakin一邊在心裡大聲咒罵，一邊想起了那個只會給他找麻煩的執拗小鬼，不過就是讓他乖乖地待在車子裡，那小子居然還能搞出這些事來！

乖乖待著很難嗎？ Graph ！

Pakin一答應協商，Korn隨即假裝睜大了雙眼，虛情假意地做出一副不敢相信的表情，但依舊假惺惺地說道：「想要什麼是什麼意思啊？我就只是想見見那孩子而已。」

Pakin抬起手從容地插進口袋裡，可實際上卻是在隱藏自己緊握的拳頭，他壓低嗓音問道：「你既然知道那孩子有點用處了，難道不知道要協商一下嗎？」

「欸？剛剛你們有沒有聽到Pakin先生一直不肯跟我協商呢？看樣子是改變心意了。」Korn回頭和自己的手下說話，使得那幫人哄然大笑，像是替自己老大能扳回一城而感到痛快淋漓。接著Korn又轉了回來，露出了一抹狡詐的笑容。

「我想，我剛剛應該已經都把我的訴求交代完了。」說完他便朝著Max的方向抬了抬下巴。

Max這時也明白過來，叔叔的人已經贏了那位號稱從未吃過任何敗仗的男人。

從未吃過任何敗仗的這個人仍將所有的情緒壓抑在心中，只展現出了外表的冷靜——要是被Pawit撞見了這一幕，他大概會是第一個走避的人吧？

這並不是指Pakin沒有任何情緒，而是氣到快要爆炸了。

面對那怒不可遏的情緒，就算是熟識的弟弟也不敢惹他。

「可以。」

！

一聽到Pakin平平淡淡地說出這句話，全場頓時沒了笑聲，所有人的視線一下子全落到了同一個人身上，在那之後，說出那句話的人便朝著Max的方向點了點頭。

「如果你想回來，可以——」

「我操！」站在後方的Saifa頓時爆出痛罵聲，這位雙胞胎弟弟當下氣得暴跳如雷，作勢想衝上去找面前那群混蛋，可是他也明白如果真的那麼做了，他的徒兒會怎麼樣。

然而所有人隨即安靜了下來，因為賽場的主人繼續說了——

「如果你有辦法贏過Oat的話。」

賽場上一片鴉雀無聲，Max則眼睛瞬間發亮，恨之入骨地轉頭瞪視該名優秀的選手。

「可以……我絕對不會輸給你的，Oat！」

「呵，還不是每次都輸，只有在私下偷襲的時候會贏。」Saifa語氣鄙視道。

好友見狀不禁緩緩搖頭制止，有意要Saifa閉上嘴，因為Pakin哥現在還沒協調好，而且他也不希望Saifa對朋友的情意讓事態變得更嚴重。

「這樣才比較值得協商嘛。」Korn滿意地說道，往老闆友人的兒子肩膀拍了兩下，接著才移到前面，像是在說——事情還沒完。

「噢，還有一件事呢，Pakin先生，我老闆聽說你接下來有個大案子，他老人家因此大發慈悲想去幫幫你，希望你能乖乖地接受這份好意。」

雖然Pakin氣到不行，但不代表他的腦袋出現異常，他又怎會不知道那傢伙想要什麼？

呵，接受這份好意？是你他媽的想來想到渾身顫抖，但是我沒邀請你才對吧！

「這不過是個小小的案子罷了，我不認為要勞煩到Nop先生——」

「我還沒跟男人試過呢，你說是什麼滋味？」

！

該死的畜生！！！

他的話都還沒講完，Korn就回了這句話。Pakin雙手緊緊握拳，忿忿地在心中腹誹，如果他有帶槍來，早就讓這畜生腦袋開花了，因為沒人會蠢到不懂這畜生指的是哪個男人！

然而，現在沒有證據能證明是Korn這混帳把人擄走的。縱使Graph受到身世光環的庇佑，歹徒可能不會傷害他，但實際狀況會怎樣沒人可以擔保，更何況Graph名義上是在他的看護之下，萬一要是發生了什麼意外，惹上麻煩的那個人會是自己。

但先不用去管那什麼該死的麻煩，如果那臭小子還平安無事的話！

「你知道自己在跟誰玩吧？」

忽然間Pakin的語氣變了，從原本的無波無瀾，竟變成了讓人一聽便能感受到的恐怖情緒。Korn這時才醒悟，自己這不共戴天之仇的敵人已經快要沒有耐心了。

第一次見到Pakin這混蛋表現得如此明顯，而且還是為了那個小鬼。不禁讓人懷疑，這究竟只是攸關利益，或者有更多其他因素摻雜其中？

「我一直都知道自己在跟誰玩，倒是你，到底知不知道自己正在跟誰玩？」Korn帶著嘲諷的笑容回嘴，隨即又重複了一遍先前的協議。

「那我老闆的事呢？Pakin先生？」

「……」

這是Pakin難得幾次感覺到自己輸得一場糊塗的時候。

像Pakin先生這種把自己當準則的人，竟然僅因區區一個孩子就打破了自己的規定！

「可——」

「Pakin哥！」

說時遲，那時快，響亮的呼喚聲倏地從另一個方向傳來，所有人猛然轉頭看去。只有Pakin一人靜默了一瞬間，眼角瞟了一眼，然後再轉回來盯著Korn的臉，猶如盯著獵物不放的老虎。

然而，只有他知道，自己有多麼慶幸那孩子平安無事。

「看樣子協商的時間結束了。」

這時就連Korn也不敢相信地瞪大了眼，接著轉頭瞪向身後那群彷彿知道待會可能面臨一場火爆場面的頹靡的手下。不過，他仍有辦法及時穩住理智，轉回來看向眼前之人，露出一抹壞笑。

「我也這麼認為。」應該見好就收，但Korn卻如法炮製上一次Pakin對他的所作所為——他朝Pakin走了過去，以一種高高在上的語氣對Pakin悄聲道：「但至少，我認為自己知道了某些有用的事情……**就好好照顧你的孩子吧**。」語畢，他退了開來。

不過在走出賽場前，他又補了一句：「別忘了Max的事情，Pakin先生，希望你能信守承諾。」

「……」

待那群人離開，Pakin依然站在原地，望向空蕩蕩的道路與幾輛車，周身的氣場看起來相當駭人，許多人因而艱難地吞了口唾沫，接收到從那具身軀散發出來的大量怒意。

從沒吃過敗仗的人，卻因為一個叫做Graph的少年而慘敗收場。

Graph同樣也不敢上前去找他，只能靜靜地站在一旁望著慢慢轉向自己的那具身軀。沒過多久，Pakin徑直走來，Graph連忙替自己辯解。

「哥，我……我什麼都沒做啊。」

咻。

結果，賽場的主人卻從他的面前經過，並且只講了一句話。

「回去！」

就這樣，男人沒有更多的表示，卻讓Graph感覺手心都滲出了汗水，兩隻腳接著連忙跟上，即便已嚇得他心驚肉跳。

Pakin這一次相當震怒，比過往任何一次都還要憤怒。

＊＊＊

「過來。」

「Pa……Pakin哥。」

當漂亮的超級跑車一駛向主建築前方並停妥之後，Pakin立刻下了車，甚至還用力甩上車門，讓一路上渾身僵直的少年猛地嚇了一跳。Graph都還沒來得及打開車門跟著走下車，車主就衝上來將他拖了出來，接著一把拽住他的手腕。Graph害怕得顫顫巍巍地叫出聲來。

可是Pakin完全不理會，大手使勁拉扯，Graph只能邁開僵硬的雙腿趕緊跟上，要不然肯定會跌在地上被拖著走。

同一時間，開著車子跟回來的Panachai也立刻把車停妥，然後迅速跟上了老闆。

「Pakin先生，這件事情Graph先生沒做錯啊，那個出錯的人，害得Graph被那群傢伙綁架的人是我——」

砰！！！

「！！！」

就在那一剎那，奢華豪宅內的所有人不禁瞪大了眼睛，差點來不及抬手摀住自己的嘴，因為走在前頭的屋主突然轉身，用手背猛地甩了親信一個耳光，而那一下的力道，足以讓Panachai嚐到了滿嘴的血腥味，臉跟著別向了另一邊。

「老子還沒叫你說話，閉上你的嘴，然後站在那裡，一步也別想動……至於你，過來！」

當Pakin一說完，大手便使力去拉扯一路上惶恐萬分、只能傻站在原地的Graph。Graph看到Panachai被打到臉轉向了另一邊，害怕得不得了，說出口的話都是顫抖的聲音、結結巴巴的。

「啊！ Pakin哥，等等，我沒做錯啊，我、我——」

「我沒有去自找麻煩，是他們自己跑來找我麻煩的！哥！哥一定要聽我說啊，Pakin哥！」

然而，Pakin卻一個字也不想聽，一味地拉著少年沿著走道向前行，這時Graph只能拚命地解釋，完全沒注意到臥房就在前面，而當他們一走進去……。

砰！

乓！！！

Graph纖瘦的身體被甩了出去，背部因而撞在房間的牆面上，隨之而來的是震耳的關門聲。Graph因撞擊而疼得皺起了一張臉，試圖冷靜下來抬頭解釋，但是……。

砰！

啊！

突然間，大手就這麼使出全力打在了他頭部旁邊的牆面上，

Graph被嚇了好大一跳，害怕得快要哭出來了。雖然他已經見過好幾次Pakin哥發怒的模樣了，但這次遠比以往要來得憤怒，Pakin哥氣到連一句話都不想聽他說。Graph只好睜著布滿恐懼的眼睛與Pakin哥對視，就在這一剎那，響起了一陣咆哮——

「我是不是叫你待在車上等著！！！」

「我……。」

「為什麼連這點事情都做不到？我的要求對你來說太難了嗎？就只是要你待在車子裡面，一天不給我找麻煩是會死嗎？蛤？ Graph，這很難嗎！！！」

男人大聲怒吼著，少年因而害怕得幾乎要低下頭，他只能不停地搖頭，卻說不出辯解的話來。

「你這是第幾次給我找麻煩了？只要照我的意思乖乖地待著，安安靜靜地坐著等一、兩個小時，這樣很困難嗎？不然怎麼會做不到？為什麼總是自己跑去惹麻煩？是很想一輩子當個掃把星嗎！！！」

！

Graph差點就要哭出來了，特別是從對方口中聽到了「掃把星」這個詞，但這也因此成了一股反抗的力量，他吼了回去。

「我才不是掃把星！！！還不是因為哥讓那個什麼女神過來跟我待在同一個地方，哥也跟她上過床了是不是——」

「別再這麼幼稚了！！！！」

Graph的話都還沒講完，又一次響起了怒吼聲，而且這一次Pakin的目光更亮了，像是知道了這小子本應乖乖地待在車子裡面，但為什麼會跑出來閒晃，以致於被人抓起來當籌碼的原因。而且最要命的是，像他這樣的人竟然被逼著向那些王八蛋屈服，全都是因為這個帶衰的小鬼！

「你究竟有沒有睜大眼睛看看周遭的情況？那是能捻酸吃醋的時候嗎？看見了沒？就因為你一個人犯蠢，造成了什麼後果？如果你能配合地忍一下，不過幾十分鐘的時間，一切早就結束了。但你到底是在發什麼瘋？是想要我把你的腿切下來嗎？才不會又把腳伸進來攪亂。結果你還有臉問我為什麼跟別人搞在一起？因為其他人不會像你這麼蠢啊！！！」

「……」

被人這麼劈頭痛罵，Graph也很生氣，但更多的是恐懼，而且最重要的是……傷心。

如果他能像Pakin哥所講的那樣乖乖地待著，就不會發生這些問題了，難道真的像對方所講的那樣，他就是個掃把星？

一個一次又一次給Pakin哥製造麻煩的人。

「我……對不起。」

這句道歉得到的回應是怒火中燒的眼神。

Pakin的嘴唇動了動，彷彿想再吼些什麼，可他卻將一切都吞回喉嚨裡，然後就這麼轉過身。

咻。

「哥……哥要去哪？」

「去哪都可以，只要不用再看到你的臉就行。」

Pakin那模樣嚇得Graph衝上去抓住他的手臂，他語氣顫抖地這麼問道，因為他更害怕對方這樣的眼神，這眼神像是在說——已經夠了。

明明一切都逐漸往好的方向發展，但它似乎就這麼戛然而止，只因為他這麼一次不經大腦的行為……Graph語氣顫抖地說道：「我很抱歉，哥，對不起，可以原諒我嗎？我不會再這麼做了。」

「放手。」

「不要！我不放，Pakin哥，我發誓，如果哥以後要我等著，我不會任性，不會再違背命令了，我會照哥講的那樣乖乖地等——」

「我叫你放手！！！！」Pakin再度咆哮，因為他現在氣到無法再去看這孩子的臉了，而且要是繼續再待下去，沒幾分鐘他就會出手狠狠教訓這小子，比那群垃圾想對這小子做的事情還要更惡劣。

然而Graph似乎不肯就這麼放棄，眼眶含淚的他繼續說道：「我不放，哥……我很抱歉，我……我什麼都願意做，原諒我……好不好……原諒我。」

說話的人聲音斷斷續續，似乎是想壓抑住哽咽，兩隻手仍緊抓著男人。怒火中燒的Pakin回過身來注視著Graph的眼睛，嘴角嘲諷般的揚起。

「什麼都願意做？你是腦子有問題嗎？」

「我……我可以，我真的可以！！！」

男人靜默地注視著面前的少年，原本打算找個安靜的地方讓自己冷靜下來，可當這口出狂言的小子說自己什麼都願意做，一抹可怕的笑容就這麼浮現在男人的嘴唇上。

「如果你認為自己有辦法讓我冷靜下來，那就來試試啊。」

「！！！」

Pakin以平淡的語氣開口，可如果仔細聽，就能發現其中的暴戾之氣依舊，彷彿怒氣分毫未減。

Graph跟著看向對方往下身指去的拇指，隨後睜大了眼睛，只見Pakin哥的另一隻手把褲頭的拉鍊拉了下去，他差點就叫出聲來，若不是因為他一抬起頭就看見輕蔑的笑容，樣子就像是在說他這樣的小鬼是做不到的，這讓害怕失去Pakin哥的Graph立刻跪坐在地上。

「我……我可以，我真的可以。」Graph喃喃道，結果當他一看到Pakin哥所做的事情，險些又被嚇了一跳。

Pakin把自己的寶貝從褲子裡掏了出來。Graph見狀，只好上前將滾燙的火棍握在手裡，但由於不知道該怎麼做，兩隻手於是開始替對方套弄。

啪。

「嘴巴只會用來幫自己辯解的嗎？」

就在這時，Pakin的大手一把抓住了Graph的下巴，緊緊捏住。Graph不禁顫抖起來，因為光是那樣並不夠，Pakin哥甚至還把他的臉往下推向炙熱的肉棒，他於是張開了嘴巴，將它含進嘴裡。

「來啊，不是說自己做得到？呵，才這樣弄一下就受不了了嗎？」

男人冷漠的語氣讓Graph害怕得不斷顫抖，口腔當下正含著熾熱的肉棒，他又舔又吸的，縱使自己的眼眶逐漸發熱，發自內心的畏懼對方。

「你就只有找麻煩這點厲害。」

噗滋。

啊！

「唔～嗚～～～呃！」

Graph差點就被嗆到了，但由於下巴被人緊緊捏著，因此也沒辦法做任何事。當大傢伙往深處一推，直抵咽喉，他頓時感到既窒塞又難以呼吸，同時又感到害怕，而且Pakin哥看過來的嘲諷眼神就像是在說——你不過是個該被拋棄的大麻煩，不過是個會說卻做不到的臭屁小鬼。

他的眼眶於是又熱了一圈。

「唔，嗚、呃。」就算死命的嘗試，Pakin哥的眼神和臉色卻絲毫沒有改變，相反地，他反而感覺自己快要死掉了，有一部分的原因是因為不習慣被送進嘴裡的巨物，另一個原因是因為對未知事物的恐懼。

Pakin哥或許曾經對他那麼粗暴過，但卻不曾像這樣用猶如看陌生人的眼神注視著他。

「呃。」豆大的淚珠滑過他的臉龐，兩隻手用力抓緊了對方的腿，身體因哽咽而晃動。

Pakin冷眼注視著這個嘴上猖狂但實際上則無法承受的少年落淚。

「唔……喝啊……嚇……！」

這小子已經不動了，Pakin往前又頂了一下，彷彿是在懲罰因無法換氣而快要窒息的Graph。Graph僅能淚眼汪汪地抬起眼眸。

唰。

Pakin隨即抽出了自己的身體，看著無力跌坐在地上的Graph，又是咳嗽，又是哭泣。他接著以冷漠的聲音說道——

「如果做不到，一開始就別誇口。」

咻。

一看到面前之人的眼神，Graph只能用手背在臉上擦拭，然後兩條腿帶著自己往另一個方向衝去，接著用力甩上了門，像是在躲避那讓人害怕到渾身顫抖、揪住心尖的冷淡眼神。

都結束了是嗎？至今所努力的一切都結束了是嗎？

「我就只是個麻煩……就只是……嗚……麻……嗚……麻

煩。」

　　在那之後，狂妄少年痛徹心扉的嚎啕聲就這麼響遍了整間浴室。

第三十七章

這一天的最後一戰

Pakin望向少年衝進浴室的背影，凌厲的眼眸依然炯亮，彷彿怒火完全沒有平復下來。大手這時用力地把頭髮往上一撥，發洩煩躁的情緒。他收起了自己的隨身凶器，然後才深深地吸了一口氣，想控制住越發急促的呼吸。

在那之後，Pakin驅使長腿轉了方向，朝房門走去，可當他一抵達那扇門前……。

咻。

大手竟然就這麼停頓在門把上，接著……。

乓！

他奮力地把門甩了回去，而後轉身重新回到床尾坐了下來。

咻。

Pakin一邊抬手用力揉了揉自己的臉，一邊回想著在賽場上所發生的事情。

「事情還沒結束。」

輸了這一次，不僅僅是丟了臉面，於他而言，在敵人面前落敗，對他造成了非常龐大的損失，其他人或許無法想像得到。

當那些傢伙討價還價過一次，第二次、第三次、第四次以及沒完沒了的下一次就會接踵而來，這不只是他經營好玩的特殊活動，也不只是為了讓那群有一堆閒錢的富翁來玩一些沒意義的娛樂，還牽涉到他所投資下去的眾多事業。

儘管參與這個活動的選手都只是些沒什麼權勢的年輕人，但並不表示別人不會關注。他的家族和那些傢伙之間的權勢較勁，已經持續了好長一段時間，而且在他跳入這個圈子之後，衝突變得越發激烈。就算這是大部分人都不知道的地下活動，也不代表他不需要贊助，一次小小的失誤，都可能會造成後續衍生的嚴重損失。

再加上這是動輒十幾億的投資、受到外國投資者所支持的大案子，一切準備長達兩年的時間，全因Pakin讓所有人相信，他是泰國最頂尖的新勢力，任誰都贏不了他。但如果他連幾隻狗都處理不了的這事情傳了出去，那誰會相信他們所投資的事業有辦法經營下去！

那個所謂的大案子……也就是那幫人先前提起的協議，是把他看得有多蠢？怎麼可能會邀請勁敵來絆自己的腳？

不僅如此，不只是那幫傢伙，這麼多年以來，他樹立了**「Pakin這人寧死不屈」**的形象，而所有人也都這麼堅信著。可是這一次證明了事情並非那麼一回事，況且那些想著把他拉下來的小角色也不少，只要有一點小小的傳聞，就可能會被煽動得一發不可收拾。

他的世界就是如此。

他已經騎虎難下了。因此，想要留在他身邊的人，必須要有爬上來的勇氣，不能只當一隻天真無邪的幼鹿，任誰都能戲弄的獵物。

但此時，那群獵食者已經轉動視線，發現那隻幼鹿了。

是的，Pakin非常生氣，氣得暴跳如雷，但實際上，他或許只是在氣自己在乎那小子、擔心那小子，所以才會暴露自己的弱點，讓其他人抓住了把柄。要是他能再狠心一點，假裝那小子一點都不重要，Graph就不會成為他們的目標了。可就因為在找到那小子之前的那段期間，擔心那臭小子會碰上什麼事情，他才不得已中止了那種想法，然後……與對方協商。

不只是因為與那小子他爸的利益……是沒錯，Graph是和他有共同利益的知名政治家族的獨生子，可實際上，那小子的爸爸大概也不想斷了政治上的金援，只因為自己一點也不在乎的兒子。

萬一Graph出了什麼事，兩家或許會變得勢不兩立，但談到金錢……肯定又會和以前一樣脣齒相依。

因此，他在賽場上和那些人妥協，全是因為……對那個混帳小子的擔憂！

那小子甚至還不知道如果想留在他的身邊，自己究竟該怎麼做！

Pakin猛地將頭髮往上撥，試圖否認自己其實有多麼焦躁，因為Nop那幫人發現了他的弱點竟然只是個高中少年！此外，要是知道了把Graph帶走能為自己帶來多大的利益，而且會對他造成多嚴重的打擊，他們絕不可能就此罷手。

如今陷入危險境地的人是Graph……不是他。

「操——虧我這麼多年來還把那小子擋在外面，結果就這麼一個該死的晚上！」他後續又咒罵了一大串。

現在的他已經不只是「Pakin哥」了——那個像以前一樣可以任由那小子耍任性的人。他現在是管理好幾百、幾千人的Pakin先生，是那個在國外留學返回泰國之後，就試圖把那小子隔離在遠處的人。結果他一同意讓那小子留在身邊，不久後就發生了從一開始便令人害怕的事情。

Graph必須要反省，必須要知道自己執拗的行為造成了什麼後果。

如果那小子還想繼續待在這裡，就得學著長大！

Pakin也知道自己對Graph所吼出的那些話，以及如暴徒那般所做出的行為，無異於等同能緩慢殺死那小子的毒藥，可要是那小子一直無法對抗這些毒，他同樣也無法選擇那小子。

但他也無法放開那小子……現在放開那小子，便相當於直接把那孩子送給了那群人。

Pakin再次起身，打算去其他房間讓情緒平靜下來，找回理智想想該用什麼方法防止那長不大的孩子又一次把腳伸向危險，可是……那張哭花了的臉卻鑽回了他的腦中。

那平常總是很囂張的臉，此時卻是一副害怕被拋棄的模樣。

他必須好好教訓那小子，讓那小子牢記在心中，但是……。

「操——」長腿一頓，非但沒有將它的主人帶往臥室的房門，反而轉向了浴室的門。

最後他還是開門走了進去。

嘩……嘩……嘩……。

Pakin首先聽見了水打在地板磁磚上的聲音，接著便看見瀰漫在整間浴室裡的水蒸氣，這時他眼睛迅速地掃視了一下四周，內心深處不禁也擔心那個沒有抗壓性的孩子會因為他剛才講的那些話而跑去自殺。就在這一剎那……。

「嗚……嗚……嗚～～～咳……嗚……。」

若仔細一聽，在被轉到最大的水流聲中，能聽見從角落傳來的哭聲。Pakin旋即大步走向內部隔間的透明玻璃門，瞇起眼睛看向有水氣附著在上的玻璃隔牆，然後就看到了哭聲的主人。

躲在浴室最裡面坐著的少年，雙手緊緊抱著膝蓋，把臉藏進兩腿之間，就像一顆圓圓的球一樣，身體則因淋在身上的水流而溼漉漉的，兩邊肩膀顫顫巍巍的，宛如肝腸寸斷的哭聲清楚地傳來，看到這一幕的人不由得腳步一頓。

從那狂妄少年身上所散發出來的氛圍是……絕望。

那個淚流滿面之人，鼻子紅彤彤，一個呼吸不上來便張開了嘴巴，可卻被水嗆得咳嗽連連，但他依舊不肯起身，因為怕被外面的人聽見自己的哭聲，殊不知那個憤怒之人與自己之間僅隔了一面玻璃這麼近。

唰、唰。

少年以手背在臉上用力抹了幾把，可眼淚就是止不住。他眼眶發熱，鼻子整個刺痛灼熱，身體就算淋著溫水卻依舊顫抖得嚇人，胸腔裡的那塊肉也急速跳動，但卻是猶如快要窒息般的跳動，宛如一名田徑選手跑到脫力，依然勉強自己繼續跑下去。

「我……對不起……對不起……嗚～～～～對不起……。」

要命！

最後，說要教訓少年並讓他怕得謹記在心的那個人，主動打開了玻璃門，衝了進去。

咻。

「Pa……Pakin哥……？」

Pakin伸出雙手抓住了蜷縮在地上的Graph的肩膀，將人一把拉起。偷偷哭泣的人兒受到驚嚇抬起了頭，以抖得厲害的聲音呼喚他，接著他將少年按在牆壁上。

Pakin自己也講不出話來，看到平常總是對他任性妄為的孩子變成這個樣子，他竟手足無措，只能凝視著那張哭到慘不忍睹的臉。被Pakin注視著，Graph差點就沒了形象地放聲大哭。

「我……對不起……嗚……哥……別丟……下我……我求求你……嗚……嗚……我……以後……不會……再……唔……這麼做……不會再……這麼做了……Pakin哥……我愛你……我愛你

……。」

！

Pakin聽了卻呆愣住，當下無論是什麼即將說出口的話，都被嚥了下去，因為即使他心裡明白這孩子對他抱有什麼感情，可卻從來沒有親耳聽到過。此時這孩子害怕被拋棄，竟然緊抓著他的衣角，彷彿那是救命的浮木。

深怕要是再不說出口，就再也沒有機會可以說了。

咚。

「Pakin……哥……我愛你……一直愛著你……嗚……就只愛你一個人……十年……我愛你……我就只有哥……嗚，一個人……別丟下我……我身邊已經沒有……已經沒有其他人了……Pakin哥……。」少年低下頭貼在寬厚的胸膛上，話說得像是真的快要死掉了。

「Pakin哥……我愛你……愛……你。」

Graph抽抽噎噎，兩隻手死死地抓著Pakin的衣服，嘴裡傾訴著愛意。

這孩子痴戀著這十年來唯一一個住在自己心中的人。

這些話讓Pakin只能傻愣著，他注視著那顆渾圓的頭顱抵在自己的胸膛上，身體抖動得宛如掉出巢外的幼鳥，還有那些像是心碎之人的……情話。

這些足以讓他無法再坐視不管了。

如果是在平常，Pakin大概會因不想讓事情變得更複雜而找個地方閃躲，可這一次……。

咻。

他竟然摟住了面前這孩子的肩膀，將這具不比Plaifa單薄、不若Chin那般強健，但卻是最令他心亂不已的人的身體收緊，直到兩隻手把這副纖瘦的身軀抱得更緊，直到二人之間僅隔了衣物那樣的完全貼合。

就在這時，被抱著的那個人終於放聲大哭。

「我愛你，Pakin哥……我愛你……。」

聽著害怕失去一切的孩子所說的情話，這一次，一直以來刻意忽略少年目光的男人這麼說道——

「我知道了，Graph我知道了。」

此刻的Pakin終於願意去聆聽懷中那執拗孩子的感受了。

＊＊＊

雖然在那之後，固執的孩子已經不再哭泣，可Graph就是不肯遠離情緒不佳的男人，即使極度畏懼對方先前的那些話，但是他更害怕這一切就這麼結束。所以他亦步亦趨地跟著對方，並願意脫下被打溼的衣服，和同樣全身溼漉漉的男人一起洗澡，只是過程中……沒有半句對話。

Graph已經告白了，可是卻害怕聽到答案。因此，既然Pakin哥不說話，他也就不敢再開口說些什麼。

「過來坐這裡……把衣服也脫了。」

啊！

就這樣，當他們出了浴室之後，Pakin隨後指向了床尾，Graph為此嚇了一大跳，害怕前一個鐘頭才剛發生的事情會重演，但對方凌厲的眼眸投射了過來，他的兩條腿只好乖乖地移動到床尾坐了下來，拉下披在頭上的一條小毛巾，接著解開了睡衣的鈕扣。

Pakin見狀，走向電話，然後撥了內線給樓下的人。

「誰都可以，幫我拿醫藥箱上來。」

這句話讓Graph立即睜大了眼睛，注視著正要轉身回來的那個人的背部，當他們的目光一對上，Graph立刻垂下了眼簾。

Pakin看了他那副模樣，隨即走過來站在少年的面前，注視著此時把頭壓得低低的臭屁小子，接著視線移到了一起洗澡時就發現的傷患處……出現在腹部上的深紅色瘀傷。

「被那些人怎麼了？」

「我真的什麼都沒做，我也沒有主動去找麻煩，我就只是想回家，結果那些人衝上來抓住我，我——」

「我不是在凶你，不用解釋……簡短說明，那些人做了什麼？」

或許是因為一開始就卡在心中的那份恐懼，因此當Pakin哥一問話，Graph就語速飛快地連忙替自己辯解。於是Pakin打斷他的話，繞回到自己需要知道的正題上，結果拚命解釋的Graph忽地靜默了片刻。

「哥……哥已經不生我的氣……了嗎？」

然後他不是很確定地開口問道，讓Pakin聽了不由得抬手環抱在胸前。

「自己心知肚明的事情就別問了，如果要問，不如問我是為了什麼生氣還比較實在。」已經冷靜下來、彷彿水流讓暴怒情緒和緩下來的男人這麼反問道，其高大的身軀就這麼站著俯視一直望著自己掌心的孩子。

他生氣嗎？當然生氣，只不過沒像一開始那麼憤怒罷了。

「那——」

「就因為你沒想過自己踏進了一個什麼樣的世界。」

Graph話都還沒講完，Pakin立刻又回了一句，Graph於是困惑地抬起了頭，Pakin看著他，不禁嘆了一口長長的氣。

就算事情已經發生了，可這小子還是不自知，要是平常時候，他大概就這麼算了，繼續讓那小子當一個單純的高中生，不用去知道這個世界有多麼危險。可現在一切都變了，即使他再怎麼試圖將那小子推出去，那群人渣大概又會把這小子扯進來。

「在我身邊會有危險，你知道的吧？」

「……」

「這不是高中生在打群架，不會有學校老師在後面追趕。知道我們的生命只要一發子彈就會被輕易結束掉吧？如果繼續在這個世界表現得軟弱、單純，做任何事不考慮後果，你就沒辦法待在這裡。」

「可是我──」

「我沒有跟Plaifa上過床，也沒有跟Chin睡過。」

！

Pakin不想聽那些辯解的話，現在的情況比原先還要更險峻，他必須先和這個臭小子達成共識，因此，就連像是忌妒這種天真的想法也得打開天窗說亮話。

「那哥為什麼要讓她上車？」

「先看清楚周遭的情況再來問這個問題，Graph……你現在不是已經知道了嗎？那些人什麼事情都幹得出來，而最安全的地方就是那輛車。我並非在意還沒有跟Plaifa上過床，而是惋惜那種難得一遇的優質選手。和性愛無關，這件事攸關人命。」

聽完Pakin哥以嚴肅的語氣解釋原因，Graph感覺到直戳心臟的愧疚感，就因為他當時只顧著吃醋，沒有長遠地考慮到性命交關之事。可是在他被抓走而且還被毆打之後，他才開始慢慢地理解到Pakin哥所處的這個世界……到底有多麼不同。

「……我很抱歉。」

Graph的神情變得更加委靡，無論是出於還在恐懼之中或是其他原因，而這樣便足以讓Pakin講出這些話了——

「而且我已經講過，不會再跟別人亂搞，只要你還在這裡的話。」

Pakin伸出兩隻手指向坐在面前的少年。

Graph眨了眨眼。不過，充滿恐懼的內心仍然驅使他問出了這個問題：「那……那剛才……？」

房間主人不留情面地嘆了口氣，接著以嚴肅地語氣說道：「我就只是想要讓自己的情緒冷靜下來，沒有要去找別人！」

這番話讓Graph愧疚得更加消沉，正巧在這時響起了敲門聲，說話的人因而再度嘆了口氣，接著轉身走去接過幫傭手中的醫藥箱。當Pakin走回來時，就看見那執拗的孩子拿起毛巾蓋住自己的頭，像是在逃避自己的過錯，於是他在Graph身邊坐了下來。

「哥……我真的是掃把星嗎？」

仍卡在Graph心中的這個問題讓Pakin沉默了片刻，他拿出藥膏擠在指尖上，接著去碰觸期待聽到答覆的少年的小腹。被碰到痛處的Graph渾身微微一震。

每次碰上這小子，總是會有麻煩找上來，可如果問他，真如他所罵的那麼不堪嗎？

「關於這點，是我說得太重了。」

這句話才終於讓毛巾底下的那張臉稍微有了點血色。Graph順從地任由對方替自己上藥。上好藥之後，Pakin再次起身，不過……。

啪。

把臉藏在毛巾底下的那個人竟然抓住了他的手，緊接著臉一抬。

「哥……不打算處罰我嗎？」

Pakin靜靜地注視對方的眼睛，原本覺得自己對這小子的懲罰已經夠了，結果反而是對方看過來的眼神……似乎是想要贖罪，噢不，應該說是**「想盡辦法讓他別再生氣」**才對。

「你是很想被處罰嗎？」

「……」

這份沉默說明了那小子並不想……誰會想被處罰啊？

「快睡吧，要天亮了。」

咻。

可是這個不想被處罰的小子卻依舊死死地抓著男人的手腕，以仍然帶著怯意的眼神靜靜注視著男人迷人的面容，語氣顫抖地說道——

「哥處罰我吧。」

見到那副模樣，Pakin其實也很清楚這小子為什麼會這麼說——Graph是想要一個保證，表示自己已經向他贖罪了。Pakin因而上前，將膝蓋落在Graph的身側，接著以高大的身軀向前將人禁錮，再以低沉的嗓音問道——

「如果我處罰你，要怎麼確定你真的知道錯了？」

「我已經知道錯了，哥，真的知道錯了。」

這句話讓男子抬起少年的下巴，二人的目光相對。

「所以會照著我的話去做嘍？」

雖然畏懼男人凝視著自己的炯亮眼眸，可少年依舊應聲道——

「我……會照做。」

「腰再用力一些啊，Graph。」

「我……我……受不了了……哈……啊……哈啊……太……太深了。」

時鐘的短針早已經過了四這個數字，可是屋主的臥室裡還沒有人睡下。一名少年正跨坐在一具高大的身軀上發出顫抖的呻吟聲，他一邊把雙手貼在對方精壯的小腹上，一邊猛力擺動腰部，接受粗大的傢伙塞進自己的最深處。

那姿勢讓少年只能動情地顫抖呻吟，腳趾頭僵硬地用力扣住柔軟的床墊，在那之後差點就要升天了，因為身下之人輕輕旋動臀部，大傢伙就這麼緊緊塞在他裡面蹭動，全身不由得一陣酥麻。

噗嗤、噗嗤。

這時，動作帶起的汁水聲響遍了整個房間，令人無比羞恥，潤滑劑也濡溼了每一次擺動臀部接受炙熱火炬整根沒入到深處時，總會被撐到緊繃的穴口。

「哈……哈……哈啊！」Graph感覺自己的意識好像漸漸渙散，不過是讓熾熱的肉棍塞進來，理智就全沒了，只剩無比誠實的身體仍不斷地來回擺動，像是想將對方所撩起的慾望釋放出來似的。

先前一開始，Pakin便是挑起情慾的那一方，他不僅用上了嘴唇、手掌、指尖，甚至還用身體互相蹭動，直至二人幾乎緊緊貼合在一起。就在Graph喊著快要受不了的那一瞬間，他隨即悄聲呢喃道——

『如果受不了就來做吧。』

Pakin高大的身軀移動過去倚著床頭半躺，並以大手自行套弄粗大肉棒的畫面，簡直就像是引誘人類墜入地獄深淵的路西法，不僅熾熱、火辣，還很性感。這一幕誘得Graph這樣的稚嫩孩子只能乖乖地爬到他身上，以手指撥開先前已經被人用手指擴張過的溫熱窄穴，然後……將整根性器塞入。

既熱又硬的大傢伙一進入他體內，就彷彿快要把他融成床上的一灘溫熱春水。

Graph知道Pakin哥正在處罰他，也知道自己必須擺動身體，可是他就只會前後擺動，讓肉棒在體內摩擦。他緊咬著自己的嘴唇。

光是這樣摩擦，他就快要高潮了。

啪。

「哥……哥……受……受不了了……我……沒……啊……沒力了。」Graph不由得撲向前，抱住了Pakin哥的脖頸，以沙啞的嗓音低喃道。

少年的身體忽地緊繃抽搐，因為炙熱的肉棒正頂住他裡面的敏感處蹭動，比起前面正流出歡愉液體的性器還要更有感覺。

他的身體已被教育成只要被操後庭就能產生快感了。

少年哀求的話語，讓聽的人眼睛一亮，隨即以兩隻手扶起他嫩白的蜜臀，高得幾乎要讓肉棒掉出來，承受的那一方此時用力地搖頭。

「不……不要拔……出去……！」

噗滋。

「啊～！！！啊哈……唔～～～～」當臀部被往下猛壓，使火熱的肉棒直接整根沒入體內，少年瞬間高喊出聲，透明的淚珠順勢滑過臉龐，但那並非傷心的淚水，而是被體內快要爆炸般的銷魂刺激感逼出的眼淚。

這時，強控少年臀部的男人一邊伸出舌尖沿著少年的嫩頸舔拭，一邊感受著對方在他每次擺動時，身體繃緊的反應。

「哥……哥……好刺激……呃……嗯……。」

「看來是喜歡吧……如果喜歡這樣，那就不是處罰了。」

啪、啪、啪、啪、啪。

「啊！啊哈……哥……要掉下去……我……快……掉下去……嗯……唔、唔……。」

Pakin附在Graph耳邊低喃，可沒等對方穩住，他便將兩隻大手伸到Graph的膝蓋下方，迅速將男孩抬了起來。Graph的雙腿被迫離開了床面，只有窄小的肉穴與粗大的凶器在互相撞擊。Pakin此時也跟著將膝蓋彎曲，把腰部向後拉，緊接著用全力撞了進去，Graph頓時抖著聲音呻吟。

少年的身體顫抖不已。

咚。

這時，Graph被放回床上，成了背靠在床頭的那一方，兩條腿則被抬起來放在Pakin的肩上。男人的大手穩穩地托著他渾圓的蜜臀，控制著先將性器抽離，然後再深深插入他裡面，技巧純熟地摩擦著，甚至還……。

「那裡……不……不可以……嗯……那裡……！」

啪、啪、啪、啪。

「啊！！啊哈，哥……不……！」

似乎愈是阻止，就愈是往火上澆油。Pakin一次又一次毫不猶豫地往Graph的敏感處衝撞，迫使懷裡的少年撲上來抱住了他強健的脖子，喘得身體跟著晃動，可他並沒打算收手。

「不是說今天不會求我停下來嗎？」

「我……我……啊……哥，嗯……我……我要……射了……

哥，我要……射了，要射了……啊呃！」

一看到Graph眼眶噙著淚水的臉蛋、紅腫的唇瓣、泛紅的臉頰，以及因染上這股潮紅而呈現出淡粉色的白皙皮膚，再加上那副非常誠實的身體此刻正回應著他的節奏，Pakin眼睛於是變得更亮了，縱使他知道這小子沒什麼技巧可言。

他不喜歡和那些不懂技巧的人做愛，但Graph或許是個例外。

從一開始手把手地教育這孩子直到現在，竟讓他……情慾變得比以往都還要高漲。

這副只屬於他一人的身體，還有那顆心……。

砰、砰、砰。

「哥……哥……別……別太……用力……呃。」

Pakin一意識到這想法對自己來說太過危險，便立即停止了思考，而後將之轉換成身體猛烈衝刺的動力，床因而劇烈晃動，使得少年纖細的身軀躺倒在柔軟的床上，只能張開雙腿接受他那熱烈的疼愛。

不知道為什麼，他就只想無止境地欺負Graph。

展露出野性的銳利眼睛望向了潔白的身軀。這具身軀還會再成長，可光長成這個樣子就足以讓他獸性大發，想要反覆蹂躪那絞纏住他命根的溫熱窄穴；想要舔拭滲出汗水、在燈光照射下閃耀動人的肌膚；想要揉弄那不曾與其他人磨擦過，仍帶著鮮嫩漂亮色澤、令人憐愛的部位；想讓這個人嬌吟到喘不過氣，而且……變得非他不可。

他不需要知道這些慾求究竟只是生理需求，或是內心深處的渴望。

他只知道……自己停不下來。

「啊……啊哈……啊～！」

一次又一次的猛插。

停不下來，即便Graph已將情慾釋放在他的腹部上，他依舊抓著那具纖細的身軀往下一翻，再把臀部拉高，接著……。

噗滋！

「啊嗯……唔！」Graph就只能閉上雙眼，用力地呼吸，因為忽有龐然大物塞入體內。然而那裡已經不痛了，當粗大的硬物摩擦著他窄小的肉穴，只帶來了快感，當對方的大手伸過來握住他脆弱的小兄弟，他甚至還把臀部往後翹。

Graph以為自己會受不了，可是被人這麼一撩撥……身體便起了反應。

男人迅速地抽插。

啊！

少年的雙手抓向床單，當男人用舌尖沿著他的背部舔拭，他不由得將臉往下一埋，只剩下接受對方抽插的臀部在不停擺動，而變得疲軟的那個部位也再度慢慢硬了起來，他就只能在心中責罵——*這都是Pakin哥的錯！*

這個不停入侵的男人，一下子緩慢到幾乎讓人受不了，一下子又猛烈到差點讓人失去意識，不然就是來回繞圈，摩擦到整個房間都聽得到淫水受擠壓洩出的聲音。這時Graph已經完全沒了痛感，只感覺到情緒上的歡愉，可他隨後又語氣輕柔地悄聲道——

「原……原諒我……好嗎？」

男人沒回答這個問題，縱使少年窄小的肉徑早被噴射出來的混濁液體澆灌至汁水滿溢——

***

太陽已經升到天空上方好一陣子了，但是Pakin還沒睡下，他仍靠坐著床頭，點燃香菸抽了起來，隨後看向身邊那個裸著身體睡到不省人事的少年。

他正在問自己，從今以後打算怎麼辦？

問的不是安全方面的問題，而是這小子的處境。

Pakin已經想好要加強保全，會做到確認連一隻蚊子都沒辦法飛進來碰到這小子的程度，但想不出來的是，他該把Graph放在生命中的哪個位置上？

現在所有人都認為Graph是他的人，Pakin自己其實也沒想反駁。

Graph是他的，至少他也跟這小子從黎明大戰到天空發白，可接下來又該怎麼做呢？

以後對這小子不能只是玩玩的態度了，而他自己也正把這小子往前推向再也無法回頭的路上。

位高權重的他才剛承認了自己對Graph所抱有的情感，既然承認了，那麼他就不能繼續像以往一樣無動於衷，而關鍵在於他想就此停在這裡，抑或是放手讓事情繼續發展下去，直到Graph再也沒有退路。

他自己再怎樣都有退路，可是這小子……不一樣。

已經沒了怒氣的人這麼想著，熄了菸之後伸手過去輕輕地揉了揉熟睡之人的頭，接著把這一切從腦中屏除。

沙。

Pakin躺了下來，然後將那個沒了意識的人擁入懷中。

他現在累到沒有辦法再去想了。

「晚安，小麻煩。」Pakin依附在熟睡的少年耳邊低語，而後闔上了雙眼。

Pakin沒料到的是，有些事情就連他自己也無法控制，因為沒有退路的那個人有可能是他自己，而不是他懷裡的Graph。

第三十八章

牽掛

一輛破千萬的敞篷跑車穿過大門圍籬駛了進來，而後停在了一棟大型建物前，車主慌忙地從車上走了下來，一雙迷人漂亮的眼眸明顯帶著憂色，直接衝進了建築物內，但……。

「Win先生。」

咻。

「Kaew嬸，昨晚發生什麼事了？」

才剛進屋的那個人立刻轉向了女管家，女管家隨後搖了搖頭。

「我也不清楚細節，昨天我自己也已經睡了，可是家裡的人說Pakin先生非常生氣，然後就把Graph帶去樓上的房間，Chai同樣也等了一整晚……。」

「什麼？」一聽到某個人的名字，Pawit立刻出聲打斷，即便沒上妝依舊引人注目的漂亮雙眸頓時瞪著女管家的臉，

老婦人見狀立刻將人帶進客廳，像是想讓他親自看看比較好，Pawit於是連忙跟了上去。

！

「就像Win先生看到的這樣，Chai就待在那裡一整晚了。」

Pawit甚至在女管家報告前就看到了……靜坐在地板上的大個子背影，那低垂晃動的頭，說明了對方無法抵擋住倦意，因此就這個姿勢睡著了，看起來哪還像是平日裡Pakin先生的得力助手。

「Kin命令的嗎？」

「嗯。」

Pawit靜靜地站了一會，注視著Panachai寬闊的背部好一陣子，而後才又轉回來注視著女管家。

「大嬸去忙吧。」

Kaew嬸應了一聲，接著就請求先回廚房了，而Pawit仍站在原地注視著Panachai的背影，像是在思索該怎麼做才好。

他直到今天早上才知道這件事，當他一得知便馬上趕來，擔心那個孩子會遇到親戚哥哥的情緒爆炸，可卻完全忘了不只有Graph會遭殃，那個應該維持整個活動秩序的人，受到的波及大概不會比較少。而現在，就算再怎麼擔心，他也絕對不會冒著風險進入哥哥的房間。

Pawit會擔心Graph嗎……擔心。可是他無法否認自己的內心其實更擔心另外一個人。

想到這裡，Pawit便走向靜靜坐著的那副身軀，他繞到了Panachai的面前，然後跪了下來，充滿魅力的眼眸接著掃向對方凌厲的臉龐，從帶著青色鬍碴的下巴，一路看向掛著一大片瘀青的臉頰，他的心臟不由得瞬間揪了一下。

這個男人受傷的樣子他見過好幾回，可卻沒有一次是習慣的。

不曉得是不是因為抱持著這樣的想法，Pawit伸出了手，先是碰觸對方的臉頰，然後才輕柔地將那張臉抬了起來，小心翼翼地就怕驚醒對方。直到這個比自己大了十歲的人的那張俊臉與自己齊平，一大片瘀傷這才整個呈現在眼前。

這個傷讓Pawit不自覺地咬住了自己的嘴唇，無法克制地以指尖去輕觸對方的嘴角。

你該放手了，Win。

男模那麼告訴自己，可兩隻手卻不願離開，依舊貪戀著這份比常人還要高的肌膚溫度。一直是這樣，Panachai的體溫總比其他人要高，這份溫度，是在他童年時期所觸碰過的，也是在他青少年時期一心一意想抓住的，直到……它就這麼溜走了。

Pawit真的無法克制自己彎下身，目光注視著一直以來深埋在心中之人的面容，明知道自己應該就此打住，不只是停止碰觸這個男人，還包含了好幾年前就該被掐熄的希望，可是這希望……卻一次也沒有完全被熄滅。

此刻，心上人的鼻息近在咫尺，就連童年時期碰觸過的嘴唇也近在眼前。

可還沒來得及闔上眼皮……

咻。

啪。

「你這是在做什麼！」

Panachai緊閉的眼皮竟然猛地睜開來，同時伸出雙手緊緊抓住Pawit的肩膀。Pawit不禁愣了一下，望向這個以強硬語氣喝斥他的男人，不用明講也知道……這是在拒絕。

這足以讓Pawit有形的嘴唇浮現出一抹好看的笑容……和他扎人的話語恰恰相反。

「就只是想近距離看看你的狀況，該不會……自戀到以為我想親你吧？」

「Win先生。」

Pawit還沒鬆開托著對方臉頰的手，他把Panachai帶傷的那一邊臉頰扳過來，然後語氣冷冷地說道：「我到底是該說你活該，還是該同情你？」

「……」

Panachai沒回答，僅看了一眼老闆弟弟的臉，接著便禮貌性地把視線往下移。儘管對方的年紀比自己小，可在別開臉的時候，清醒過來的他卻瞥見了某個不該看的東西出現在Pawit的脖子上。

當Pawit一低下頭，寬大的領口就敞得更開，露出了好幾個鮮明的吻痕，就好像留下吻痕的人刻意要讓別人知道一樣。Panachai不禁出神地盯著看，直到當事人察覺到他的視線，也跟著低頭望去，接著露出了淡淡的笑容。

「昨晚我跟Scene哥在一起。」Pawit這麼說道，一邊鬆開了托著男子臉頰的手，一邊站起身來，在原地等候了一整夜的人跟著起身。

「今早Scene哥聽說了賽場的事情，所以我才會知道，這才剛趕過來。」Pawit毫不隱瞞自己和哥哥的友人上床，不……應該說是打從一開始決定跟那個男人上床就沒打算要隱瞞，他甚至還抬起手摸了摸這些連自己也不知道它們存在的吻痕。

「我跟他講過很多次了，別留下痕跡，我自己很清楚，做我這行的不應該留下這種痕跡……不需要用那麼苛責的眼神看我吧？」

「……我沒有。」Panachai立刻移開視線看著地板，這麼回應道。

一旁聽的人勾起一抹嘲諷的笑容……。

Pawit正在嘲諷自己。

「也是。」他只說了這麼一句，接著就不吭聲了。

他怎麼就忘了，對方不過只是把他看作Pakin先生的弟弟在關心，並沒有摻雜更多的情愫。

一陣靜默之後，Pawit轉身打算回房間去，結果站在離自己僅兩步之遙的人先一步開了口。

「最近自己多加小心。」

！

Pawit沉默了一會，眼角隨後瞥了過來，嘴角微微揚起，接著說道：「你先擔心自己會不會被老闆弄死吧。」

男模只留下了這麼一句話，然後直接上樓。他並不是因為想要休息，而是想要逃避對方注視的眼神，那眼神彷彿是在打量他有多隨便。

那些關懷不過就是因職責所在而隨口說說的吧。

說到底，他就只是哥哥委託給Panachai照顧的負擔罷了。

＊＊＊

鈴～～～

太陽從天際慢慢移到了頭頂正上方，接著又越過上方，說明時間已進入下午時分，可是床上的兩個男人卻沒有半點甦醒的跡象，直到被脫下來隨意丟在地上的褲子口袋裡傳來了手機鈴聲，手機的主人這才稍稍挪動了一下身體，微微抬起頭，瞇著眼睛看向說明時間已經來到下午兩點的時鐘。

這些嘈雜的聲音肯定惹得Pakin一陣煩躁，可就在他正要起身之際，鈴聲卻停了，他因而又繼續躺了回去，不過……。

鈴～～～

「我操！」這臺通訊設備竟然再次響起，Pakin不禁含糊地爆了粗口，一把拉開棉被，不高興地起了身，拉起自己的褲子，往口袋裡掏，而後才又把褲子重新扔回地上。就在他正準備按下接聽鍵朝對方怒吼的瞬間……。

「要命……。」顯示在手機螢幕上的那個名字，讓剛醒來的他越發煩躁地從喉嚨裡發出低吟，但……沒辦法朝對方怒吼。

這或許是唯一一個仍讓他有所忌憚之人。

「哈囉？」Pakin簡短地朝話筒講了這麼一句話，一邊抬手用力撥頭髮，整個人已經完全清醒了。

和電話另一端的人過招，無論如何都要讓大腦完全清醒。

「過得怎樣？寶貝兒子。」

沒錯，打電話來的人，正是Pakin的父親。

「爸有什麼事嗎？」Pakin這時語氣平淡地問道，但嗓音聽起來沙啞，透露出自己才剛睡醒，惹得電話另一端的人愉悅地發笑。

「當爸爸的打電話給兒子，一定要有什麼事情才能打啊？Pakin你這小子，還是說……你正忙著跟人纏綿？」

雖然沒看到對方的臉，可是Pakin又怎麼會感受不到透過電話所傳送過來的壓迫感？於是他把兩隻腳從床上放了下來，讓身體稍微向前傾，彷彿不是在自己的臥房，而是在辦公室裡，並且有一群老虎、獅子、野牛、犀牛準備將他逼到角落，原先半瞇的眼睛頓時變得明亮，他隨即開口回應對方。

「爸應該也很清楚，我每個晚上都很享受樂趣……我這就叫有其父必有其子。」

「哈哈哈哈哈！這回答，不愧是我的兒子，你弟弟就沒你的一半啊，Pakin小子。」

名叫Pakin的人僅唇角勾出一抹笑意，想起了性格和自己截然不同的親弟弟，如果將他們兩個人做比較，他就比較像是那些美國佬，至於那小子則像個英國紳士，就連那小子本人也正在英國的大學讀書，還不需要投入到泰國的事業，況且看樣子，大概是不會輕易回泰國了。

「呵，現在是維也納女孩或布達佩斯女孩？」

「哈哈哈，那已經是舊新聞了，兒子，現在是佛羅倫斯女孩。」

Pakin僅僅輕笑了幾聲，沒有完全相信對方只是打電話過來詢問近況罷了，而事情果然如他所料，因為……。

「我聽到了一些風聲。」

「又是從哪條狗那邊聽到的？」

「如果你知道我的眼線是誰，你應該就不敢罵他是狗了，Pakin。」

當兒子的人只聳了聳肩，因為他對爸爸的眼線是誰一點也不感興趣，因為只要爸爸知道他在泰國的動向，那他同樣也能掌握爸爸在歐洲的動向，不過比較令人在意的是，所謂的風聲究竟是哪件事？

如果不是事業上的事情，那肯定就是……

一想到這裡，Pakin隨即瞥向了正趴在床上的某個人，少年把臉埋在枕頭上熟睡著，不像是會醒過來聽見這些對話的模樣。

「需要幫你一把嗎？」

「呵，就算爸拿槍抵著我的頭，我也不會向爸低頭乞求的。」

電話另一端再次傳來了滿意的笑聲，因為對方清楚知道自己的大兒子是那種寧死不屈的性格，打從他長大之後，就算遇到再大的事也不曾向任何人求援，即便那個人是自己的生父也一樣。

「如果你能自己處理就好……我還想說要不要回泰國一趟呢。」

「什麼時候？」Pakin立刻反問，大腦同時思索著該怎麼和這個男人過招，畢竟對方可是他當年仿效的恐怖始祖。

可是電話另一端卻只回了句——

「看什麼時候玩膩了佛羅倫斯就順道過去。」

了解爸爸習性的兒子很清楚這句所說的佛羅倫斯肯定不是指城市，看樣子多半是指自己勾搭上的女孩子。在那之後爸爸就切斷了通話，坐在泰國家裡的Pakin以手肘抵住膝蓋靜默了好一陣子，接著才緩緩搖了搖頭，將手機重新扔回衣服堆上，腦子依舊想不出來對方撥這通電話的真正目的究竟為何。

如果是昨晚的事情，還不算複雜，但如果是這孩子的事情……。

揣著這個想法的人重新回到了床上，注視著一絲不掛趴著睡覺的人。一條被子蓋到了少年背部的一半，他的頭還歪向了床的另一側，Pakin見狀，不由得將手伸了過去。

「沒發燒。」他的手所伸向的目標是露在枕頭外的臉頰，透過觸摸確認這小子的體溫是否異常，然後手背沿著對方的脖頸滑動，一路滑向宛如幾乎從未曬過太陽的淨白肩頭。

至少這小子沒有生病。

Pakin這麼想著，很想就這麼躺下來繼續睡回籠覺，可他都已經完全清醒過來了，昨晚所發生的事情也重新回到了腦海中，並告訴自己，現在不是休息的時候，而是該來解決問題的時候了。

他是不會任由那些人這麼囂張的，如果那些人想要挑起戰爭，那就成全他們！

他擔心的就只有……。

「嗯……。」

沙。

Graph發出了含糊的呻吟聲，而後翻身仰躺，眼皮跟著緩緩地睜開來，彷彿先前的碰觸把他從美夢中喚醒，一直注視他的人不禁愣了一下。

Pakin並不是因為Graph醒來所以愣了一下，而是因為他對反擊Nop那幫人的時候有所猶豫，竟是因為擔心這小子。

Graph一睜開眼睛就發現有人在盯著自己看，頓時睜大了雙眼。

「Pa……Pakin哥。」

「不然你以為是誰？」

「沒有，不是，我……我只是……。」Graph立刻就沒了聲音，因為當他一挪動身體，痠痛的感覺便向他襲來，更慘的是……他甚至能感覺到像是有什麼東西塞在屁股裡。

這感覺頓時讓昨晚接受懲罰的事情回到了腦海中，包含每一個畫面、每一件事、每一種感覺，就連……每一種做愛的姿勢，他也全都記起來了。

唰。

就在那一秒鐘，Kritithi先生差點要拉起棉被蓋住自己的頭了，因為就算昨晚的意識有多麼渙散，他依舊清楚地記得身體情不自禁輸給了對方，浪叫得跟個AV女優沒兩樣，最後只能抱著對方的脖子，任由對方隨心所欲地懲罰自己。

不過，他好歹也是個男人！Graph忍住了拉被子蓋頭的衝動，但這不代表他抓在被子上的手……能夠不顫抖。

那副模樣，Pakin盡收眼底，因而勾起了嘴角。

「在想什麼？」

「沒……沒有。」Graph立即搖頭，可白皙的臉頰卻明顯變紅。

「沒多想就好，但是要反省一下我昨天跟你講過的事情……我還不想看到你變成別人的槍靶子。」

Pakin那麼說道，接著站起身，但卻讓Graph急得差點撲了過來。

咻。

「怎樣？」

整個人已經站起來的Pakin回過頭，因為手腕被人襲擊了。Pakin這才發現叛逆少年俊俏的臉蛋正抬起來望著他，眼裡盡是恐懼與不確定，於是他沉默了下來，凝視著試圖表達某些訊息的少年。

但是Graph卻只是張了張嘴，然後又閉上了嘴巴，像是在猶豫到底該不該說出口。

Pakin通常會逼迫Graph把話直接說出來，讓事情早點了結，但因為Graph現在身體的狀態顯示他昨晚也是挺過火的，Pakin因此冷靜下來並默默地等著。

直到Graph再次開口，試著將自己的自信找回來，不過聲音依舊顫抖。

「哥……不生我的氣……了嗎？」這是他唯一埋藏在內心深處的憂慮。

「……」

「我不知道自己還會不會給哥製造麻煩，但是我……我會試著多去想想……會努力……不造成哥的麻煩。」

透過顫抖的語氣所表現出來的努力，說明了這孩子有多麼愧疚，然而聽的人卻依舊靜靜地站著，一句話也沒說。

「哥別再生我的氣了……好嗎？」

平日裡說話衝動的偏執小子，這次竟然以這麼禮貌的語氣說話，看的人不由得沉默了一下。

這小子是在害怕，Pakin又怎麼會不知道呢？不過這小子是否害怕到足以不再惹事生非呢？

結果，有意要讓這小子反省的人卻無法克制自己——Pakin伸出手去摸Graph的頭，而後輕輕地推了一下。

「如果我還在生氣，早就把你丟出房間了。」他這麼說道，接著把手滑下來搭在Graph的額頭上。

「我要進公司一趟，你繼續睡吧，我不希望回來後看到有人生病。」

「我沒那麼柔弱——」

「呵。」

原本張口想要爭論的少年立刻安靜了下來，因為話都還沒說完，對方卻勾起了唇角，雖然之前也見過Pakin哥笑，但他從沒見過這樣的笑容——以往都只是無可奈何的笑容，要不就是對自己充滿自信的迷人笑容，可這一次……是憐愛。

他感受到Pakin哥對他的憐愛。

這個笑容足以讓Graph把聲音全吞回喉嚨，臉頰這時滾燙得嚇人，只能傻傻地放開對方的手腕，接著將被子往上一拉，蓋住了脖子，甚至不敢去看Pakin哥有著漂亮肌肉線條的壯實身材，以及仍維持那抹笑容的面容。接下來，Graph差點抬起手遮住自己的耳朵，因為——

「那我就等著看。」

那玩味的語氣甚是好聽，就像是心中的回音，直接傳進了悸動的心臟。

即使不像上次一樣有早安吻，沒有大量的碰觸，就只有笑容和溫柔的語氣，卻讓Graph肯聽話地繼續再休息一下，因為他感覺到Pakin哥願意讓他再靠近一些，雖然只是短短的幾步，但這卻是自己這輩子與Pakin哥離得最近的一次。

＊＊＊

Krítithi先生原以為自己會睡不著，可實際上，由於疲憊、痠痛以及逐漸透支的體力，他反倒很快地進入了夢鄉，而且看樣子似乎會一直睡到太陽隱沒在地平線之下，若不是因為在模模糊糊的意識當中，他感覺自己正在飄浮……。

感覺到引人入夢的溫柔、像甜點般的柔軟，以及……溼潤。

不只是溼潤，而且還很溫暖。

這些感覺引得Graph很慢……很慢……地睜開了眼皮，隨後就看到了……。

「啊！噢！」

Graph幾乎使盡了全部的力氣將跨坐在自己身上的那個人推開，隨即往後退，但由於動作太過猛烈，晃得他自己不禁因此發出了慘叫聲。

被一把推開的人正以媚人的神情舔著嘴唇，接著以好聽的聲音說道——

「該醒來了，沉睡的王子。」

「Win哥，你這是在鬧什麼啦！」

沒錯，用親吻的方式把人弄醒的那位仁兄，就是這個人……Pawit。

「沒鬧，只是來叫醒你而已，已經下午四點了，你這個愛賴床的小孩。」Pawit說話的聲音裡帶著笑聲。

Graph因而扭頭看向時鐘，不敢相信自己已經睡到這麼晚了，可還是忿忿地說道：「哥可以用正常一點的方式叫醒我吧？為什麼要親我？」

「別裝得好像沒親過一樣。」

「……」

Graph沒辦法反駁，因為對方確實是教他接吻的人，就是那麼一回事，而且無法否認的是，感覺還很舒服。

Win哥的吻會令人飄飄欲仙，不像某個人那種狂野又猛烈的吻。

「啊，哥！」

原本思緒幾乎要渙散了，可當Graph一回神，發現對方正仔細地在審視某樣東西，他於是跟著低頭看去，然後才發現……被子不見了！

蓋在他身上的一條厚被子已經被扔到了床的另一邊，只剩下一絲不掛的身軀，年紀比自己稍長的那個人便盯著不放，而且那眼神似乎是相當滿意。接著，若不是因為對方講了這句話，Graph還不至於這麼羞臊……

「尺寸可以啊。」

！

「吼！我不跟哥講話了，我還是去洗澡好了。」

Graph說真的……超級害羞的。

不管尺寸再怎麼符合Win哥的標準，這也不是可以拿來談論的事情吧？

他一邊這麼想，一邊邁開步伐走進了浴室，即便那個部位還隱隱感到刺痛，可已經比先前好多了。原本還沒什麼問題，若不是因為把人吵醒的那位……也跟了進來。

「啊，Win哥！為什麼跟著進來了？」

「害羞什麼？早就看光光了。」

「哥不覺得害羞，但我會啊！」

Graph當然是拚了命的把對方往外推，可誰會相信這個身材纖細、僅穿了五分褲與白色T恤的居家服打扮仍然很好看的人，竟然會有那麼大的力氣抓住他，甚至還成功地把他推進了浴室。

這時，Pawit那張充滿魅力的臉蛋微微勾起一抹笑意。

「昨晚發生了什麼事？」

這句簡單的問話卻能讓人明顯聽出他的認真。

而他的這份認真，讓Graph不敢繼續耍任性，只能抿著嘴，回想昨晚所發生的事情。

「都是我的錯。」

「是Graph的錯，還是Kin強迫讓你以為是自己的錯？」

！

Graph當即傻住了，他望著自己視為哥哥的人，一句話也說不出來，只能向後退，接著轉身走進了玻璃門後面，輕聲說道：「是我自己愚蠢亂吃醋。」

「說來聽聽。」

Pawit邊說邊跳上洗臉臺坐定，目光投向了直盯著蓮蓬頭看，然後又像是對自己鑄下的大錯感到愧疚而低下頭的少年。

可是Pawit卻有不一樣的看法。

不管Graph是不是真的犯了錯，他的哥哥總認為自己是對的，因此就算大致聽說了事情的來龍去脈，他還是比較想聽這孩子親口告訴他。然而Graph自己似乎也很鬱悶，彷彿想找個人抒發，於是事情的經過一件接著一件被傾吐而出，Pawit聽完後不由得長嘆了一口氣。

「是我錯了對不對？哥。」Graph不是很確定地問道。

「……」

Graph轉過來望向Pawit，可對方的沉默使得他也跟著安靜了下來，接著又轉身過去打開水龍頭。

「看來是我給Pakin哥造成麻煩了。」

Pawit仍然一語不發，因為他正在動腦思考。在一番琢磨之後，Pawit想到如果自己是在Graph這個年紀，他或許也會決定跑出車外，畢竟誰能忍受與「可能和自己的心上人上過床」的女人待在同一輛車裡？就算是現在，他已經是大人了，依舊無法忍受。

不過，成長為大人之後，讓他懂了什麼叫做**「忍耐」**。

這是他親戚哥哥想要教育這孩子謹記在心的兩個字，可哥哥是否忘了，一個人要記住這兩個字之前，是需要一些時間來學習的。就好比告訴一個孩子，和父母頂嘴是不好的事情，可是要讓那孩子在那一天不跟父母頂嘴……請說教的人先做到再說。

而且Kin曾經是個更懂得忍耐的人。

從小到大一直看著哥哥的這位弟弟，一想到這裡，就發現這些年來，即便自家哥哥是那種想要什麼就一定要得到的人，下了什麼命令就一定要別人照做，而且他從不曾情緒激動到不講理地去傷害別人。但是自從回到泰國之後，Pawit已經看過哥哥發了好幾頓脾氣，如果真的去探究，每一次……其實都跟這個孩子有關。

「知道反省就好了。」

最後Pawit只講了這句話，沒打算將哥哥的想法解釋給Graph理解。畢竟有些事情講了，別人也未必會相信，唯有讓當事人親自體會才能明白。

「不過，真好呢……。」

「哥剛才說了什麼？」

由於Pawit降低了音量，再加上蓮蓬頭水流的聲音干擾，所以Graph又問了一遍，然而男模美人卻只從喉嚨裡發出了笑聲，並緩緩搖了搖頭。

他其實也不想讓這孩子知道自己正在……忌妒。

就他看來，縱使哥哥再怎麼不講理，可哥哥所做的一切全都是因為自己仍不肯承認的事實——他在擔心。

像這樣擔心得像隻瘋狗，他自己什麼時候才會發現？

「我只是想問你……知道怎麼洗嗎？」

「蛤！」

正苦惱著不知該如何清洗下半身的人聞言，迅速轉過來看向說話之人——那個從洗臉臺上跳下來，接著走到玻璃門邊的人。

這人雖然長了一張漂亮的臉蛋、一對就算不上妝也很勾人的眼眸，而且身形甚至比Graph還要纖細，但卻和他要好的親戚一樣帶著霸氣。

「需要幫忙嗎？」

隨後Pawit勾出一抹能讓一票男人傾心追隨的迷人笑容，可卻令Graph臉頰一熱，用力地搖頭。

「不用Win哥幫忙，我自己可以、我自己可以。」

咻。

不過已經來不及了，因為Pawit早打開了玻璃門，不僅如此，甚至還脫去了身上的T恤，雖是簡單的動作，但卻……性感極了。

高眺又纖細的男模赤裸著上半身，有著令女孩子們自慚形穢的白皙漂亮的肌膚，裝點上色澤比一般泰國人都要粉嫩的乳粒，雖然看起來有些腫脹，不過對方卻完全不害臊，他逕自走過來在水流下貼著少年、露出一抹好看的笑容，然後才帶著玩味的語氣說道：「知道怎麼洗嗎？」

Graph很想撒謊說自己會洗，可當他一對上那雙帶著笑意的眼睛⋯⋯。

「不⋯⋯不會。」他沒辦法對著Win哥撒謊。

「那我教你，下次做之前才能先清洗。」當然，Pawit怎麼可能會讓那麼好玩的事情從手裡溜走呢？他馬上又接著說：「學會了不吃虧，因為Kin應該不會只做那麼一次。」

Pawit說話的時候，手一邊往下探去。這時候Graph能怎麼辦？只好⋯⋯任憑老師指導了。

人家都說老馬識途，可讓老馬來傳授經驗⋯⋯結果就是為他打開了一個不可思議的新世界。

第三十九章

誰的孩子誰去顧

「有什麼事直接問，這樣盯著我看，我不會知道你在想什麼。」

「我……又沒有什麼想問的事情。」

「呵呵。」

Pawit輕輕笑了幾聲，索性闔上正在閱讀的雜誌，把它丟在前面的玻璃桌上，然後才轉過頭來注視著自己才剛指導過的徒兒的臉。而當他一想起剛才的事就覺得好笑，誰會想到這麼執拗的孩子竟會害羞成那樣？不過Pawit也不認為自己是什麼好哥哥就是了。

這小子愈害臊，他就愈想要捉弄，把少年逗得蜷縮在沙發的另一個角落，懷裡抱著靠枕，舉起掌上遊戲機遮住半張臉，像是想遮住自己通紅的臉蛋不讓他瞧見如此這般。

既令人想捉弄又惹人憐愛。

「啊，想問什麼？」

「……哥之前跑去哪了？」

少年輕啟嘴唇，隨後又閉上了嘴巴，接著才下定決心開這個口。然而聽的人猜得出來，這孩子想問的其實是別的事才對？

Pawit笑盈盈地蹺起二郎腿，將手隨意搭在膝蓋上。那副姿態，若非是這個男人，大概就不會這麼好看了吧？

「寂寞了嗎？」

「怎麼可能？」不過對方的反問卻使得嘴硬的少年立即回

嘴，讓本就漲紅的俏臉變得更紅了。

「我哪會寂寞？家裡人這麼多。」

「別氣了，我才離開了幾天……不過看樣子這幾天你不好過啊？」

Pawit不甚在意地聳了聳肩，但其實當他透過Panachai將威脅的話轉告給哥哥，揚言要把展示廳裡的車子統統燒了，那之後縱使他再怎麼有熊心豹子膽敢和他哥哥叫板，他也絕不會自殺式地乾坐著等對方殺到面前來，所以那陣子才回老家住了幾天。

誰料到才沒幾天的時間，竟發生了這麼多事情？而受到波及的人也並非他人……正是這個嘴硬又怕寂寞的孩子。

老說這孩子執拗，不知到底是誰一直變來變去的吼？

「我哪時說自己寂寞了？」

「嗯，就當沒有嘍。」

「啊，Win哥不要裝那種聲音啦。」

「我裝哪種聲音了？」

語氣擺明一點也不信的那個人僅揚起嘴角，Graph於是癟起嘴，但又無法反駁說自己不寂寞。

OK，雖然這幾天Pakin哥都在家，不過這和Win哥在的時候不一樣。

這個人一次又一次地幫助他，他在內心深處也把對方當成了自己的哥哥，但由於他是家中獨子，而且父母感情不和，因此坦白說他也不知道該怎麼反應，光是承認希望對方一起住在這裡，就完全說不出口。

那模樣讓看的人也不忍繼續逼問，僅招了招手叫喚少年。

「哥打算做什麼？」

這問題讓Pawit不禁翻了個白眼，然後只講了一句話——

「是想接受比清洗還要更刺激的對待嗎？」

咻。

就這麼一句話，才剛脫口發出慘叫聲讓男模聽見的少年，幾乎是飛撲過去坐在男模旁邊，不過手裡仍拿著靠枕。這舉動讓Pawit覺得逗趣地勾起一抹笑，然後拿起另外一個抱枕放在自己的腿上，接著下達命令。

「睡覺。」

「我不——」

「要知道我不喜歡別人忤逆我。」

OK，Graph或許可以固執地頂撞那位掌權管理千百名下屬的男人，但坦白說，面對這個身材單薄、美到連女人都自愧弗如的男模，他可是完全不敢反抗，因此只好乖乖躺了下來，看著男模拿起遙控器打開電視。

Graph仰頭注視著下達命令的人，像是不明白對方究竟為何讓他躺在這裡，但內心裡卻感覺好受了許多，因為Pawit接著以柔和的聲音繼續說道——

「之後都會回來陪你。」

「真的嗎？」

「呵呵，是把我當成那些只會嘴上說說的人了？」

「沒有，我沒那麼說。」

Graph連忙否認，卻高興得嘴角都提起來了。雖然他很想拍開放在他頭上輕輕揉弄的手，但是那舒服的感覺好到讓他放棄了這念頭，而且連一開始壓抑的氣氛都消失了，於是他開口。

「Win哥，我可以問個問題嗎？」

「答得出來就回答你。」

Pakin弟弟這樣的人，是絕對不會答應回答未知問題的。

Graph這時候猶豫了一下，而後以較為委婉的語氣問道——

「哥……第一次性經驗是在什麼時候？」

「這就是你想問的問題？」

「啊，我是很認真的耶！」

一見到該回答問題的那個人笑出聲來，彷彿聽見了什麼芝麻綠豆大的小事，才剛破處沒多久的Graph於是語氣忿忿地這麼說道，而後翻身轉向了另一邊，這讓看的人不禁覺得好笑。

還嘴硬，明明一看就知道害羞了。

然而這個問題實際上在Pawit的腦中迴盪，Pawit自己也不是很想回想起來。直至今日，他依然不知道當時的決定究竟是正確的，抑或是個錯誤，可他還是願意回答這個問題。

「十七歲生日之後的隔天。」

這下子，Graph感興趣地轉了回來，一看就知道非常好奇，Pawit因此語帶笑意地繼續說道：「算很慢了，如果跟Kin比的話……。」

「吼，那個人的事情我不想聽，不用講也知道，他該死的從十歲初就開始亂搞了。」Graph立刻變得張牙舞爪，作勢要抬手摀住耳朵，那樣子一看就知道是怕會難過，所以不想聽。

Pakin第一次發生性關係的時候，Graph甚至還在學走路吧。

「為什麼會想知道我的事情？」Pawit反問道。

Graph聽了便給出回答，沒來得及去看對方的表情。

「因為Win哥看起來好像很有經驗，所以我才會好奇。」

「這不是什麼值得驕傲的事情。」

！

Graph或許不是個善於察覺氣氛的人，可當Pawit在講這件事時的臉色，看起來平靜得可怕，Graph於是安靜了下來。不過，某個曾經對他下藥的人的面孔瞬間鑽進了腦袋，他兩隻手因而緊握住拳頭。

「別跟我說那個爛人也對哥下藥吧！」

啪。

「噢～ Win哥。」

話一說完，Pawit馬上朝Graph的額頭拍了下去，Graph因此出聲抗議，打人的Pawit這時不由得輕輕笑了起來。

「Scene哥沒有你想的那麼壞啦……OK，他是滿壞的，但不差勁，至少不比另一個人差勁。」

「誰？」

！

Graph不過是依照聽到的內容發問，但卻使得正在講述事情的Pawit愣了一下，而後才又緩緩地搖了搖頭。

「沒有啦，總之我的第一次性經驗，身體的痛大概比不上在床上躺了一個星期的Graph。」

Pawit這麼說道，像是想結束這個話題，然而只要Graph再多留意一些，他或許就會發現，說的人不經意地強調了**「身體的痛」**這幾個字。

因為那一天，身體的痛不比被某人拒絕的心痛。

一想到這裡，Pawit閉上了眼睛，像是想讓自己冷靜下來，但就只有短短的幾秒鐘，接著又轉移了話題。

「聽說你們去約會了，如何呀？」

這一次輪到這個執拗的少年沉默了下來，那支吾其辭的模樣像是不知道該說什麼好，半晌才嘟噥回覆。

「如果不包含賽場上的事情……就都還不錯。」

看這表情，應該不只是還不錯吧。

「那就好。」

Pawit一邊這麼說，一邊輕撫Graph的短髮，而後才又繼續發問，使得一直以來無處抒發的少年興致盎然地描述了起來，因而沒發現對方正試圖把話題帶離他原先問的那個問題。

這時候，枕在自己大腿上的少年那眉飛色舞的模樣，讓Pawit跟著露出清淺的笑容，雖然他的心正在問自己——

如果當初我和Graph做出一樣的決定，如今的一切會跟著改變嗎？

＊＊＊

等到Pakin再次回到家中，已是隔天的早晨了，他銳利的雙眸像是在思索著什麼。明明他正在想著剛才處理完的事情，但腦中有一部分卻忽地浮現出那個麻煩精的臉，這令他煩躁不已，因為他告訴自己，必須把人看好，別讓那小子又一次糊裡糊塗地去踩別人的尾巴，所以原本打算在外過夜的他又花了一些時間開車回家。

結果回到家，就見到自己思念的那個人正舒舒服服地躺在自家弟弟的大腿上睡覺。

「為什麼這小子會睡在這裡？」

「因為這孩子的主人不肯回家啊。」

「Win！」

Pakin加重語氣喊了一聲，眸光注視著這個正在惹他生氣的熟識親戚，而被喊的那個人僅聳了聳肩。

「我只是說出自己所看到的。」

「呵，上次的事情我還沒找你算帳呢。」

「Pakin先生這樣的大人物會去計較那些雞毛蒜皮的小事嗎？」

「……」

這一回換屋主沉默了。接著Pakin咧嘴一笑，什麼話也沒說，只是走到了沙發邊，凝視著這位就算已經睡了一整個下午，可當天一暗下來，超過凌晨一點就直接呼呼大睡的孩子。

「自己抱回樓上睡吧，還在想說如果你再不回來，就要叫傭人來幫忙抱上樓了呢。」Pawit說得輕鬆，可凌厲的目光卻緊盯著哥哥的臉不放，一看到對方的眉毛有那麼一丁點的抽動，便滿意地將孩子歸還給他的主人。不過他又補上了一句——

「哥應該要好好照顧自己的孩子。」

「我為什麼要那麼做？」

這問題讓兩兄弟沉默地對視，接著Pawit說了一句——

「哥應該不希望Graph變得像我一樣吧？」

「……」

就這麼一句話，竟迫得Pakin一時間說不出話來。

「Graph和你不一樣。」

「哪裡不一樣……同樣都被喜歡的人拒絕了。」

Pakin再次沉默了下來，目光注視著面露淺笑的Pawit。身為哥哥的他，又怎會不知道那天的記憶仍清晰地留在這個弟弟的心中？

不怎麼把情緒表現出來的Pakin，突然把手放在了Pawit的頭上。他已經很久沒有摸摸弟弟的頭了，因為Pawit……已經比那一天要成熟多了。

「你知道的吧？我也不希望事情變成這樣。」

「那件事不是Kin的錯。」

「難道你要怪罪自己嗎？」

Pawit鮮少像這樣不回嘴，他直接從Pakin的大手中把頭撇開，接著語氣裡帶著笑意地說道：「去摸你們家孩子的頭吧，怕寂寞怕得要死，但卻又嘴硬。」他朝著躺在自己大腿上的人努了努下巴。

Pakin隨即將視線轉向了那個就算附近有交談聲卻依舊有辦法熟睡的人，然後彎下身，伸出兩隻手把少年抱了起來，坦白說這小子一點也不輕，但還不至於抱不動。

直到這副修長的身軀被抱在了懷中，Pakin這才平淡地開口道：「知道嗎？要不是你堅持說那一天是你心甘情願的……Scene大概已經死在我的腳下了。」

「當然知道。」Pawit笑了幾聲，眼神也跟著柔和了一些。記得表哥當時得知那件事之後有多憤怒，若不是他再三保證自己是自願的，這兩位好友大概從那天開始就絕交了吧。

那一天他哥哥氣到快抓狂，可另一個人卻只是默然地低下了頭，而且直到今日也從未有過任何表示。

然而，在屋主把這個嗜睡的孩子帶回房間之前，男模先一步開口說道：「別放任Graph變得和我一樣……好好對待他。」

這一回，聽的人沒給出回應。

Pakin徑直上樓走到房間，一臉嚴肅得像是在思索什麼重要大事，甚至還低頭一遍又一遍看著懷中的孩子，他還真不知該把這孩子放在生命中以及未來的哪個位置。

可以確定的是，他不希望這孩子步上他弟弟的後塵……這小子不適合變成那種老練的人。

帶著這種想法，Pakin走進了臥室，把看起來好像很疲累的少年放在大床的中央，然後才精疲力竭地坐到了一旁。他緩緩深呼吸以調整氣息，並稍微動了動身體想驅散這份痠痛感，接著才將目光凝注在那張乖戾的俊臉上。

他的怒氣早已煙消雲散，只剩下深深的擔憂。

如他所料，那幫雜碎開始在監視這個孩子了。

「從小到大就只會鬧事。」

Pakin說得好似很煩躁，但卻將大大的手掌放在Graph的額頭上測量溫度，為了確認這個經常生病的孩子沒有再次發燒。然而那隻手卻不只停留在少年的額頭上，它往下移到了昨晚變得通紅、任由淚水淌下的眼皮上，當時Graph看過來的眼神充滿了恐懼。

這小子從來就不怕他的權威，可是卻怕被他拋棄。

最後，一直以來刻意無視少年情感的這個男人說了一句——

「如果想留在這裡，那就別那麼倔強。」

現在Pakin已允許這執拗的孩子待在自己的身邊，但能持續多久……沒人得知。

＊＊＊

拂曉時分，旭日尚未越過地平線，只有微光灑在了整片遼闊的天空，喚醒大大小小的生物迎接新的一天，而其中一個，正是不知自己何時睡著了的少年。

到底是哪時候睡著的呢？或許是從Pawit開始談起在韓國拍攝的時候吧。

每一次Graph都會睡到Kaew嬸過來叫他起床，但或許是因為昨天睡到了下午接近傍晚的時候，而且還很快入睡，所以今天他才會自己醒來，接著就感受到了異樣的暖意。

咻。

在得知搭在自己肚子上的是什麼東西的瞬間，Graph不由得睜大了雙眼，他緩緩轉頭往身旁看去，這才看到了那隻手臂的主人。

在一旁枕頭上熟睡的人，呼吸節奏平穩，少年只好詢問自己：*Pakin哥是什麼時候回來的？那我又是怎麼上樓回房睡覺的？如果不是我自作多情的話……。*

難道是Pakin哥帶我上樓的！

這個想法使得當時睡到不省人事的Graph臉頰忽地一熱，原本害怕被對方拋棄的心臟，彷彿被冰涼的水流澆灌，令人感到喜悅、充滿生命力與信心，而這一切也從Graph緩慢綻放的笑容中展現出來，兩隻手隨即小心翼翼地放在了那隻手臂上。

看樣子是很晚才回來。

Graph一邊這麼想，一邊將那隻手臂慢慢地挪開，而後悄無聲息地從床上滑了下去，一來是不敢吵醒對方，二來是怕會看到對方那吃人的眼神，再來是他很清楚知道今天是星期一，必須要去學校上課。

上述這些種種原因告訴他……該去洗澡了。

努力當個好學生的少年於是抓起制服走進了浴室，接著匆忙地沐浴著裝，直到一切完備。這時Graph看了一眼時鐘，發現還有一些時間，Kaew嬸等一下才會過來叫醒他，於是雙腿又重新走回床邊，凝視著有可能會說出讓自己害怕的那句「已經夠了」的男人。

Pakin哥還沒有拋下我對不對？

Graph的擔憂從表情流露了出來，他隨即在床邊跪了下來，以雙臂倚著柔軟的床，伸長脖子望著那張即便是睡覺狀態卻依舊令人膽怯的深邃臉孔，或許是因為那道濃眉、微微往下彎的邪惡嘴唇，以及青色鬍碴，所以才讓人畏懼吧？

念頭一起，少年慢慢伸出手去碰觸男人的下巴，為了感受那硬硬的鬍碴。

「嗯。」

咻。

Graph差點來不及將手收回，當床上的人從喉嚨裡發出了低沉的嗓音，他的心臟險些掉到了腳踝邊，非常害怕對方會醒過來。

吵醒睡夢中的人，除了被罵之外還會被怎樣？再加上Pakin哥這張刁鑽的嘴……。

Graph做了一個厭惡的表情，但難得自己先醒來，因而忍不住再次伸出手，想著要去碰觸對方的臉頰，可是……。

「別搗蛋。」

Pakin僅說了幾個字，眼睛仍舊緊閉著。

啊！

「哥……哥是從什麼時候醒來的！」Graph渾身一震，差點來不及把手收回，語氣急忙地這麼說道。

「下次腳步要再輕一點。」Pakin的嘴角微微揚起，邊說話邊睜開眼睛。

一句話便把腳步重的那個孩子噎得無法辯駁。

「看來是要去學校吧？」

對方大概是看到了他的學生制服，他因而點了點頭。

「嗯，等一下要遲到了，哥自己叫我要天天上學的。」

「行為端正很好啊。」Pakin稍微晃了晃頭，接著從床上爬了起來。

「哥不打算繼續睡嗎？」

「等一下再睡。」

Graph聽得一頭霧水，因為如果想繼續睡，直接睡不就得了？爬起來是想搞什麼鬼啊？可還沒等他腹誹一輪……。

啾。

「！！！」

Pakin把臉移下來迅速在Graph的唇瓣上落下一吻，再把手放在Graph的頭上，而後說了句：「你先下去吃早餐，我等一下就下去。」

Graph再次感受到一股溫熱揉弄著自己的腦袋，接著看見房間的主人全身赤裸、打著哈欠走進了浴室，而他傻愣著站在原地、雙眼大睜，因為——

Pakin哥剛才做了什麼啊！

這個問題就算跟上去追問也不會有答案，只會被罵煩人而已。被弄得昏頭轉向的Graph，身子輕飄飄地下樓吃早餐，他告訴女管家等一下Pakin哥也會下樓，對方因而皺起了眉頭。

「Pakin先生不會這麼早用餐呀？」但她仍照著吩咐準備。

直到Graph光速吃完了早餐，那個說會跟著下樓的人這才出現，穿著深色素面T恤、休閒長褲，這身輕鬆的打扮怎麼看都不像是工作服，而且也不是Pakin這種人會穿出去處理事務的服裝。

男人走過來一口氣喝掉了一杯咖啡，然後轉頭對著高中生簡單地說道——

「看什麼看？走啊？我送你去之後才能回來繼續補眠。」

「！！！」

這個早上Graph不知道是第幾次被嚇著了……Pakin哥竟然要送他去上學？ Pakin哥這種人……怎麼可能！

然而這些行為又有誰比Pakin自己更清楚呢？弟弟的警告比預期中更有效果——

誰的孩子……誰去顧。

＊＊＊

雖然Graph已經坐上精美的超級跑車好一陣子了，而車子也飛速地穿梭在早晨的車流當中，正前往一所知名的高中，不過少年依舊一臉難以置信的模樣。不敢相信這麼容易暴躁的人竟然肯逼著自己從床上爬起，明明一看就能猜到對方才剛睡下不久，而且還張著嘴巴呵欠連連，就為了送他去上學。

昨晚是不是吃了什麼奇怪的東西了？

「打算繼續盯著我的臉看多久？」

「誰叫哥……啊，不看就不看。」

其實Graph非常想發問，但又害怕被罵多事，於是便轉頭望向了車窗外，這反而讓駕駛主動轉頭看了過來。

「我怎麼了我？」

「我能問嗎？問了又要被你罵，我不問了，我現在已經吸取教訓了。」

他其實不是故意要這麼嘲諷的，可Graph就是來不及阻止自己的嘴，正害怕地想著肯定又會聽到什麼讓自己錯愕的話，結果卻不是那麼一回事……Pakin哥居然發出了笑聲。

「呵，很好，吸取教訓了也好。」

好，哥永遠是對的，我就永遠都是錯的。

Graph一臉不高興地這麼告訴自己，可內心卻說不清地感到釋然，因為他看到Pakin哥不像先前那個晚上那般生他的氣了。那個晚上Pakin哥其實教會了他很多事情，很重要的一點就是——做任何事情之前要三思。

「噢，對了，我有事情要跟你談，我要增加一些規約。」

「蛤！」Graph立即轉頭望向那張淩厲的臉，甚至還疑惑地叫了一聲，努力在腦海中思索到底有哪些規約？可坦白說，他只記住了一條。

Pakin哥就是法則……可惡，那樣也太專制了。

「為什麼露出那種表情？在偷罵我嗎？」

「沒有！」

被駕駛這麼一問，聽的人立刻否認，但內心卻回答「是」。

Pakin其實並不在意身旁之人的嘟噥聲，就只是踩下油門超越前面的車輛，同時提出了保護他安危的措施。

「從今以後，你不准關手機，而且要打開追蹤定位的APP，不准關，就連在家也是，我才能知道你人在哪。還有，如果你想去哪裡，包含出門、從學校回來，或是跑去任何地方，還有回到家之後，全部都要向我報備，假如我沒接電話，就打給Chai那傢伙，要是Chai也沒接電話，就留言給我。如果我沒收到消息，就當作是你違反規約，那麼我就會懲罰你。」

啊，這什麼鳥規約啦？我難道是什麼罪犯嗎！

Graph聽得目瞪口呆，注視著這名訂下規約的獨裁者。對方看也沒看須遵守規約的他一眼，Graph因而忍不住懷疑，自己究竟是十七歲的高中生，或是什麼才剛被法院命令收押的殺人強姦犯？

「啊，哥，但是每一次——」

「懂了沒？」

老子可以說不懂嗎？

Pakin轉了過來，二人的目光交會片刻，可那一瞬間Pakin的眼神是認真的。Graph明白對方生氣時會有多可怕，趕緊閉上嘴，除了語氣沉重地應聲之外，不像往常那樣子頂嘴。

「懂啦！」

「好好地講話。」

怎麼要求那麼多啦吼！

雖然Graph在心中大聲嚷嚷，但實際上就只能乖乖應答。

「懂……了啦。」

「沒有『了啦』，只有懂或不懂。」

獨裁者重申道，使得只能服從的那個人撇了撇嘴，可還是……。

「懂。」

「你是這麼跟大人講話的？」

靠~~~~~~~~！

「我……明白了。」

最後，Pakin得到了自己想要的答案，與咬牙切齒的另一人不同。

Graph只能不情不願地低頭，因為他告訴過自己要乖乖聽話，雖然這種命令會令桀驁不遜的人相當不痛快。

他不喜歡Pakin哥把他當成一名下人那樣用命令的口吻，不像Win哥，Win哥說話的語氣就順耳許多，會讓人想照著做。可Pakin哥就不是這麼一回事，感覺比較像是指揮官在對下屬下指令，可他又能怎麼辦？因為在反省期間，所以Graph告訴自己要忍耐，不能再像以前一樣只顧著自己的情緒。

這時，Pakin也注意到了身旁少年臉上明顯的不悅，知道對方不喜歡這樣被二十四小時監視著，可眼下的情況容不得鬆懈，於是他說了這麼一句話：「不是說不會再任性了嗎？」

「我哪裡任性了？」

「那就別頂嘴。」

「我才沒頂嘴。」

「那這又算什麼？」

吼！！！

被逼到角落的孩子只好握緊拳頭，恍然大悟這個陰晴不定的人為什麼會願意接送他……才不是來接送的咧！看樣子比較像是來下馬威的吧？Graph抬起雙手環抱在胸前，緩緩地深呼吸，努力不去回嘴，轉頭望向窗外的道路，然後這才發現已經快抵達學校了。

「那在我下車之前，需不需要發送訊息跟哥報告？」Graph狠狠地諷刺了一番，然而……。

「呵，也好。」

！

Graph也不知道自己究竟比較想見到對方不耐煩的神情，還是像這樣帶著半點挑釁的滿意笑容，他只知道當那張英俊的臉上浮現出滿意的笑容時，眼裡看起來有笑意，而且低沉的聲音也非常好聽，他胸中的那塊肉於是被觸動了一下。

Pakin哥是在逗我玩嗎？他這種人有可能嗎？

「我真的要照做嗎？」Graph猶猶豫豫地拿出了手機，結果令人難以置信的是……Pakin哥竟然笑了。

「今天就當作是第一天，我先赦免了。」

哥別露出這種笑容啊！

Graph不由得厭惡起自己，一見到這樣的笑容、這樣的眼神、這樣的表情，他就講不出話來了。最後只好乖乖地收起手機，收緊了背包的背帶，然後表現出一副不確定該不該直接下車的模樣。

「那我……走嘍……？」

啪。

然而，就在身材苗條的少年走下車之前，男人的大手卻先一步抓住了他的手腕，凌厲的雙眼注視著少年一瞬間波動的眼眸，接著再次開口說道：「先複習一遍規定給我聽。」

「啊，就……手機要一直開著，APP也要開著，還有不管要去哪邊，隨時都要向哥報備。」

「這裡說的隨時是指……？」

Pakin仍然不肯放人，Graph不由得結結巴巴地回答。

「就……每次出門、去學校、離開學校、回到家裡，還有所有去過的地方，如果出門就一定要報備，到了也要報備……報告完畢。」

Graph不忘在句尾表現出禮貌，較為年長的Pakin露出了心滿意足的笑容，Graph因而忍不住一陣悸動，完全沒想到像這樣子表現良好，就能得到這樣的笑容作為獎賞。

不過接下來Graph意識到，獎勵不只有笑容。

「很好。」

啾。

「放學後當個好孩子回家等著，我會趕回去和你一起吃晚餐的。」

忽然，溫熱的觸感就這麼落在了Graph的額頭上，這使得幾乎不曾從這個男人身上感受過溫柔的少年愣住了，再加上對方在只有鼻息這麼近的距離以和緩下來的低沉嗓音說話，Graph因而感受到了從額頭延伸到指尖的滾燙溫度，導致他只能傻愣愣地注視著突然分開來坐回方向盤前方的男人。

以兩隻手倚著車子方向盤的男人稍微偏著頭與Graph四目相望，任由早晨的太陽把光線投射在一旁。

「可以進去教室了，你這麻煩的小孩。」

咔。

Graph沒繼續說話，他就這麼打開了車門，然後聽話地下了車，在那之後就像其他同學一樣走進教室。

直到確認固執的少年已經走進了學校大門，華美的車子這才駛離，就在這時候，駕駛的唇角浮現出一抹小小的笑容。

這小子其實也能表現得很可愛嘛。

就在這個時候，另一邊——

「Graph，親愛的Graph，Graph過得怎麼樣呀！」

才剛從計程摩托車上下來的Janjao，一見到好友從高級跑車上下來之後，就興高采烈地連忙跟在少年的身後，然後愉悅地開口叫喚，很想知道過去的這個星期六Graph過得如何，可當她一跳出來擋在了Graph的面前……。

「啊！Graph你是不舒服嗎？臉怎麼這麼紅？Graph、Graph你有沒有怎樣？Graph！」

這個時候，無論什麼聲音都進不了Graph的腦中，只剩下某個人那柔情的笑容與碰觸，深植在他的腦海裡，以及……心裡。

第四十章

曾夢想過的畫面

「那就表示，壞事現在變成好事了呢。」

「也不知道可以維持多久。」

「一點都不難呀，Graph只要好好表現、不任性、不搗蛋，當Pakin哥哥的好孩子……保證管用。」

Krritithi先生也很想像好友那樣用正向的心態看世界，可是這幾個月來所經歷的事情告訴他別那麼快放心，這個上午所發生的好事情，到了晚上也有可能會變得糟糕。因此，少年謹記在心中的事情是，他必須要再更冷靜一些，不能讓事情變得混亂，可是要他別頂嘴……很難。

他這種人一向不太能控制自己的嘴。

「那種人有誰能鎮得住啊？我才是，差點被搞死。」

「在床上取悅對方，差點被搞死嗎？」

！

Graph的臉微微一熱，因為Janjao的頭往左歪了一下，往右偏了一下，甚至還朝他逼近，他於是別開臉閃躲，忍不住去想，把所有事情都告訴好友究竟是對還是錯……沒錯，包含被責罵、被懲罰，以及最後被抓上床如此這般。

就像先前所述，他沒有發洩的管道，只有Janjao和Win哥多少能聽他抒發。

「Janjao，妳知道自己是女生吧？」

「喂～不管女生、男生都是平等的好嗎？Graph少爺，就算在下生來就是個女性，但也是推崇諸位小鮮肉享受床笫之事的女性，因此無論是桌上的、床上的、陽臺上的或者是屋頂上的事情，在下一直以來都是公開秉持求知的精神。」

歪女自豪地這麼說道，可聽的人說真的……都替她感到害臊了。

「別用這種方式講話好嗎？我都起雞皮疙瘩了。」

「哎喲～ Graph啊，我昨晚看了古風小說嘛，不過——」

「不是說中午要開會嗎？」

結果在歪女問出更多令人難以啟齒的事之前，清俊的少年隨即開口打斷，歪女不由得一愣，接著一臉委靡，無異於洩了氣的氣球。

「我想繼續聽啊。」

「所以不去開會嘍？」

「當然要開啊，哪能蹺掉啊，唉～～～～一點也不想當班級幹部啊！好啦，走就走。今天下午不准蹺課喔，教室見。」話一講完，Janjao便腳步拖沓地往另一邊走去，看起來極度不想去。一定的呀，這麼來勁的事情就在面前，她為什麼不能繼續聽下去？

Graph現在愈來愈可愛了，才逗弄一下就害羞，看來真的會讓人想抓起來操一頓呢。

忍不住笑出聲來的Janjao這麼想著。不，她並非有什麼想把好友抓來當老公的非分之想，她只是想得更深入一些，倘若另一個男人看到她好友的臉，有辦法把持住不將人丟上床嗎？

Graph呀，可愛得要命，誰說他帥的？可以約出來互搧了。

好友走了之後，被獨自留在足球場邊的那個人暗自嘆了口氣。

講這些事情給Janjao聽，知道我有多難為情嗎！

Graph一邊想著，一邊抬手用力摸了摸自己的臉，試圖讓並非因毒辣陽光而發燙的臉頰恢復正常。其實他平常都是一副對誰都不感興趣的酷酷臉。

「你看，是Graph學長！」

「在哪？在哪？在哪？真的耶！今天也這麼帥。」

「對吧？怎麼會有這麼完美的男人？知道學長的家族很有聲望嗎？」

「知道！帥又有錢，而且超壞的。」

Graph的長相吸引了一票學弟妹、同年級生，以及高三學長姐的目光，他們正在不遠處竊竊私語，搞得被談論的那個人都能聽見，因而把臉轉向了足球場，不想對上任何人的眼睛。他並非像別人講的那樣超壞，而是不知道當自己成為目光的焦點時，該做出什麼樣的表情。

到最後，由於少了Janjao這層盾牌，因此這個超壞（？）的少年只能抓起背包走出球場閃避，想在下午的課開始前找個安靜的地方——這個地方也不是什麼遙遠的處所，正是後方的溫室。

而這個地方也正如預期——

「啊，三小，媽的真搞笑，哪來的瘋狗啊？」

「對吧？你們這些人，超白痴的。」

其他班的好友還是老樣子，在這裡群聚，當Graph一走進去就聽見了一陣爆笑聲。

「你們在聊什麼啊？聲音都傳到外面了。」

「啊，是Graph，大帥哥來了耶，各位！」臭Kak——這名正從另一位友人手中拿走手機的小個子朋友，立刻出聲招呼，斜躺著看漫畫的那群人隨即轉過頭來看，然後跟著打了聲招呼。

「別講得好像我消失很久一樣好嗎？」

「嗯哼，還敢講，這位Graph先生，我已經幾天沒見到你的臉了？還以為被你媽下令不准跟我們鬼混了呢。」一旁的大塊頭友人起鬨道，同時又讓出位子，讓剛來的少年把背包丟到圈子的中央，接著才舒舒服服地坐了下來。

就算別人說這群朋友不好都無所謂，我跟他們在一起就是很自在嘛。

「媽？這跟我媽有什麼關係？」看來Graph是聽懵了，他媽一向不管他的。

小個子朋友見狀便放聲大笑。

「他指的是Janjao啦，你親愛的老媽子呀！上一次你幫我們沒被叫去訓話，他媽的，看她個子那樣小小一隻，沒想到這麼恐怖，一副好像要拿背包敲我們的頭一樣。」

「臭Kak超俗辣，第一個躲在別人背後，不是我想告狀。」

這群人哄堂大笑，聽得Graph隨即皺起了眉頭。

「別讓Janjao知道你們這麼叫她。」

「哇，我可不敢，怕她拿化學課本的書脊敲我頭。」

被談論的女孩不在，少年們一個個開始口無遮攔地揶揄，不過Graph知道他們不是認真的，倒像是在搞笑，於是他決定拿出手機玩遊戲打發時間，可若不是因為……。

「你要來一點嗎？」

！

Graph忽地一愣，這時看到朋友遞來了一樣東西——香菸。

如果是在以前，他大概想也不想就接過來抽了，可現在的Graph只是靜靜地看著香菸，朋友於是撞了一下他的手臂，意思是「你到底要不要抽？」，最後……。

「不了，我這陣子在當乖寶寶。」

Graph一邊婉拒，一邊將對方的手推了回去，想起了某個明明自己會抽卻不准他抽的人，而且另一個好友要是知道了大概會大發雷霆，因為她一次又一次地制止，可他卻還是執意要跟這群人扯上關係。

結果這些傢伙居然笑個不停，還打趣他。

「看來是怕老媽了。」

「別那麼叫Janjao。」

「喂、喂，你們！我們大帥哥超迷戀他老婆的，長得他媽的壞，小個子女人講的話卻言聽計從。」

那名大塊頭友人大聲嗆道，努力讓自己保持冷靜的Graph立刻皺起了眉頭。

「你他媽的在說什麼啊！」

他轉頭怒瞪，但並不是因為被那傢伙調侃後，覺得怕區區一個小女生很沒面子，而是不喜歡對方提到Janjao時的語氣，他甚至還作勢要衝上前去幹架，對方於是也轉了過來，不甘示弱地瞪著他的臉。

「嘿，別這樣，你講得有點過頭了……Graph你也別這樣，來看我們家的狗好了，看看心情就好多了。」一旁居中調解的小個子Kak隨即上前來阻止一場惡鬥。

大塊頭從喉嚨裡發出了聲音，但最後轉回去繼續關注手中的漫畫，表示自己不像嘴上說的那樣真的想搞事。

Graph沉默地瞪著對方，過了一會才把視線拉回到Kak身上。

「什麼狗？」為了讓自己氣消，Graph於是這麼問道。

Kak也相當自豪地介紹，馬上就把手機遞了過去。

「這就是木木，我家的狗、我家的狗。」

Graph先是低下頭一看，接著叫出聲來。

「好帥啊。」

螢幕上出現的畫面是一隻西伯利亞哈士奇幼犬，灰色的狗毛看起來柔軟蓬鬆，令人很想抱抱牠，再加上牠那張神似北方野狼的臉，有著一對水藍色的眼睛，讓心情不大好的Graph稱讚了一句……這隻狗真的帥爆了。

「牠的名字叫做木木，才剛養不久。」

「長得那麼帥，你竟然給牠取這種名字？會不會太可愛了？」

他只不過稍微講了對方幾句，這位好損友就立刻把手機收了回去。

「喂，你不能只看臉，哈士奇是真的很白痴，你看、你看，超瘋的啊！」

Kak再次將手機塞進了Graph的手中。Graph一發現是影片，便毫不猶豫地點開來看。靜止的畫面就已經很帥了，動態的畫面讓那隻幼犬看起來更是帥氣，不過……。

『臭阿木，冰棒、冰棒、冰棒……啊，看左邊。』

Graph聽見了從手機裡傳出來的朋友的聲音，猜想應該是有人拿著一根顏色鮮明的冰棒在幼犬面前晃來晃去。那隻狗豎起了耳朵、眼睛發亮、尾巴狂甩，呼哧呼哧地衝到了主人的腳邊，目不轉睛地盯著冰棒，Kak這時把手移到了左邊，牠就跟著往左邊看去。

『啊，轉到右邊啊，右邊。』

牠還真的往右轉了，當主人將那根冰棒往右揮，牠就看向右邊，掛在嘴巴外邊的舌頭滴著口水。當主人將冰棒往左揮，小狗就發出了嘿嘿嘿的聲音，口水流得更凶了。

『啊，轉圈啊，轉圈。』

「哈哈哈哈，噢，這隻白痴狗！」

一看到這裡Graph就放聲大笑，握在手裡的手機立刻晃動了起來。誰叫螢幕上的那隻帥狗還真的原地打轉，就像是追著自己尾巴咬的貓。

小狗追著冰棒在原地打轉，跑到氣喘吁吁，捉弄小狗的人卻沒打算收手，帶著手裡的東西溜了。小狗於是追趕過去，然後嘿嘿嘿地喘氣，眼神哀戚地看了過來，像是在說……真的不給我吃嗎？

折騰到這裡，壞心的主人這才肯把幾乎融化大半的冰棒放在了牠的腳趾上。

「對吧？超白痴的。原本想幫牠取叫金鋼狼這種帥到炸的的名字，一看到牠這麼追著自己的尾巴咬，我就立刻幫牠換了名字，別說什麼金鋼狼還金瞎狼了，就臭阿木最適合。」

「啊，再讓我看一遍。」Graph笑著說道，重新播放了那部影片。

而狗主人自己其實也很想炫耀，於是他將一部又一部自家小狗的影片播放給對方看。結果少年歡樂到差點錯過了下午的課，要不是他的好友打電話來找人，他滿腦子都還是小狗追著冰棒跑的畫面。

我也好想養一隻這種狗喔。

一想到這裡Graph立刻撇嘴。

你這是在做白日夢呀，蠢Graph，Pakin哥那種人是不會答應讓你養狗的。

＊＊＊

Pakin已經是第三次查看手機了。時間愈來愈接近下午四點，可是他千叮嚀萬交代出了校門要打電話告知的執拗孩子卻一點動靜也沒有，他的眉頭這時攢在了一塊，視線原本應該投注在從昨晚就擱置沒處理的文件上，不一會又重新望向了手機。

才第一天就破功了嗎？

咻。

一想到這，Pakin就滑開了手機螢幕，點進為了追蹤不良少年而特別安裝的應用程式，隨後就發現那小子還在學校裡面，他差點就打電話過去詢問自己派去接送的司機，想確認那小子是真的還沒出來，而不是搞失蹤，把手機丟在學校裡。

不是他多疑，他只是想盡可能地保護Graph周全……這是那小子在出事後第一天離開家門。

「Graph先生還沒下課。」才剛和美國投資人的祕書通過電話的男子，這時轉過頭來平靜地說道。

Pakin抬起頭看向對方的眼睛。

「今天那邊請求將會議延後，希望能改成明天中午。」

Panachai向老闆報告，可那不是Pakin想知道的事情，他比較想知道另一件事情。

「那小子還沒下課？」

「是的，今天Graph先生下午四點半下課，最後一堂課是社會。」

「為什麼這麼晚？」對那個孩子的事情幾乎一無所知的男人帶著狐疑的語氣問道，在他高中那個年代，從來沒在四點之後下課。

很清楚少年課表的Panachai因而繼續答道：「Graph先生學的是理科，課程會比其他科吃重，通常會在接近下午五點的時候下課，只有在其他人上軍訓課那天，Graph先生上到中午就下課了，也就是明天。」

Panachai就自己所知的報告道，因為知道老闆的所有行蹤本來就是他的分內事，不光是Pakin、Graph的事，還包含了那位男模的工作行程。

他接著問道：「要我把Graph先生的課程表發送到您的手機裡嗎？」

若是在以前，這個男人或許會說沒必要，可這一次……。

「嗯，發過來吧。」Pakin講完就低頭簽下最後一張文件，然後站起身來。

「Pakin先生要去哪裡？」這名日以繼夜工作、想為了因失手而讓Graph被綁票那件事贖罪的人立刻問道。

Pakin這時靜默了半晌，然後才聳聳肩，抓起西裝外套隨意披在肩上。

「打電話跟司機說不用等了，等一下我親自過去……晚上八點會再進來一趟。」

Panachai不由得一陣錯愕，怔怔地看著老闆離開了辦公室。當然，他又怎會不明白直接打電話把司機叫回來的原因——老闆是打算親自去接Graph先生。

就算Pakin先生會說是為了少年的安全，但也確實……比從前更加關心Graph先生了。

* * *

不可能、不可能！絕對不可能！！！

這是Graph的心聲。當下課鈴聲一響起，他就抓起背包揹在肩上，然後從五樓一鼓作氣地往下衝，毫不在意他人的注目，不理會老師制止他在走道上奔跑的吼聲，因為當他的好友小聲約他去吃點東西再回家時，他的手機忽地震動了起來，螢幕上僅顯示了一條短訊——

「在學校前面等你」

「哇啊——！」

「抱歉，有急事！」

兩條腿加速衝往樓下，可依然不夠快，Graph只好坐上樓梯扶手，讓身體沿著扶手一路下滑，緊接著一個跳躍，跨過了弧形轉角，嚇得行走在樓梯上擋住去路的高三生嚇得放聲大叫。不過Graph並不怎麼在意，他僅抬起一隻手表示歉意，直到兩隻腳踏在最下方的一樓地板上，他隨即飛速衝刺。

Pakin哥真的來接我了嗎？我真的不是在做夢嗎？

這和他曾經拿父親威名要脅載他去醫院的男人是同一個，這個人每次被迫來接送他時都會表現出煩躁的模樣，可這一次竟然自己來了，也難怪他會這般喜出望外。

即便跑得氣喘吁吁，Graph的嘴角卻勾出一抹燦笑，兩隻眼睛搜尋著高級跑車，而那一點都不難找。

其實跑車倒是其次，反而是站著倚靠車身並夾著一根香菸的那個高大男人，比誰都引人注目。

那人轉過來對上Graph的眼睛，隨後將香菸丟到地上，用腳尖踩熄它，接著才走上前來。

「哥怎麼會過來！」

Graph當然會問嘍，他注視著那張始終毫無波瀾的俊臉，不過⋯⋯。

「把背包拿來。」

男人伸手拉起少年肩上的背包背帶，Graph只好將它取下，然後看著對方手拿著背包轉身回到了高級跑車上。

砰。

Graph本就不期望Pakin哥會溫柔地對待他的背包，畢竟背包已經如預想中被扔到了後座，這之後車主才走向了駕駛座。Graph於是連忙走過去坐在副駕駛座上，接著轉過頭來，以不敢置信的困惑眼神注視著Pakin哥，明顯表現出自己的訝異。

「哥是來接我的嗎!?」

「難道你把我看成了其他人？」

「沒有，不過哥是親⋯⋯親自來接⋯⋯。」

Graph不知道該接下來說什麼好，他只是很興奮，這使得駕駛也跟著勾起了唇角。

「急著跑過來的嗎？」

「嗯，我從五樓跑下來的，如果不是教師就不能使用電梯，所以才用跑的下來。」Graph邊說邊揮去額頭上的汗水。

然而，不知道是什麼原因促使Pakin開口問道：「上課好不好玩？」

「唉，不好玩，我不喜歡學習，又睏又無聊，尤其是最後一門課，差點就要睡著了，老師在扯什麼我也不知道，聽不懂，反正等接近考試的時候Janjao會幫我猜題，讓我準備，所以沒仔細聽。」Graph那麼說道。

Pakin「**盡量**」不去在意那個被拉進話題中的女孩名字。

「不過哥為什麼會來接我？」Graph最後又繞回到原來的問題，而Pakin僅聳了聳肩。

「工作結束得早，而且我剛好經過這附近。」

雖然很想知道是什麼工作，不過Graph不敢問太多，只露出了藏不住有多喜悅的燦笑，在那之後伸出手打算播放音樂。

「我可以放音樂嗎？」

「嗯。」

這一回車主順著少年的意點了點頭，任由樂聲從高級音響中流瀉而出，響遍了整輛車。

即使一路上沒有更多交談，但只要Pakin哥願意來接他，而且還信守諾言回家一起吃晚飯……Graph從沒有過這種感覺，這樣的待遇就已經令他高興到了極點。

就連爸爸也幾乎從沒到校接送過我。

帶著這個想法的少年把手機拿起來放在大腿上。

當車子一抵達氣派的豪宅前，Graph就從後座抓起背包，打開車門，迅速衝進屋內，那模樣讓Pakin忍不住搖了搖頭，接著準備將車子駛進後方的車庫停放，雖然大家老說那是他個人的展示廳，就在這時……。

鈴～～～

手機竟然先一步響起，Pakin隨即將它拿起來一看。

「有東西忘了嗎？」名為麻煩小鬼的人打電話來，Pakin眉頭一皺，疑惑那小子打來是想幹什麼？明明才剛衝上屋內，隨後他不由得一愣，因為……。

「我打來是想跟哥說……**我已經回到家了，Pakin哥。**」

話一講完，那小子立刻切斷通話，Pakin就這麼拿著電話靜止不動。半晌，Pakin就笑出聲來，聲音還非常響亮。

那小子這麼做到底是聽話還是白目啊？

「算了，只要那小子肯乖乖聽話，這一趟特地繞去接他也比較值得。」

誰說是碰巧有工作路過的……分明是在車陣中塞了四十多分鐘才抵達的吧。

＊＊＊

對其他家庭來說，齊聚吃飯或許是件很平常的事情，可對Kritithi先生來說，最後一次全家人齊聚吃飯是什麼時候他卻記不得了。因此，當Graph換上了居家服，接著走進飯廳看到了正在講電話的男模，以及在主位上坐下來的屋主，他那張被朋友們評價為又帥又壞的俊臉也不禁跟著抽動。

他很想笑，可又怕別人以為他瘋了。

「Graph先生來了，坐啊，不快點吃就冷了。」女管家這時走上前來，面帶淺笑，輕輕推著少年的肩膀，讓仍默默站在門口的Graph走向自己平常坐的位置。

「今天大家都在，我這個老人家真高興。」

Kaew嬸輕聲喃喃道，使得一直強忍笑意的Graph忍不住露出了燦笑。今天是他第一次和Pakin哥、Win哥一起吃飯。

「麻煩你把細節發送到我信箱，我會先看過，我們下一次再接著談……再見。」Pawit說完最後一句話，拿手機的手放了下來，那張美豔到不像男人的臉忽地轉過來對上Graph的眼睛，並且露出了淡淡的笑容。

「今天過得怎麼樣？ Graph。」

「就老樣子啊，Win哥，快接近考試了，老師就很變態的一直狂趕進度，內容完全沒進到腦子裡啊。對了！ Win哥！哥以前有養過狗嗎？」Graph一屁股坐了下來，原本語氣無奈地回應道，可當他一提到自己感興趣的話題時，眼睛立刻亮了起來，至於是什麼事……當然是臭Kak的小狗啊！

「小時候有養過，怎樣？」

「是什麼品種？」Graph繼續問道。

「我不是很確定，那個時候太小了……Kin你記得嗎？」

Pawit聽了，靜默地想了一會，接著才搖搖頭，然後轉過頭詢問剛拿起湯匙與叉子的表哥，結果對方也緩緩地搖了搖頭。

「連狗主人都不記得，我又怎麼可能會記得？」

「呵呵，就那樣吧。哥不記得？為什麼啊？」

Pawit僅僅笑了笑，隨後轉向提起這話題的人，看他興致勃勃地談論這件事。

「我朋友才剛養了一隻小狗，那傢伙還拍了照片跟我炫耀，是三個月大的西伯利亞哈士奇喔，哥。不過身體就只有這麼大，讓人超想抱抱牠，而且還超帥氣的。水藍色的眼睛很酷耶，毛是銀灰色的，光看照片就覺得牠身上的毛非常蓬鬆，而且行為還非常的白痴！！」

少年津津有味地描述著，聽的人微微揚起眉毛。

「白痴？怎樣白痴？」

「牠就追著冰棒跑啊，Win哥……。」

接著，臭阿木的故事就這麼在餐桌上被提起，而描述的少年明顯地表現出興奮之情，那張獨自一人時通常會露出沮喪哀傷的臉，這時掛上了燦爛的笑容。唯一美中不足的是，少年的雙手完全沒動。

「是不是很可愛呀？ Win哥。」

「是滿可愛的。」

這一大一小彷彿兄弟般的兩人沉浸在狗狗話題裡聊得不亦樂

乎，而屋主則靜靜地聽著，直到……。

「如果想要，怎麼不試著要要看呢？」

！

聽到這句話，不只是Graph一陣錯愕，就連坐在主位上的男人也明顯地愣了一下。接著他惡狠狠地將視線掃向提出方案的那個人。

那眼神像是在說：*別給我找麻煩可以嗎？*

可是Pawit又怎會在乎呢？

「反正這個家從來沒養過什麼小動物，不過就一隻狗，養了又不會怎麼樣。」

果不其然，少年的視線已經轉向他這裡，眼裡閃爍著興奮的光芒，過了一會卻變成不確定的眼神，最後則是一臉放棄的神色。

「不要了。」

Graph的這句回應引起了兩位大人的注意力，他們因而轉頭看了過去。

「我只是寄人籬下，連我爸都不讓我養了，我又怎麼好意思說要養在這裡？」儘管打從心底想要，Graph還是自我否決了，笑容也漸漸地從他不羈的帥臉上消逝。他早想過了，就連在自己家，爸爸都不想給自己找麻煩了，那他又怎能厚著臉皮把麻煩扔給這家人呢？因為說到底……他不過只是個住客罷了。

屋主靜靜地注視著少年的神情，接著講出了這麼一句話——

「知道就好。」

一聽到這句話，Pawit果然立刻皺起了眉頭，對於哥哥把這孩子講得像是外人的言論感到不滿，明明這個家裡的所有人都知道Graph現在睡在哪裡，跟屋主有著什麼樣的關係。更令Pawit

感到氣憤難平的是，這孩子竟然也……有自知之明。

「不過就這點事，我也能明白的好嗎？我不會吵著要的……啊，不過我可以要求去找狗狗玩嗎？」Graph帶著冀望的表情轉過頭來，Pakin因而把眉微微一挑，像是在詢問細節，想和小狗玩的少年緊接著說了下去。

「明天的課只上到中午，我可以去朋友家玩嗎？」

「哪個朋友？」

「就是學校的朋友啊，哥。」

「Janjao？」

「不是，吼，我又不是只有那一位朋友！」一聽到好友的名字，Graph便忍不住發出了小小的抗議，因為似乎他每次一提到朋友，所有人都只會想到那個女孩子，於是Graph連忙補充。

「是其他班的朋友，可是我們從國中就很要好了，以前我常常去他家喝酒，他爸人很好，不過他媽很凶。他媽不在家的時候，他才能找朋友去一起去喝酒，他爸也不會制止我們，我就是在他家學會喝酒的。有時候也會去借住，雖然吵了點，但也好過在自己家。」Graph沒意識到自己講了什麼，只知道有人聽，他就想講。

這時，家中的大人卻能從少年的語氣中明顯發現到……這孩子的孤單。

不只是Pakin和Pawit，連幫傭和工人們都聽得一清二楚，噢不，是連畫面都看到了——少年獨自坐在偌大的飯廳裡，一個人吃飯，像是從來沒有人願意聆聽他每天生活過得怎麼樣，完全不知道這孩子有沒有朋友……因為這樣，當有了談話的對象、有了問問題的人，這孩子也就輕易地說出口來。

「所以我可以去對嗎？」緊接著Graph那雙充滿希望的眼眸

便轉過來對上了屋主的眼睛，沒辦法，誰叫這個人是審批的人呢？

「你是小孩子嗎？」

結果高大的男人竟然轉移話題，這讓提出請求的少年有些張目結舌，若不是男人的大手先一步叉起一尾三味鮮蝦送到他的嘴邊，他險些脫口大吼這兩者有什麼狗屁關係！

「你想講話我沒意見，但是食物也要吃，來，張嘴。」

當Pakin一下令，聽令的那個人便不自覺地張嘴接過那一大尾蝦，然後咂巴咂巴地咀嚼，打算快點將食物吞下，接著再繼續提出請求，不過……。

先等等，剛才……

！

……唰！

Graph能感覺到兩頰一陣滾燙，大大的眼睛又睜大了一些，注視著那個像沒事人一樣轉回去繼續吃飯的人，而當他一轉頭看向Win哥……。

與其那樣看著我，哥說出來還比較好！

少年連忙低下頭看著盛裝了米飯的盤子，因為這裡不只有他和Pakin哥，也就是說，整個家裡的人都看到了。這時候，平常總愛頂嘴的少年猛然低頭的模樣，讓所有人不禁露出了關愛的笑容，眾人在那之後又流露出更多的憐愛之情，因為……。

「想去也不是不行，但我只讓你待到五點之前，而且必須要遵照我的規定，就這麼說定了？」

咻。

話一講完，Pakin頓時愣住了，因為正感到害臊的少年迅速抬起了頭，平常總著板著一張臉，要不就是爭論到臉紅脖子粗的他，正一點一點地綻放笑顏，最後成了一抹幾乎可以看見每顆牙齒的燦爛笑容。

「我可以去嗎！我保證會在離開學校之前打電話告訴哥，回到家也會打電話告訴哥，要我拍照證明也可以，我真的可以去啊！！！」

「你什麼時候看我出爾反爾了？」

「Pakin哥謝謝你！！！」長期只能待在家裡的Graph欣喜道，不過在他繼續開口說話前，迅速解決了晚餐的Pakin隨即站起身，Graph一臉狐疑地注視著對方。

「我等一下要回公司一趟，今晚不知道會幾點回來，你就先睡吧。」

Graph臉上的笑容迅即消失。就在這一刻，Pawit說出了一句話——

「如果忙成這樣，為什麼還要回家吃飯？」

！

這位表弟的眼神彷彿洞悉了一切，使得被問問題的人沉默了一下子。

Pakin並沒有給出回應，不過在他走出飯廳之前，沒忘將手放在少年那顆渾圓的頭顱上壓了一下。

「Win的話別聽太多。」

男人就說了這麼一句話，Pawit則從喉嚨裡發出笑聲，用手臂倚著餐桌，帶著好看的表情把臉微微向前傾，他看著高中生明顯感到錯愕的臉，接著開口邀請，音量大到讓正要走出飯廳的男人都能聽見。

「今晚要不要來我房間睡？想知道什麼關於Kin的事情，等一下說給你聽。」

接著，才剛被叮囑「Win的話別聽太多」的少年便毫不猶豫地給出答覆。

「我去！」

這是當然的嘍！很少有機會能聽到有關這個家、這裡的人以及正準備回去工作的那個人的事，他不好好把握就太笨了。

Pakin這時只能翻白眼，並告訴自己——看來要快點處理完工作，然後盡快趕回來了。

這一頓晚餐下來，Graph其實沒發現到，不過幾十分鐘的用餐時間，臉上的笑容竟比他整個禮拜待在自己家中還要多，他不曾感受過的家的感覺，此時正緩緩地流入他的心間。

個子小小的Krittithi男孩的夢想，正在這棟屋子裡面一點一點地成真。

第四十一章

怕寂寞的孩子需要溫暖

「吧唧、吧唧、吧唧。」

「嚇～你已經吃很多了，臭阿木，這個也想吃嗎？」

「汪！」

如果你這樣子看著我，臭阿木……。

Graph艱難地吞了一口唾沫，並不是因為他想吃了這隻狗，可誰又會相信，這隻有著像是北方犬隻那般清澈水藍色眼珠子、毛髮蓬鬆、三個月大的西伯利亞哈士奇，對他又是哀鳴、又是懇求，令人不由得心生憐憫，就只因為他手裡正拿著下午才吃的午餐烤雞腿。

噠。

不僅如此，小狗或許知道此人心腸軟，因為這隻人人都說白痴的小狗，正把自己的前爪放在Graph的大腿上，甚至還使出了可憐兮兮的眼神攻勢，逼得長相帥氣的少年不自覺地……把手放了下來。

小狗迅速張嘴咬住了那隻烤雞腿。

「啊！」

「嗷嗚～～～」

說時遲、那時快，臭狗一心想吃，因而快速咬走了Graph手裡的雞腿，並用兩隻前腳把食物固定住，身體直接趴在地上。Graph不禁大叫了一聲，而這個叫聲讓木木抬起了頭，發出嗚咽聲，就像是在說：在凶我嗎？這是在凶我嗎？

這副模樣……。

「啊……算了，想吃就吃吧，以後胖成一顆球，可跟我沒關係喔。」Graph隨後把手放在小狗毛茸茸的頭上，而小狗也叫了幾聲作為回應，接著就開心地繼續享受那隻香噴噴的烤雞腿。

這畫面看得Kritithi先生露出了笑容。

太可愛了啦，可惡怎麼會有這種狗？我真的很想偷偷抱回家！

唰啦——

「啊，臭Graph你跟臭阿木已經玩了一個多鐘頭了欸！不熱嗎？」

忽然間，一道玻璃門被開啟，門的一邊是能延伸到花園的陽臺，而另一邊則是不時傳出嘈雜遊戲聲的客廳。屋主的臉跟著冒了出來，扯著嗓子疑惑地問道，特地跑來跟小狗玩耍的人低頭看了一下手錶。

接近下午三點鐘。

Graph自己也沒料想到他在朋友家已經待了兩個鐘頭。今天上午的課一上完，他立刻打電話告訴Kak說「等一下去你家玩」。他不想多做解釋說自己是囚犯，需要他的關照，等抵達之後已經接近下午一點了。

Graph起初還有些膽怯，不敢去觸摸幼犬，而其他友人各個看起來都與牠很熟識，臭阿木於是飛速衝上前去，一下撲這個人，一下舔那個人，還被戲弄得氣喘吁吁。直到其他人跟那隻小狗玩膩了，他這才試著上前去碰觸牠。

到底是誰說狗有防備危險的本能？根本不是那麼一回事啊！這隻哈士奇根本就沒有，牠就那麼一直搖著尾巴，以可愛的眼睛看著人，那模樣就像在說「跟我一起玩嘛」以及……「給我東西吃吧」。

當Kak丟出了犬用零食，臭阿木也完全不想離開Graph的腳邊，在那之後，人人口中的不良少年就這麼入迷地和小狗玩了幾個鐘頭，連午餐還得讓朋友家裡的孩子端到木製的陽臺上，而那份午餐如今已經被小狗搶去吃了。

「當然熱啊，看看我的汗。」Graph對著友人答道，甚至還揮了一下額頭上的汗水給對方看。

Kak看了不禁哈哈大笑，接著朝他招了招手。

「那你就進來吹冷氣玩遊戲啊，但不能放臭阿木進來喔，牠正值牙齒發癢期間，上一次還咬壞了我的遊戲機，沒辦法只好扔了。」

小個子朋友那麼說道，專程跑來跟小狗玩耍的Graph搖了搖頭。

「那就你們玩吧，我要待在這裡。」

「哈哈哈哈！看樣子是愛上臭阿木了，去跟你爸要一隻來養啊？我爸花了一萬塊買下臭阿木，這樣的價格，連你爸的一根小腿毛都驚動不了吧。」

對方那麼說道，全然不知他現在不住在家裡，而且就算住在家裡……。

『養狗？像你這樣動不動就進出醫院的人，哪有時間照顧牠啊？』

Graph記得其實他小時候也曾經向爸爸提出過要求，然後就得到了這樣的答案，雖然他能得到自己所需要的一切，但絕不能是有生命的東西，就好似當父母的人認為像他這樣的孩子沒有能力照顧小動物。若再仔細想想，那兩個人也不想在家中看到毛茸茸的動物；可若是物質方面，他是想要什麼就有什麼。

「就連價值百萬的重機他都買給你了。」

作為交換，要幫他保守小老婆的祕密啊，蠢蛋。

「呵。」Graph僅冷冷地笑了一聲，一想到自己的爸爸就一陣噁心，因而忍不住搖頭。

「他不會買給我的，只好拜託你讓我來跟你家小狗玩嘍。」

「好啦、好啦，來吧，如果是那樣，就帶牠一起去跑一跑吧，丟東西給牠玩也可以，把牠操到沒力更好，這小傢伙精力過剩，不讓牠累一點，等一下又會來吵我。」好友那麼說道，接著關上了滑門，任由長相俊俏的客人轉回去關注那隻毛茸茸的小傢伙。

小傢伙此時已經把烤雞腿吃光光的，只剩下一些看似準備繼續啃食的骨頭。

「不可以，不然會刺到肚子喔。」Graph一點也不嫌棄地抓起沾滿了口水的骨頭，將它扔進只剩下殘渣的盤子裡……嗯，都是臭阿木吃光的，他一口都還沒吃到。

「汪汪。」在牠飽餐一頓後，那模樣好像是知道已經沒有什麼東西可以再給牠吃了，長相帥氣的狗就起身對著Graph吠了幾聲，意思大概是想玩耍了。

「哈哈哈！你過得可真爽啊，不是吃就是玩。」雖然嘴上這麼講，可Graph還是扔出了玩具，讓小狗跑到空地的另一邊。想當然耳，塊頭不怎麼小的小狗爆衝了出去，然後……。

「汪汪汪汪汪。」

一臉帥氣的西伯利亞哈士奇竟然站著對玩具狂吠，時不時又轉頭過來看向Graph，在那之後就繞著玩具跑，像是在說：過來撿，然後再重新丟給我吧。

「啊，你就自己咬過來啊，你為什麼要繞著圈子咬自己的尾巴？吼，我懶得再站起來了。」嘴上這麼講，Graph還是走過去撿起那個玩具，重新再丟一次，然後又繼續重複相同模式……這隻白痴狗一直繞著玩具跑，就是不肯咬回來啊。

所以牠只是想跑過去看一看，然後再叫人類撿起來重新丟是吧？

心理很想罵牠，可是看著小狗那雙澄澈的眼睛，還是讓他忍不住……。

咻。

「過來這裡，小搗蛋！」Graph隨即衝上去對這隻毛茸茸的小傢伙強行抱抱整治一番，狗毛因此四處亂飛，不只是這樣，他的臉和嘴還被舔得溼淋淋的，笑聲因而響遍了每個角落。Graph這時拿出手機，打算和這隻大型狗一起合照，為了發送給某個人看。

Pakin哥不知道會不會罵我？管他的，不是要我回報狀況嗎？就這個啊，我的報告。

Graph一邊這麼告訴自己，一邊發送自己大模大樣躺在草地上、有隻大型犬趴在自己胸口上的合照。木木發出嘿嘿的喘息聲，口水流到了他的衣服上，Graph出手重重地揉弄了一下狗頭。

「想去住我家嗎？阿木？」

「汪！」

牠叫了一聲，也不知道到底聽懂沒。不過牠接著起身跑向了門口，Graph於是爬起來一看，是Kak的媽媽回來了。

「啊！」像不怕弄髒似的大剌剌躺在草地上的人有了這樣的想法，因為他心中突然產生了一股很糟糕的感覺。

好孤單喔，想擁有一些屬於我自己的東西……只屬於我一個

人的。

一想到這裡，Graph的表情立刻哀傷了起來，因為他最想得到的某個人的心⋯⋯或許永遠都得不到了。

Graph當然知道Pakin哥現在對他的照顧，只是為了負責保護他的安危，他們不過是剛好睡在一塊，所以看起來比較特別一點點，至於他在那個家中的身分⋯⋯不知道實際上究竟是什麼？

「可惡，都想哭了。」Graph眨了眨眼睛，試圖把眼淚逼回去，同時坐起身來。

就是因為這份寂寞，所以他才會想要養一隻小狗嗎？說不定能因此比較不孤單。

「不過像我這種人應該養不活任何動物。」這個觀念被家人深植在腦海中，他想要什麼東西都能夠得到，除了照顧擁有心臟的東西。

爸爸對媽媽不感興趣，媽媽對爸爸毫不關心，該怎麼照顧一個有想法、有感覺的人，Graph從來都不知道。

這個孩子是由物質所鍛造出來的，因此他不明白細心照顧或者是去懇求別人該怎麼做。

「就連去拜託Win哥也不敢。」

昨晚他不知道發了什麼瘋才會想去抱抱Win哥，可始終沒敢那麼做，只能聽著對方談天論地，最後在不知不覺中睡著了。他的膽怯不全是因為家庭的教育，而是因為他急切想抓住某個人，但總是被一次次地揮開。

這時手機震動了起來，是那個人發送了回覆訊息。

「別在大太陽底下玩，我懶得再去照顧病人了」

男人發送的簡訊雖簡短，不過好像是在擔心，於是Graph無條件地照做。

哥現在對我好是為什麼呢？

Graph想知道，但是不敢問，因為他怕……怕再也得不到這樣的關懷了。

＊＊＊

晚上六點多，Pakin正要走進屋內，這時他聽見車子駛近停在建物前方的聲音，低頭看手機的人於是將它收進了口袋。

正在懷疑那小子好幾個鐘頭都消失到哪去了。

昨晚他沒回家，原本是打算盡快處理完工作趕回去，卻因為有問題臨時安插進來，所以他只好一整天都待在公司裡處理事務，而且到了下午五點半才剛完成工作，直至受到監護的孩子打電話來告知自己正要從朋友家離開，他就以為那小子會先回到家，沒想到竟然比他更晚回到家。

那執拗的小鬼笑顏燦燦地從車上走了下來，整個人看起來髒得要命，令人不禁感到訝異，不知這小子是跑去跟狗玩耍，還是跑去哪裡滾泥巴了？

「為什麼現在才到家？」那小子離開朋友家的時間點，明明比他離開公司要早了半個鐘頭。

這個問題使得Graph抬起頭看了過來。

「塞車呀，哥，我朋友家附近發生車禍，光是要脫離那個路段就花上半個鐘頭了……今天哥回來得真早。」

這小子很開心。

Pakin又怎會不知道呢？Graph開心到眼睛都亮了起來，原本已經笑得很燦爛的嘴唇，這時又翹得更高了。Graph接著跳上了前往屋內的樓梯，為了站在他的面前，Pakin只好聳了聳肩。

「工作結束得早。」

「那哥會和我一起吃晚餐嗎？」

「如果不在這裡吃，是要把我趕去哪裡吃啦？」

！

提出反問的那一方不由得一愣，因為這個一直以來都讓他感到厭煩的、性格惡劣的孩子，正帶著興奮的眼神看著他，然後講出了讓他感到錯愕的一句話。

「那我就不用一個人吃飯了！」

這難道就是Win那小子老是在講的……這小鬼怕寂寞嗎？

「那Win人呢？」

「Win哥打電話來說會很晚回來，要我先吃，不用等他。」

Pakin聽完點了點頭，接著把手伸了出來。Graph不由得一愣，潔淨的臉頰遂變得緋紅，然後低下了頭。他似乎以為Pakin哥會像兩天前那樣摸自己的頭吧，可是……。

咻。

「你是跑去跟狗玩，還是跑去滾狗毛？」Pakin勾起唇角，拿起一根黏在少年衣服上的狗毛，Graph於是跟著抬頭往對方的視線看去，在那之後又一次低下了頭。

「啊！」Graph像是這才發現白色的學生制服上黏滿了銀灰色的狗毛，他趕緊將它們拍掉，可是那狗毛看起來似乎黏性很強。

「Kaew嬸會不會凶我啊？」

這小子什麼時候開始怕被人凶了？

這名幾乎不了解面前這孩子的監護人，眉頭立刻一擰並開口問道：「你是被她凶過嗎？」

「哦，不知道幾次嘍，今天早上也有被凶，因為我不肯起床，Kaew嬸又擔心吵到正在睡覺的Win哥，跑來叫我好幾次，為了把我從床上挖起來，大嬸還打我耶。」

Pakin越發感到訝異，一想到家中的女管家，可以猜得出她下手應該輕得像蚊子咬，她老人家分明就極其袒護這小子。

不過令人訝異的是……。

「不生氣嗎？」

這個誰都嗆不得、反對不得、凶不得的任性小孩，他會乖張跋扈地表現出自己是被金錢養大的知名政治人物的獨生子，所有人因此都對他低聲下氣，可這一次似乎不是這麼一回事。

Graph用力地搖了搖頭，不解地反問道：「我為什麼要生氣？Kaew嬸是一片好意啊，如果遲到，我又得再進一次訓導室了。之前家裡養了一堆保母，媽的明明說了要叫我起床，結果被我吼了一下說不起床，就沒人敢再過來叫我了。」

這個答案讓身為長輩的人微微瞇起眼睛，因為似乎隱隱有些會意過來。

這小子需要的不是聽話的人，而是關心他的人。

他一直以來都忽略了這件事，還以為這小子只是個問題小孩。當Graph的態度一軟化下來，他才發現到這麼多年來一直沒發現的事情——這固執的小鬼不過是個怕寂寞、渴望關愛，以致於令人心生同情的孩子罷了。

你應該繼續忽視的，Pakin。

Pakin這麼告訴自己，因為發現到這些事情對他來說是個危險的警訊，可他卻無法克制住自己的手……他手伸出去用力摸了摸那小子的頭，少年於是放聲大叫。

「吼～很痛欸，哥！」

「呵，就是要摸到讓你痛。去洗澡，別把毛甩到這附近。」

男人說完之後就鬆開了手，被暗諷是條狗的少年不禁氣得齜牙咧嘴。

「哥是想被咬到皮開肉綻嗎？」

聽到少年這麼問，男人不由得笑了出來。

「就憑這種幼犬啊？」

！

如果只是嘴上講講還不打緊，可是男人以那該死的笑容半開玩笑地挑釁才要命，肆意妄為的孩子頓時安靜了下來，臉頰甚至還莫名發燙，但在他開口反駁之前……。

鈴～～～

手機鈴聲這時打斷了對話，Pakin僅瞥了螢幕一眼，臉色隨即沉了下來，語氣強硬地接起電話。

「有辦法處理那些人嗎？」

Graph沒聽見電話另一端說了些什麼，只看到高大的男人轉過來扯動唇瓣。

「……去洗澡……。」

就這樣，屋主隨後便朝著辦公室的方向走去，丟下少年自己一個人在原地撇嘴。

「還真命令我。」講歸講，Graph最後還是乖乖地上樓回房洗澡去了，因為他看到不斷被工作纏身的人那張凶狠的臉，突然間寂寞的感覺一下子就消散了。

「去洗澡，哼，還真的命令老子！」

在浴室裡，將黏上了狗毛的衣服脫下來的少年，正站在溫熱的水流之下，兩隻手壓了幾下洗髮精，塗抹在被汗水浸溼的頭上，嘴上也跟著抱怨，不過臉上明明就……笑得很燦爛。

一想到洗完澡有人陪他一起吃飯就很高興了。

「拜託Pakin哥再讓我去跟臭阿木玩好了。」一想到這件事，Graph就大笑了起來。那隻一臉搞笑的小狗，明明已經向他討食物吃到飽了，卻還跑去廚房外坐著，等著下手做飯的Kak媽媽賞牠食物吃，怎麼看都是一隻貪吃的狗，不需要當什麼先知就能預測這隻狗長大後一定會暴肥。

「帥不起來都是因為太胖啊你。」Graph邊說邊低下頭閉著眼睛洗頭髮，因此沒注意到那個看起來一副日理萬機的人已經走進來了。

Pakin脫下衣服放進更衣室的籃子裡，接著赤身裸體走進浴室，當他聽見水流聲中夾雜著那執拗小子的笑聲，聽起來就像是在自言自語，濃密的眉毛不由得微微挑起，直到視線停留在一扇玻璃門上，那裡曾經有個孩子抱著膝蓋躲在角落哭泣……而那個孩子現在正心情愉悅地哼著歌曲。

古怪……可這畫面卻讓Pakin露出了笑容。

表現良好的時候也是挺惹人疼的。

吱呀——

「Pakin哥，你怎麼進來了！」

「因為這是我的房間啊。」

一聽到玻璃門被開啟的聲音，Graph立刻抬起頭，接下來所看到的畫面讓他大叫了一聲……是Pakin哥。

面前的男人讓人不得不說，身材相當有男人味，先是能清楚看到肌肉線條、肌理厚實的上臂，接著是強健的肩膀、雄偉的胸膛以及塊狀腹部，再往下是骨盆位置的人魚肌，其私處則被深色毛髮所覆蓋，此外是經常鍛鍊以致於血管突起的腿部，與一身古銅色的肌膚，因此可以非常肯定地說……充滿男人的性感。

身材猶如精心雕琢而成，無論誰看了都會……硬起來。

這個男人就是有這種程度的魅力啊。

男人正以一種難以解讀的眼神看向這裡，嘴角僅微幅上揚，卻越發使得平常看起來俊美又危險的相貌加倍迷人，當他和身體剛發育完全的高中生相比，無異於威武的獅子與小老鼠。

少年雖然高䠷，但卻纖瘦，身上無肌肉線條，只有會在午休時間從事體育活動的人那樣的身材曲線，皮膚也偏白皙，身形比較嬌小，再加上那張不到二十歲如孩子般清秀的面容……整個人看起來頗為嬌弱。

「啊！」由於一直目不轉睛地盯著對方看，沒注意到洗髮精跑進了眼睛裡面，執拗的少年因此大叫了一聲，迅速地閉上眼睛。

男人見狀便走了過來。

「眨眼。」

雖然是命令，Graph還是聽話照做，他眨了幾下眼睛，讓溫暖的水流沖走化學殘留物。當對方寬厚的胸膛貼上了自己身體，他立刻感覺到身體瞬間熱了起來。

「哥想一起洗啊？」

靠，連嘴都在顫抖！

愛說大話的少年努力讓自己的語調保持平穩，像是沒有任何感覺一樣，可實際上，聲音卻抖得很明顯，特別是當他一睜開眼睛發現Pakin哥的大手正撐著牆壁，還這樣子把臉往下附在自己的耳邊……。

「嗯，早上的時候還沒洗澡，只洗了昨晚那一次。」

嚇！

當被對方硬硬的鬍碴扎到了耳垂，Graph不由得一震，差點就要抬手蓋住自己的耳朵，若不是因為Pakin哥溫熱的嘴唇稍微往下貼在他的耳朵上，讓他失了先機。

然而，那種觸感令他渾身發抖，接著Pakin哥更加用力地貼上來，然後……輕輕地吸吮……。

「哥……哥現在就想做了嗎？不是說要吃飯？」

「我什麼時候說過要吃飯了？我只是把你趕來洗澡。」

Graph聽得講不出話來，由於這份沿著脖頸、肩膀親吻的熾熱觸感，他的大腦逐漸變得模糊，溫熱的舌尖隨後沿著潔白的皮膚舔拭，一路留下了灼熱感。胸口內的那塊肉跳得更加劇烈了，因為這是他第一次被人這麼撫慰。

過去幾次的性愛，他們都是以不太好的方式開場，可這一次，Pakin哥似乎是**「故意」**慢慢地撩撥他。

冒出這種想法的Graph看著男人的大手往下滑動，貼在了他平坦的腹部上，上下一陣撫摸，小腹不由得一緊。而他只不過因為粗糙的大手沿著自己的身體滑到了胸口，揉捏、摩擦他的皮膚，就不自覺地咬牙，知道自己正在等待著……攪動乳頭的指尖。

令人酥麻、顫慄的感覺透過指尖傳來，衝向了他的大腦，接著擴散至全身，白皙的皮膚因而開始改變了顏色。Graph抬起頭，轉向身後，看著五官深邃的男人正在吮抿他的肩膀，不過對方那雙鋒利的眼眸則緊盯著他的眼睛。

那眼神像是想要把人吞食。

於是，Graph聲音顫抖地懇求——

「可以……吻我嗎？」

話音落下，Pakin從白皙的肌膚上抬起了頭，另一隻手伸出去關上了蓮蓬頭，隨即整間浴室只剩下一片寂靜。這時，Pakin

猶如死神般凌厲的臉就這麼迎了上去，嘴唇離Graph顏色鮮嫩的唇瓣僅些微距離，可是吻卻沒落在那個地方，他把嘴唇移到了Graph的鼻尖，蜻蜓點水地吻了一下，再來移到了眼皮、額頭，Graph因此閉上了眼睛，被碰觸過的每一處都在發燙。

誰相信被這樣子親吻，身體竟會發燙？就好像在說……要忍不住了。

Pakin哥正在戲弄他，而這使得他……再次出聲懇求。

「哥……唔。」

Graph張開嘴，聲音顫抖地呼喊，Pakin溫熱的嘴唇趁勢吻上了他顏色鮮美的嘴，再重重地輾軋，直至他身體顫抖。Pakin滾燙的舌尖隨後沿著Graph嘴上的每一個細節舔過，接著才一個深入，鑽進了他的內部，在口腔內壁上摩娑，然後攪動那塊柔軟的舌尖，令被動接受的Graph發著抖喘息。

這一次的吻和之前的幾次都不一樣，但卻……比任何一次都還要有感覺。

像是要把人吞食的這個吻使人膝蓋顫抖，Graph只好伸手去抓住對方的手臂以支撐自己。

咻。

Graph這時已經被翻過身來面對面了，背部也跟著被推上去抵住浴室的牆壁，他的兩隻手於是移上來抱住了男人寬大的肩膀，接著差點壓抑不住呻吟聲，因為……Pakin提起膝蓋鑽進了他的兩腿間。

「呃！……嗯啊！」不過是被硬硬的膝蓋磨蹭敏感處，Graph就因這令人顫慄的刺激而忘情地把指甲刺入對方的肩頭，直到給予熱烈親吻、把他吻得差點喘不過氣的Pakin緩緩退開……他看到了連接著彼此的透明液體。

「呵，這樣就不行了？」

「我……呃……！」

Graph立刻把話吞了回去，因為這時Pakin哥的大手抓向他熱燙的肉柱，大拇指則抵在他小兄弟被液體濡溼的紅色圓頭上磨擦，結果才摩擦沒幾下，就令他仰起了頭，喘著粗氣，全身劇烈顫抖。接著，Graph顫抖得越發激烈，因為Pakin哥的嘴唇猛然向下襲擊他挺立的乳頭。

「嗯啊，哈啊……唔，哥……別吸……別吸啊！」

不只是舔而已，Pakin哥又咬又吸，好像能吸出奶汁一樣，Graph只能抓住對方深色的頭髮，挺出胸部靠向Pakin哥，喘到渾身顫抖，感覺就像快要窒息，僅因對方挑逗他身上缺乏男人味的部位。

「呃！」不過是被舌頭上下舔弄，Graph就幾乎要從喉嚨裡發出叫聲了。

咻。

不僅如此，身材壯實的男人還把兩隻手伸到Graph的背後，稍微揉壓窄小的肉穴，Graph渾身顫抖，抓在對方頭髮上的手跟著收緊，然後抬起頭貼著牆壁，因為……。

噗滋。

伸進來了。

Graph緊咬自己的嘴，男人沾滿沐浴乳的指尖正往他的體內深處鑽入，而那一點也不痛，相反地，他的身體竟接受了手指的侵入，用力地吸入，一陣一陣地收縮，同時又感覺到對方的指尖正在摩擦他裡面的腸壁。猛烈的刺激讓Graph差點因情慾跌坐在地。

「哥……舒服……呃……好刺激啊……。」

Graph的上半身被男人的嘴唇不停地吸吮著，下半身與貼上來的熱燙肉炬互相摩擦，再加上後方的肉徑被猛烈刺激，像是熟知哪個點能為他帶來高潮，在這些侵略之下，Graph不禁從喉嚨裡發出了呻吟聲，他壓抑不住自己的聲音，小兄弟忍不住挺起與對方廝磨。

可惡，不夠，這樣還不夠！

咻。

「抓好。」Pakin也感受到了Graph想法，身為挑逗者的他將Graph的一隻腳抬起，另一隻手則揉捏著Graph柔嫩的臀肉，欲將它扳開，把自己碩大的器官送進穴口。

「這樣會摔倒！哥，這樣會摔倒！」老喜歡大呼小叫的Graph顫抖著聲音說道，兩隻手差點來不及抓住男人的手臂。

Pakin聽了，啞著聲音低喃道——

「統統都給你。」

壯碩的肉棒猛地一插入！

嚇！

「呃……呃……啊……哈啊……哥……哥……啊！……哥的那裡……好燙……。」

Graph發出了叫聲，當那猶如火炬一樣灼熱的肉棒插入體內，那感覺既刺激又銷魂，它緩慢地插了進來，摩擦腸壁的每一面，令Graph感覺到脹痛，但更多的是氾濫的慾望，極度的渴望讓他把腿張得更開。

熱燙的肉棒僅靜止了片刻，接著開始輕輕戳了起來，Graph不自覺地全身顫抖。看著這一幕的Pakin便抓住對方的脖子迎向自己，享受熱烈侵入與舌尖絞纏的熱吻，下半身的情況亦差不多，猛烈的撞擊使得Graph的身體向前撲。

「啊……唔……唔……。」

這一動讓人措手不及，Graph因而緊緊抱住男人的脖子，整個臀部都在顫抖，雙腳也咯咯發顫。當巨大的肉棒幾乎被整根抽出，接著又插入到最深處，淚水因而湧上，喘息聲越發響亮，彷彿就像要被體內橫衝直撞的感覺弄到受不了了。

「舒服……嗯……哥……很刺激……呃……。」經驗不足的少年眼眶泛淚地嬌吟，而那……。

咻。

「啊！好深……哥……好深！」

Pakin把身材單薄的人一把抱起，讓對方的兩條腿勾住自己的臀部，讓對方的背部貼著身後的牆壁，之後才狠狠地將性器插入。Pakin緊咬著牙，他的老二正被極大的快樂包裹住，內壁劇烈地收縮，讓他差點把持不住，再加上那張被淚水打溼的臉蛋……。

這囂張的小子因性愛刺激而變得扭曲的臉蛋，任由淚水打溼臉頰，腫脹的小嘴則忘情地反覆呼喚他，從體內深處溢出的呻吟聲比任何人都更能刺激到他。

這小子的身體還很純潔乾淨，可為什麼能讓他這種老練的人這般性慾高漲？

啪、啪、啪、啪。

「啊！哥……太……太用力了……我快要……呃！」

Pakin咬緊牙槽，肉刃插得既重又猛，既激烈又熱情，使得承受的那一方不停地搖頭，兩條腿把他的腰纏得更緊一些，身體靠了上來，顏色鮮美的玉莖跟著摩擦Pakin深色的陰毛。

這小子快要射了。

！

「哥……為……為什麼？」

這一瞬間，發動攻勢的Pakin竟然減緩了速度，Graph不禁發出抗議，一把抱住了他的脖子，然後悄聲低語道：「讓我弄出來……我……想射了……讓我……拜託，哥……唔。」

Graph開口央求，像是忍不住了，明明再一下子就要高潮了，他甚至還伸出手打算抓住自己身上那根肉棍，卻被Pakin先一步抓住了，那張英俊又邪惡的臉上稍微勾起了一抹笑容，接著……。

啪、啪、啪、啪、啪。

「啊！！！！呃……啊哈！」

灼熱的肉炬再度撞進滾燙的肉穴中，以密集的頻率頂在Graph的性感帶上，他纖細的身軀因每一次的撞擊而晃動，眼睛也跟著睜大，嘴唇微啟，任由透明的唾液濡溼了嘴角，彷彿忘記了吞嚥的方法，只知道……自己快要窒息了。

Pakin哥的動作讓他近乎窒息死亡。

「啊，啊哈……啊～！」

嘩啦。

最後，Graph僅憑後庭的刺激，再加上性器摩擦前方硬實的小腹，就釋放了出來，可接著又猛地一震，因為埋在身體深處的熾熱硬物依舊狠狠地抽動，他的頭於是跟著晃動，所以只好緊緊攀住男人健壯的手臂，最後又是猛烈一震，因為……滾燙的液體噴進了他的內部，然後隨著肉炬依依不捨地抽出而流了出來。

只要對方一鬆手，Graph很確定自己肯定會掉到地板上，可是纖瘦的身軀卻依舊那樣子攀附著對方，儘管雙腿抖得幾乎要站不住了，幸而男人的兩隻大手撐在他的腰上。

Pakin激烈運動過之後疲憊喘息的俊臉，跟著低下來靠在了

Graph深色的髮堆中。

這個擁抱讓善於頂嘴的Graph萌生出說不清的好感覺，感覺像是受到了呵護，所以他不想動，直到……。

「從明天開始，我要去南部一趟，還不確定哪天會回來。」

「！！！」

這話讓Graph睜大了雙眼，抬起臉不敢相信地對上了Pakin哥鋒利的眼眸。

「哥……哥講的是什麼意思？」

「我有工作。」

然而壞心的男人卻只講了這些訊息，一副好像完全不知道這少年怕寂寞，而嘴硬的某人，心臟其實已經掉到了腳踝邊。

突然間，Graph感覺這一次的性愛就好像是分手炮一樣，同時又冒出了一個念頭——

哥要跟誰去！

第四十二章

好孩子的獎勵

「Graph呀～別這麼消沉嘛，那位哥哥是要去工作呀。」

「誰消沉了？我哪有消沉？」

「吼，整天這樣子板著一張臉，是要我怎麼解讀呢？」

這是Graph的臨時監護人去外地工作的第一天，必須去上學的少年一早醒來只看到空蕩蕩的床，而且當他撥打電話準備告知自己要出門了，對方卻關了機，他發訊息過去，竟在早上十點多才收到簡短的回覆，僅一個「嗯」字。這樣是要叫他如何不鬱悶？

Graph那副緊繃的表情使得Janjao不惜蹺掉會議，然後坐著陪在少年身邊，試著想讓身材瘦長的好友心情好一些，但卻一點用也沒有。

「哼。」

撇嘴的少年將臉別向一邊，女孩只好把臉探過去擋住對方的視線。

「Graph是在懷疑Pakin哥會帶別人一起去嗎？」

「……」當好友一語道中了自己的心事，Graph沉默了下來，可當對方死盯著他不放，任何事都會說給對方聽的他於是嘆了長長的一口氣。

「難道不覺得很可疑嗎？」

「可是那位哥哥不是說了？只要Graph在的期間就不會去找其他人。」

這種話能信嗎？

Graph只能問自己。他注視著好友的眼睛，這個好友一向樂觀看世界，或者說是歪女們的習性，總相信每一位男主角一定只會和一個人在一起。請試著看看那男人這些年來的行為好嗎？

那種人怎麼可能會因為區區一個口頭承諾就放棄自己的快樂？

對方可是被一堆女人和男人所包圍的Pakin哥啊！

「也不知道要去幾天，Pakin哥那種人是不可能會用手幫自己弄的……大概會找個人幫他吧？」Graph最後終於講出了心中所擔憂的事情。

第一次發生關係那時候，那個人還不是跑去跟別人亂搞了？雖然在那之後口頭保證會停止那種行為，但是看看男人那長相，一副就是性慾旺盛的樣子。昨晚到最後，晚餐也沒吃成，只顧著做那檔事，因此真的很難讓他不去想，當兩人相距遙遠的這段時間，那個人會找誰來取代自己？

非常直白的這段話讓女孩的臉頰不禁微微泛紅。

「啊，才沒幾天，應該不會那麼飢渴吧？」

「別小看對那種事很瘋狂的人好嗎？」正在氣頭上的少年吼了出來，接著才意識到……

「抱歉。」有時Graph也忘了Janjao是個女孩子。

「不、不、不、不，你可以講，我可以聽的。」

就是因為妳這種個性啊。

一想到這裡，Graph緩緩地搖了搖頭，不再繼續說下去，因為Janjao雖然老說可以聽、可以聊，可是她那像是害羞到紅了臉的反應告訴他，不能再談這件事了。不過，接下來Janjao用清澈的嗓音提出的問題，讓Graph不禁愣住。

「那Graph為什麼不直接問那位哥哥呢？」

這個問題在俊俏少年的心中早有答案——他害怕。

上一次因忌妒所帶來的嚴重後果，差點讓自己難過到死，所以他才不敢問，只能閉上嘴巴安安靜靜地待著，任憑對方予取予求，然後在內心深處祈禱Pakin哥能遵守約定，即便他心中十分不安，害怕這一切。

他也是個男人呀，又怎會不知道男人滿腦子都在想著這種事情。

「管他的，就算他有了別人，我也不會知道。」最後，Graph以急促的語氣這麼說道，

無論怎麼聽都不覺得他的心情有變得比較好，綁著馬尾的女孩思索了一下，想找個方法讓好友的心情好起來，就在這個時候……。

「你們兩個在聊什麼呢？」

「啊？ Night學長，你好。」Janjao沿著聲音來源轉身招呼道，接著就看到了上週六碰巧遇見的高三學長，對方隨即露出了燦笑。

「Janjao學妹喜歡我送的蛋糕嗎？」

「嘿嘿，我一口都沒吃呢，剛好Bulan她……我妹妹啦，全被她搶光了。」

Night積極地問道，接著臉色微微一變，因為那點心是他特地排隊買來的，就為了拿到補習班送給對方，結果卻進了另一個女孩的肚子裡了。

Graph轉頭去看這一對學長學妹的樣子，以眼神取代發問。

「噢，上週六我去補習班上課，碰巧遇上了Night學長，學長他請我吃飯，而且還買了甜點給我呢，Graph……我之後再說

給你聽。」最後一句話，Janjao是低聲細語講的，意思是事情說來話長，她接著朝學長露出一抹公式化的笑容。

學長則皺起了眉頭，因見到眼前這對學弟學妹的親暱狀。

靠太近了，都快親到臉頰了。

「Night學長有事嗎？」

「喔，我是來邀請妳的，聽說學校前面開了一間甜點店。」

「喔，那間店、那間店，我朋友也有提到過，據說老闆很帥，我也打算過去看看……一起去看吧？Graph。」

Night聽了幾乎要露出笑容了，要是沒聽到下一句「老闆很帥」的話。

「我也很帥呀。」

「蛤？」

女孩愣了一下，說話的人連忙搖頭，說自己沒說什麼。一旁的Graph則立刻打岔。

「我不去喔，今天打算去Kak他家。」

「不會又要去跟小狗玩耍了吧？」

「嗯，已經先跟Pakin哥知會過了。」Graph不情願地點了點頭，得到允許卻一點都不開心，也不知道是不是因為跟對方歡愉了一晚上所換來的獎賞，但至少有事情能讓他從鬱悶中分散注意力，

好友的神色讓歪女沉默地思索了一會，瞥了身旁的學長一眼。

「Night學長，可以麻煩坐在Graph旁邊一下嗎？」

「嗯？」學長不禁困惑地皺著眉，但一想到是這位學妹的要求，他只好上前和Graph坐在同一張椅子上。

就在這時，Janjao從裙子的口袋裡拿出了手機。

「再靠近一點。」

居然還指導起畫面來了。

實在太登對了！

舉起相機拍照的女孩忍不住緊咬自己的嘴，但並非因為心痛，而是懊惱自己有一瞬間不自覺想歪了，因為一看到兩個男生坐在一塊……其中一位潔淨帥氣，長得有些壞壞的，但卻非常的可愛——只有她一個人這麼認為；另一位則剪了一頭短髮，皮膚黝黑，身材比較壯碩。兩個人都穿著高中制服，簡直就是她最近才剛看過的清新BL小說嘛。

位高權重的男主角與身為學長的男主角，到底該支持哪一邊呢！

喀嚓。

歪女一邊想著，一邊迅速按下快門，兩名少年不由得困惑地面面相覷。

「可以分開了，不然要心動了。」

一聽到這話，Night飛快地彈起身，眼睛發亮像是很高興的樣子，完全不曉得對方講的心動其實是自己萬一鬼迷心竅一時心動，錯把人送作堆，那可就糟了。

Graph這時看了過來，以眼神代替發問。

「啊！Graph，一起去上課吧，不然要遲到了。那我們就先走啦，Night學長。」月亮女孩見狀，立刻拉著好友的手臂站起身，向一旁的學長道別。

「那甜點店的事情……？」

「喔，我之後再跟朋友去好了，要是跟Night學長兩個人一起去，我怕被學長的粉絲們殺掉呢。」

女孩講完後就迅速拔腿跑了，過程中沒忘記要拉著好友的手臂一起跑，留下帥氣的學生會成員獨自一人錯愕地站在那黯然神傷……又失敗了。

等到僅剩下兩個人，Janjao這才帶著笑容說道：「等一下Graph拿走這張合照吧，要是Pakin哥一直不肯回來，就直接把照片發給他，保證……吃醋！」

說完女孩便朝他拋了個媚眼，非常篤定對方絕對會吃醋，然而Graph卻笑不出來。

他那種人會吃我的醋？絕對不可能。

帶著這想法的人並不知道……要試過才知道。

＊＊＊

Pakin正站在一個大型度假村裡面，其位置在泰國南方的一座島中央。這個地方是為了服務需要個人隱私的外國遊客而存在的，周遭被白沙岸以及一望無際的海洋所包圍。

這個島嶼是他好幾年前投資買斷的土地，並改建成即將完工的大型事業。

凌厲的雙眸緊盯著好幾名工人忙著鋪柏油路，那裡有一個大洞，一個並非因頻繁使用而產生的大洞，而是前天晚上遭人投擲炸彈炸出來的。

「那些人以為這樣就能阻擋我嗎？」Pakin從喉嚨裡發出了嘲諷的聲音，不用想也知道到底是誰有那個膽子跑到他的地盤上作亂，能有誰……不就是那個狡詐的臭老頭嗎？

嗡——嗡——

思緒猛然被打斷，因為手機忽地微微震動起來，Pakin將它拿起來查看。

「怎麼就這麼喜歡呢？」

男人立刻忘掉爆炸的事，因為他看到了面前的照片——是那隻一臉開心對著鏡頭吐舌喘氣的小狗照片。

那小子又跑去朋友家了。

Pakin緩緩搖了搖頭，他來南部已經有兩天了，而這是那執拗小子第二天發送小狗照片代為說明自己的行蹤，不由得令他訝異，那小子怎麼就這麼喜歡呢？不過就是一隻只會咬壞鞋子、毛髮蓬鬆的小狗罷了。

當然，如果那隻狗跑到他面前蹦來蹦去，他應該會去踹牠一腳。

嗡——嗡——

「我在Kak他們家吃飯喔」

又來了一封新的訊息，Pakin於是滑開手機查看，濃眉依舊攢在一塊，他差點就要輸入回覆訊息，要求Graph回家吃飯，可是……

「Win哥今天也會比較晚回來，說是有工作」

反倒因為這句話讓他停了手，接著就只回答了這麼一字——「嗯」。

Pakin沉默了半晌，緊盯著停留在手機螢幕上的訊息，他很少會猶豫該不該發送訊息。

「Pakin先生。」

咻。

「怎樣？」不過從後方傳來的呼喚聲讓男人鎖上了螢幕，將手機收回口袋，轉頭與走上前來的親信四目相對。

「是關於爆炸的事情……就打聽到的內容，那些居民沒有看到凶手的長相，只知道是搭快艇過來的，還有爆聲發生在深夜，幸好沒有人受傷。」Panachai以簡短的幾句話整理這兩天所調查到的消息，他很清楚對方不需要冗長的解釋。

Pakin聽完，點了點頭。

「那就再加派一些我們的人在這裡駐守吧，重大的活動已經快來臨了，我不希望再衍生出更多的問題。」島主語氣強硬道，凌厲的目光投向站在不遠處的員工，從對方的眼神來看，他又怎會不知道那到底是什麼意思。

是很漂亮……但就只是那樣。

Pakin稍微聳了聳肩，因為麻煩小鬼的模樣瞬間鑽進了他的腦海中……那個緊貼在他身上的人，以及他那副清純的樣子，雖然已經有過好幾次性行為，卻依舊不懂取悅他的方法，這點大概和這位小姐相差甚遠。

帶著這種想法的男人與女員工擦肩而過，同時平淡地開口道——

「要是想跟客人睡，我沒意見，但請注意一下禮節，我不喜歡。」

要是有哪個員工爬上客人的床，他是沒有意見，因為那是無法避免的事情，畢竟外國客人打賞的金額相當可觀，任誰都很難抗拒，可他不希望自己的島被人謠傳成妓院。如果想賣身，希望格調能高一些。

話一講完，他就從對方的面前走掉了，甚至還稍微點了一下頭，示意由手下處置。

若只有一個還不要緊，要是整座島都是這種情況，那麼這個活動大概就毀了吧。

很多人或許覺得他是個性慾旺盛的人，但是Pakin又不是不挑和自己上床的對象，而現在他也已經挑出了誰能上他的床……

不就是那個在曼谷成天追著小狗跑的問題小子嘍。

這時留在他手機裡尚未發送的訊息寫的是——

「如果我買狗給你，可以別再往朋友家跑了嗎」

這則訊息的主人並未按下發送。

＊＊＊

「好無聊……好無聊啊！！！」

Pakin哥沒回家已經是第五天了，這使得嘴上說不寂寞的執拗少年終於在週日的下午放聲吼叫，然後才大大剌剌地躺在沙發上，隨著地心引力放鬆手腳，心裡很想要去朋友家，可又擔心對方媽媽會覺得怎麼這麼常去叨擾，而且……。

『Pakin先生吩咐不准帶Graph先生去朋友家。Pakin先生要我轉告，請您留在家裡讀書。』

他正準備出門，司機就前來轉達老闆的意思。

Graph想打電話過去大罵時，對方像是感知到了一般，關了手機避而不談，發送訊息過去也只讀不回，接著Graph打電話給Panachai，Panachai只說——

「Pakin先生在忙。」

信你個鬼，是懶得聽我抱怨吧？

最後，無法去跟小狗玩耍的少年就只能躺在家裡耍廢，旁邊放了好幾疊受到冷落的講義，彷彿像是在說——我已經很努力在讀了，可就是進不去我的腦袋嘛。

他想打電話找Janjao，結果人家要上補習班，甚至還很明確地告訴他——

「快要考試了，Graph要認真讀書知道嗎？之後我再把統整資料發給你喔。」

說真的，這人到底是朋友還是媽？

「唉！」最後少年吐了很長的一口氣，無聊地拿起手機又點又滑，任由身體隨著柔軟的沙發滑動，直到剛起床的人上前一看……。

「你在做什麼啊？ Graph。」

此時Graph橢圓形的頭顱已經從沙發上垂下來了，只剩下長腿還勾著椅背，就像在練體操一樣。

這時被叫喚的少年則簡短地答道：「無聊啊，Win哥。」

「坐好，小心掉下去。」

「唉。」少年嘆了口氣，但還是乖乖地爬起來坐好，挪出位置讓對方一屁股坐在自己的旁邊，然後看著男模抬起手按摩太陽穴。

「哥你怎麼了？」

「昨天喝多了，頭痛。」Pawit說道，皺著臉，眉頭深鎖，臉色比平常還要慘白。

「需要什麼東西嗎？我幫你跟Kaew嬸說。」一看到這個好看的人宿醉，情況真的不太好的樣子，Graph隨即放下了手機，擔憂地開口詢問。

Pawit於是點了點頭。

「跟Kaew嬸說，幫我泡一點解酒的東西。」

「那我等一下過來。」

Graph迅速地回應道，然後大步走去找那位可能正在廚房忙碌的女管家。留下屋主的親戚用頭靠著椅背，稍微閉上眼睛，同時對自己說——

真不該喝那麼多的。

他喝那麼多是有原因的。昨晚他碰巧遇上了他在泰國剛出道成為男模那時的圈內前輩，你一言我一語地聊了許多，喝了不少酒，也不知怎的聊到了性愛這麼深入的話題。其實這對Pawit來說或許無足輕重，就算別人覺得他容易到手，或是認為他可以跟任何一個男人上床，若不是因為——

『我睡過的男人當中，最棒的那一個應該就是Chai先生了。』

話一講到這裡，聽的人就靜默了下來，好像頭部遭到了硬物重擊。雖然他早就知道哥哥的親信並不是什麼嚴守戒律的仙人，可沒想過天道運行，竟讓他遇上對方曾經上過床的對象，果然……心臟痛得彷彿一瞬間停止了跳動。

那之後，Pawit就喝得像個瘋子一樣。

他是瘋了……瘋在依舊死心塌地愛著那個男人。

「夠了Win，已經夠了。」最後，Pawit語氣沉重道。他張開了眼睛，接著發現了吸引目光的東西，那是被擱置在一旁的手機，他隨即將它拿起來看。

Pawit毫不猶豫地玩起那個自己視為弟弟的人的手機，結果也如預期，全都是小狗的照片。

「如果那麼想要就應該試著要要看啊？」身材窈窕的男人語氣帶著笑意說道。這陣子那執拗小孩老是找他談論小狗的事情，眼神明明就很渴望，雖然總是嘴硬地說著不要、不要。

！

接著，當Pawit滑到一張雙人合照時不由得一愣。

「這張臉好熟啊，好像在哪裡見過。」

「Win哥，Kaew嬸說先等一下，她待會泡薑茶送過來。」

不久後跑出去的少年回來了，Pawit見狀招了招手呼喚他。

「這是誰？」

Graph走上前坐回到原處，對於對方私自拿他手機把玩這事並沒有說什麼，看了照片後忍不住撇嘴。

「喔，就Scene那傢伙的弟弟，很巧的是我學長。」Graph說道，而後稍微睜大了眼睛，因為對方把頭枕在自己的大腿上，他正準備大叫時……。

「我的頭很痛，可以不要亂動嗎？」

「那哥為什麼要躺在我的大腿上？」

「知道你會害羞，不過就讓我躺一下吧。」

害羞的人幾乎要開口爭辯了，可當他一看到狀況一向很好的這個哥哥露出了不舒服的表情，他便安靜了下來，順著對方的意思。他猶豫了一會，然後才把手放在對方柔軟的頭髮上，這一碰不禁覺得真的非常柔軟。

「那你怎麼會去跟他拍這張照啊？」

「噢，是朋友拍的，說什麼要是發出去之後Pakin哥會吃醋……可惡，被恥笑還比較有可能吧，不覺得對我有什麼感覺啊。」Graph無聊地說道，他沒打算照好友的意思去做，可是……卻來不及阻止另一個人的手。

啪。

「哥做了什麼！」這一回，Graph不由得睜大了眼睛，急急忙忙奪回手機，因為Pawit點進了他用來聯絡在南部的那個人的應用程式，在那之後……居然把照片發送過去了。

「啊啊啊啊，死定了，已經發出去了！」Graph為此顫抖著手，但照片已收不回來了，這時惡作劇的人竟然還在笑。

「別這樣嘛，不過就一張照片。」

「吼，Win哥！！！」

「不是說過了不要大聲講話嗎？讓我睡一下。」

沒想到對方居然毫不在意，甚至還把臉轉向比自己年幼的人的腹部，伸出手抱住少年的腰，把臉貼上少年的肚子，然後閉上眼睛，逃避自己所犯下的錯。這行徑看得手機的主人瞠目結舌，想大聲斥責又不忍心，可如果就這麼不吭聲，又不像他的性格。

「Win哥！」

「……」

犯下惡行的人閉著眼睛以此結束這個話題，不僅如此……。

「靠，Pakin哥讀了！」螢幕上顯示對方已讀，可是……不回。

Graph不敢去揣測對方的不回應到底是什麼意思。

而且這張該死的照片兩人還捱得那麼近，幾乎要附體了吧！

＊＊＊

所以根本就是我自己想太多了，嗯，像Pakin哥這種人怎麼可能會在意我。

他與Night學長的合照被發送到目前正在南部的那人手機裡已經整整一天了，但卻沒半點動靜，只有在他告知「出門了」、「到學校了」的時候會回應他，這讓害怕被責罵的Graph不知該做何感想。

到底該為對方該死的一點也沒吃醋的反應而感到委屈，還是該為自己沒被罵的結果感到釋然？

「嗯，是後者也好……唉。」

最後Graph重重地嘆了口氣，頭滑到了物理教室的桌面上，沒打算去聽正在講解機械性質的老師上課，因為就算聽了也進不到腦子裡。正當Graph快要睡著的時候，好友戳了他一下。

「Graph，別睡，認真聽課。」

「好的，媽。」

「Graph啊！」Janjao對著好友皺了一下鼻子，但就算被人喊媽也不放棄要對方醒來好好上課。

最後兩個人都被老師點名，只好低垂著臉。女孩低頭是因為被罵而感到丟人，至於少年……則是低頭玩手機。

「今天要來我家嗎？」

臭Kak正巧發來了訊息，Graph看了一下時間，這才意識到那傢伙大概已經下課了，又或者是……很糟糕地整個下午蹺課跑去遊戲場了。

這個問題讓被問的人猶豫了一下，心裡很想去，但是得先徵求另外一個人的同意，所以少年只好先回答：「我晚點再告訴你。」

隨即Graph飛快地點擊手機螢幕，不得不先找尋他的監護人，可等了又等，對方就是不肯回覆。直到最後一堂課，正當Graph處於半睡半醒之間……。

嗡——嗡——

被關成靜音的手機突然在口袋裡震動了起來，Graph連忙將手機拿起來查看。

「下課後就直接回家，別到處閒晃」

我爸都沒命令過我。

「煩死人了，就算回家也沒人在。」

不過這個從未聽從親生爸爸指示的人卻聽了「另一位爸爸」的話，順從地把手機收進口袋，踏著無奈的步伐和好友一同下樓，打發了所有人的課後邀約，而後走出了學校大門，拿出手機準備通知司機自己已經放學了，要遵照那位超級大人物的吩咐乖乖回家了。

但是⋯⋯。

「Win哥！」

戴著名牌太陽眼鏡站著倚靠一輛酷炫轎車的男人絕對是Pawit沒錯，Graph因此大步走過去打招呼，同時困惑地挑眉，不明白對方怎麼會親自來接他。結果對方在他問出口之前先給出了答案。

「今天發生了很有趣的事情。」

「有趣？什麼事那麼有趣啊，哥？我沒辦法去其他地方喔，Pakin哥要我直接回家。」Graph撇著嘴，因為他不認為會有什麼有趣的事情，可卻很訝異Win哥竟笑得那麼愉悅。對方還摘下了太陽眼鏡，露出了迷人的臉蛋，以及⋯⋯閃亮到令人害怕的眼眸。

「幹嘛要去其他地方？有趣的事情就在家裡。」

「這是什麼意思啊？哥。」Graph聽了依舊不解，走向對方車子的副駕駛座，正準備拿起手機通知監護人時，竟被Pawit先一步抓住了手。

「今天不需要打電話通知，我已經跟Kin說了要來接你。」

「啊，可惡，竟然接哥的電話，不接我電話！」Graph氣呼呼地說道。

前來接送的人則放聲大笑，鑽進了車內。

「他才沒接我電話咧，剛剛是見到他本尊了。」

咻。

Graph立即轉過來迎上Pawit的目光，興奮地睜大雙眸，因為⋯⋯。

「嗯，Kin下午的時候回曼谷了。」

「真的嗎！回來了！！！」Graph興奮地大叫。

駕駛也跟著轉過來勾起唇角，接著只說了這麼一句話——

「還有比這個更令人驚喜的事情。」

這之後無論Graph再怎麼逼問，Pawit就是不肯回答。

等到這兩人通過了傍晚時段壅塞的交通回到家，時間也過了一大半，但還是很值得，當消失了將近一個禮拜的人走到了家門前，嘴上說不在意但心裡思念到不行的少年因此差點衝下了車，邊走邊跳地上了樓梯，直直奔向那個看起來變得更加黝黑的男人。

「哥什麼時候回來的？」

「好幾個鐘頭了。」

Pakin靜靜注視著Graph明顯表現出興奮的模樣，承認自己一開始還很氣……對方昨天發給他的那一張合照。

那張照片讓他做了某個決定。

這小鬼大概是真的太閒了。

不過這股怒氣很快因為那抹燦爛的笑容以及藏不住喜悅的眼睛而消散。

呵，搞笑。

「那今晚要一起吃晚餐嗎！」

「不了，待會要去公司一趟。」

這句話讓少年臉上燦燦的笑容立刻消失無蹤，看得Pakin從喉嚨裡發出了笑聲，於是他補上了這麼一句話——

「聽說你有當個好孩子，所以準備了獎勵給你。」

「獎勵？」Graph疑惑地複誦了對方的話，緊接著睜大了眼睛，因為……。

「汪！！！」

咻。

少年直勾勾地盯著Panachai從屋子裡牽出了一隻大狗，然後以詫異的眼神轉回來望著說要給予獎勵的人，這個男人一派輕鬆地說道——

「以後不用跑去朋友家玩了，就跟這傢伙玩吧。」

當Pakin一看到Graph和另一個男孩親暱的照片，立刻就決定了這個獎勵。另外是，看來他得去警告一下那孩子的哥哥了，讓對方教育一下自己的弟弟，不准對別人的東西出手。

第四十三章

狠的那個超拗VS.拗的那個超狠

Graph面前的這隻小狗，其實稱不上是一隻幼犬，因為牠的體型幾乎可以算是成犬了。牠的背後被一片黑色的毛所覆蓋，再往下是顏色較淺的金棕色，鼻子的顏色深黑，身形很長，但是比例匀稱，耳朵與地面呈垂直，杏仁形狀的眼睛黑得發亮，看起來機靈到嚇人。整體看起來……威風凜凜，難怪這品種的狗會被選做警犬。

沒錯，Graph面前的這隻狗正是——德國牧羊犬。

「牠會咬人嗎？」

牠的樣貌當然與阿木那種狗相差了十萬八千里。

「可以試試把手伸給牠咬啊。」

「喂，Pakin哥！」收到獎賞的人當然會大叫，誰他媽敢把手伸向這隻一臉凶狠的狗，就為了測試牠的凶猛程度啊？

Pakin見狀，僅彈了兩下舌頭。

「過來。」

這隻極其聰明的小狗隨即走過來站在新主人的腳邊，Pakin於是輕輕拍了拍牠的頭。

「哇，酷斃了。」這一回，Graph是興奮地大叫，他衝上前近距離地打量，而那隻一臉凶狠的狗依然靜靜地坐著，他只好朝小狗伸出了手。

咻。

牠忽地轉頭盯著Graph的眼睛看，Graph因而差點把手收回來，不過一見到小狗沒有露出獠牙，很想養狗的少年提心吊膽地把手輕輕放在牠的頭上，可誰會相信那隻一臉凶狠的狗，毛髮柔軟的程度居然和朋友家的哈士奇一樣。

「牠的年齡快要五個月了，我選了一隻有受過一些訓練的狗，好過那些看到什麼東西都咬的小狗。這一隻是有證明書的，父母都是冠軍犬，純正的德國牧羊犬。原本想從國外訂購，但可能要花一些時間，後來聯繫了一家認識的牧場，他們說這是最優良的一隻，本來想自己留著參賽，但我多塞了一些錢，所以他們才肯賣。」Pakin一邊簡簡單單地說道，一邊領在前頭走進屋內，接著一屁股坐在沙發上，那隻一臉凶悍的小狗也跟在不遠處。

牠好像也知道誰是家中的老大。

「哥真的要送給我嗎？」Graph連忙跟上，興奮地問道。

「嗯，才不用天天跑去朋友家玩。」

「嗯？哥是在生我的氣？」

聽的人像是沒來得及思考般直接問道，不過家中的另一個哥哥則……強忍住笑意。

而屋主的表情在抽動，嘴上還說：「沒有，我為什麼要生你的氣？」

為什麼要生氣你每天發小狗的照片來讓人心煩？

想到這裡的屋主掃視了一遍家裡的所有人，他們因而連忙低下頭，大概只有他的表弟不給面子地大笑吧？甚至還意有所指地說道——

「早就讓你試著要要看了。」

「我也沒想到真的可以討得到嘛。」少年轉頭一笑，接著直接坐到了地板上，用手拍了拍那隻仍被稱之為幼犬的惡面狗，不過牠一臉的優越感，不管怎麼看都覺得很像買下牠的人。

「牠有沒有名字？哥。」

「還沒有，你取啊，牠已經是你的狗了。」

一聽到是自己的狗，一直很想養狗的少年頓時眉開眼笑，深深注視著面前這隻小狗墨黑的眼珠子。牠的眼珠顏色雖然不比另一個品種的狗漂亮，可是牠的機敏與充滿優越感的模樣，其他品種的狗和牠比根本是天差地別。

這隻小狗直挺挺地注視著前方，即便是坐在地上，Graph因而忍不住去摸牠動來動去的耳朵，結果這隻惡面狗居然無視他，甚至還把臉埋在買主的腳邊。

吼，這隻高傲的狗！

雖然心中這麼想，可他嘴上卻興奮地問個不停。

「真的可以讓我取名字？」

「我何必騙你？」買主那麼說道，一邊以手臂撐著椅背，一邊看著執拗小鬼像是在思考般的打量著小狗的臉。

Graph又是咬唇，又是歪著臉，眉頭皺得比在談論考試的時候還要緊，這之後又瞥了Pakin的臉一眼，然後才喃喃道——

「那就……金派。」

「……」

「哈哈！唔，抱……抱歉，抱歉。」

當這隻惡面狗的名字被Graph一說出口，一名女傭忍不住笑了出來，接著又趕緊低下頭，連忙賠不是，因為小狗的買主將目光掃了過去，然後才又轉回來看著那個幫狗取名一點品味也沒有的小鬼，而且從這小子的眼神來看，肯定是藉著幫狗取名來諷刺他。

就在這時，把手臂撐在椅背上的男人微微勾起唇角，露出一抹壞笑，而後開口。

「不然叫牠小頑固好了。」

「喂，怎麼可以這樣啊！」

Graph當然知道自己被罵了，所以才會大聲嚷嚷，不服氣地瞪著對方。

什麼狗屁倒灶，哪有人把狗的名字取作小頑固的？媽的萌過頭了吧？也不看看牠的長相！

「我不同意，這是我的狗，牠的名字就叫金派！」

「我就要叫牠小頑固。」

「金派！」

狗主人漸漸提高了音量，Pakin則聳了聳肩。

「小頑固……模樣就跟主人一樣頑固。」

「我才不頑固咧！而且我也不同意幫牠取這個名字，牠只能是金派，**『金派毒辣超壞心』**（註）的簡稱！」Graph馬上唸出了狗的全名，荒唐到別人肯定不相信那是狗的名字。

哪種瘋狗會叫金派毒辣超壞心啊？

Pakin見狀，僅轉頭對著女管家吩咐道：「如果喊牠小頑固沒反應，就別給牠飯吃。」

「那我就自己給，這是我的狗！」原本還很怕惡面狗的少年，緊緊抱住了小狗的脖子，一臉不服氣地死命瞪著對方，擺明了很不高興。

然而Pakin卻不痛不癢地說道：「就憑你這種手藝，誰要吃啊！」

（註）金派毒辣超壞心：泰文是「โหดเหี้ยมอำมหิตโคตรใจร้าย」，Graph常常只叫牠名字的第一個字「โหด」，意思是凶狠、殘暴、殘酷、凶殘，因此以閩南語「真歹」的諧音譯作「金派」。

「我聽說有人把打拋拌著魚露全部吃光光欸？」

！

這個一句話讓屋主啞口無言的人並非別人，正是靜靜坐在一旁的男模——Pawit以手臂撐著沙發椅背，露出一抹好看的笑容，眼神明顯帶著笑意。

面對他人的調侃，位高權重的男人也不回嘴，他就只是靜靜地注視著對方。

Pawit見狀僅稍微聳了聳肩，轉頭看向仍緊緊抱著大型狗不放的Graph，隨後問道：「所以牠到底叫什麼名字？」

「就叫金派，Win哥，這個名字最適合了。」Graph十分堅決地說道，目光注視著將頭退開他懷抱的大型犬。

隨即大型犬抬起頭盯著買主，彷彿在問：「真的要給我取這個名字嗎？」然而代替Pakin回答的卻是——

「過來這裡，金派。」Pawit率先叫喚小狗的新名字。

「那就叫金派嘍。」帶著淺笑的Kaew嬸也跟著參了一腳。

Panachai見狀接著說道：「那麼晶片上登記的名字，我就請人改成金派喔。」

一群人聯手偏袒狗主人，使得Pakin有些不高興地翻了個白眼，和這小子同一陣線的人多，說白了就是整個家裡的人都向著Graph，所以他只好輕輕拍了拍狗頭，就好像在說：認命吧。

「想怎麼叫就怎麼叫，我只負責買下牠……走了，Chai，回公司。」首次從執拗小子那裡吃了敗仗的人隨即起身，語氣強硬地叫喚自己的下屬，心情低落地搖了搖頭。

被呼喚的那個人於是將牽繩以及項圈交給了新的狗主人，並且再三叮囑。

「從明天開始，下午會有馴犬師過來訓練牠，牠以後如果調皮惹出什麼麻煩來，千萬別對牠心軟，不然牠會養成習慣。我會把馴犬師的電話留給你，Graph先生有問題可以打過去請教……那我就先走了。」Panachai露出了淡淡的笑容，接著便轉身跟著老闆走了，過程中……不和另一位老闆有眼神接觸。

看到那景象，Pawit只露出嘲諷的笑容，接著又任由它消逝，因為較自己年幼的那個少年抬起頭注視著他。

「Win哥、Win哥，你看，金派超帥氣的！」原本害怕惡面狗的少年已經開始誇讚自己的狗了，而且還是隻無視主人的狗呢。

「超傲慢的，跟Pakin哥簡直一個樣。」

Pawit最後還是笑了出來，不曉得是因為這孩子開心的笑容，還是因為對方把狗跟人講成是一個模子刻出來的。

這時如果問Graph開心嗎？當然，他非常開心，甚至不敢相信自己能這麼的開心。

＊＊＊

「金派，別這麼拗，過來這裡！」

「汪！」

「你都回應我了，還不跟著我走？噢～你抱起來不輕啊。」

Graph對於這隻大型犬感到超級頭痛，明明就是他的狗，但實際上，完全不聽他的命令，所以現在只能照著馴犬師的指示拉著牽繩。不過很遺憾的是，人家金派大模大樣地趴在草地上，沒半點想要跟上來的意思，而且牠的身體還非常重！

昨天是第一天，牠還肯跟著走到樓上房間睡覺，Graph心裡很想讓牠睡在床上，可又怕床的主人回來殺人，所以只好把高級的狗床擺在了房間的角落。等到了今天，Graph立刻婉拒了朋友的邀約，甚至還自以為淡定的秀出了自家狗狗的照片，然後以最快速度直接飛奔回家，為了趕上馴犬師訓練他那帥氣的德國牧羊犬。

花了幾個鐘頭才終於等到訓練結束，Graph拍了很多照片與影片，對於馴犬師說牠聰明的讚美相當自豪，說牠教什麼東西都能馬上學會。可是當馴犬師一離開後，這隻聰明的狗竟就這麼大剌剌地趴著，活像隻懶狗，所以他才不得不像這樣又拖又拉的。

「金派，快進屋啦，天快要黑了。」

「汪！汪！！！」

牠也吠了幾聲回應道，可依舊賴在草場上翻滾，Graph因此重重地嘆了口氣。

「別以為我沒有殺手鐧喔！」當某人隱約發覺到自己失了威嚴，隨即轉身走進屋內，不一會就帶著一個顏色鮮明的狗碗以及價格昂貴的狗罐頭走了回來。

「再不過來，你就沒得吃！」

「嘿、嘿、嘿。」

就這樣，那隻惡面狗立刻以四乘一百的速度衝了過來，Graph於是露出了陰險的笑容，拿著那兩個物品將狗領進門，金派則跟在後面跑著，不過那身姿……牠以為自己是在狗狗選美賽場上嗎？

那畫面讓家裡的人忍俊不禁噗哧一笑。

「金派對Graph先生很溫馴耶。」Kaew嬸打趣道，注視著眼前的少年打開罐頭倒進碗裡，然後將碗遞給了金派。

「溫馴？哪裡溫馴了？牠對我固執得要死！」

金派也挺有禮貌的，乖乖地坐著等待，看過來的眼神軟萌……只有在討食物的時候才這麼軟萌吧？

「真的很溫馴，除了Graph先生和Pakin先生之外，牠都不肯讓任何人靠近呢。」

「今天馴犬師帶牠看起來也沒什麼問題啊。」

「Graph沒來得及看到馴犬師剛來的時候呀，金派露出獠牙，差點把我嚇死了。」Kaew嬸一邊轉述，一邊探頭看著一得到Graph批准就立刻低頭進食的金派，在那之後又回過頭來注視著不斷抱怨小狗有多執拗的少年，但他其實沒發現自己笑得有多開心……而這樣的笑容才是她想看到的。

自從她的老闆變得更溫柔之後，Graph先生的心情就好得惹人憐。

「牠對Pakin哥溫馴得要命。」Graph繼續反駁道，接著才肯走進飯廳吃一個人的晚餐，因為家裡的另外兩名老闆來不及趕回來……噢不，應該說買下狗的那個人從昨天一進公司之後就不見人影了。

不過如今寂寞已成了小小的溫暖，因為……。

「嗯？金派怎麼啦？吃飽了沒？」那隻超級拗的小狗已經會走過來趴坐在他的腳上了，Graph因而露出了止不住的燦笑。

金派並沒有發出叫聲回應，牠只是靜靜地看著Graph，但是耳朵仍豎立著，這表示牠正聽著他所說的每一句話。這可把Graph樂壞了，所以喜孜孜地主動找大嬸、女傭們聊天，而那祥和的時光或許能就這麼持續到晚餐結束，若不是因為……。

咻。

「啊，金派，你要去哪？」

突然間，漂亮的德國牧羊犬耳朵動了動，隨後敏捷地站起身來，小步輕盈地跑去屋子前面，Graph轉頭望去，接著起身跟了上去，擔心牠會惹出什麼事來。

要真惹出事來，遭殃的那個不是別人，而是Graph自己啊。

可是……。

「汪！汪！！！」

大型犬發出了宏亮的叫聲，牠朝著門口吠，Graph隨即看到一輛時髦的超級跑車飛速地往這邊駛來，接著消失在車庫的方向。大型犬這時追了上去，看得他不由得忿忿地撇嘴。

「到底是我的狗還是Pakin哥的狗？」

不過對方這麼早回來，帶給了Graph喜悅，讓他露出了笑容。不一會就看到屋主甩著車鑰匙朝這裡走來，金派則跟在一旁。

帥到讓人不爽啊。

不是Graph想炫耀啊，可是這一人一狗是真的很帥氣啊！

「有事嗎？怎麼站在門口？」

走到面前的男人讓忍不住讚嘆的那位少年稍微震了一下，Graph裝模作樣地搖了搖頭，接著開口回覆問題。

「來等著迎接哥吧？」

「為什麼要加上『吧』？」

「來迎接哥也可以。」執拗的孩子同意換一種講法，然後在意識到自己講出了什麼話之後嚇了一跳，不由得急著解釋道：「因為昨天沒什麼機會跟哥說到話啊，都一個禮拜沒見了，才講沒幾句話哥又消失了。」

「怎樣？是想念我了嗎？」

！

這個結論讓Graph張口結舌，不過一會的時間，那張俊俏叛逆的臉蛋便逐漸染上了一抹紅暈。他講不出話來，因為對方講的都是事實……他思念得快要死掉了。

他很想嘴硬地回覆對方，可他真的無法控制自己。

「那……我想念哥哥有錯嗎？」

「……」

這一回Pakin沉默了。他隨後重重嘆了口氣，接著……。

啪。

 唧。

「啊，Pakin哥，要去哪？噢～放開我，很痛欸！」

男人伸出大手迅速抓住了少年的手腕，嚇得Graph一個措手不及，鬆開了拿在手上的湯匙，讓它掉落在地，然後被對方直接拖上了二樓。Graph的大腦只浮現出不好的事情，並向他傳遞了這個訊息——Pakin哥正在生氣。

「我……我又沒有做錯什麼事，哥，我真的什麼都沒做啊！Pakin哥，先聽我說話啊！」Graph深怕自己犯了錯，失控大叫，試圖掙脫，可力氣上比不過對方，所以只好膽戰心驚地大步跟著對方走，同時感到無比困惑。

然而拖著人跑的那一位先生卻只說了：「安靜跟我走！」

這都什麼鳥事啊！

心裡很想大叫，但由於這種情況已經發生過好幾次了，Graph因此害怕得閉上了嘴巴，露出泫然欲泣的表情。因為他們的目的地是臥室，他害怕一旦走進去之後會被咆哮，結果……。

喀！

砰！！！

房間的門已經關上了，Graph纖細的身軀隨後被甩了出去，背部因而緊貼在質地厚實的房門上，他一臉驚恐地抬起頭，心臟被嚇得差點跳出胸口。他望進了那對凌厲的雙眸，當男人因他氣到怒不可遏的時候，那裡通常會燃起地獄之火，而此時此刻也是同樣狀況，男人的眼中燃起了一團熊熊烈火，但那是……慾望之火。

「都是你的錯，誰叫你對我露出那種表情！」

「我……唔！！！」

就在Graph快要脫口反駁之際，沒料到Pakin哥迅速且猛烈地把熱唇印了上來，滿滿的熱流傳遍了全身。男人溫熱的舌尖也沒留給他喘息的時間，一味地往深處探去，掠奪每一分甜蜜與情慾的汁液，使得承受的他雙腿發軟。

Pakin哥的吻一向非常熱烈，而這一次的吻竟比以往都還要熱情。

「唔，哥……啊～」

男人貪婪地親吻著少年，彷彿身處在沙漠中，不給對方喘息，沒有減輕輾壓的力道，強勢猛攻，不留一點反擊的餘地。至於男人的雙手，則在少年的全身上下揉捏，一整個禮拜沒有接觸到這種感覺的少年不由得渾身顫慄。

這樣的吻真的會讓人窒息。

「呼……呼……呵啊……。」

當嘴巴一獲得自由，Graph就立刻猛力地呼吸，接著輕輕地倒抽了一口氣，因為Pakin溫熱的嘴咬上了他的脖頸，粗糙的手在他的背部和胸部四處遊動，隨後拉下他的居家褲，使之滑落到地板上。接著，Pakin毫不猶豫地以單手握住了Graph的敏感處，才剛用力套弄了幾下，Graph就忍不住發出了顫抖的呻吟聲。

此時又有誰比Pakin更清楚……他已經一個星期沒有發洩了。

這方面的事情他從來不缺也從不需要克制，就因為和這執拗的小子許下了承諾。不過他其實也沒太過在意，因為有太多工作需要處理了，而且他也很確信自己對下半身的自制力比那些青少年要強了好幾倍。可當他一見到那張曾經覺得煩人的臉蛋慢慢漲紅，而且還以那張小嘴輕聲向他承認自己的思念……他頓時就受不了了。

不知道從哪爆發出來的情慾，所以他才把這小子拖到樓上的臥房。

少年沒有一絲矯情地順從他，僅以顫抖的語調害怕地說道：「沒……沒有潤滑液，哥哥……我怕疼。」

當兩隻大手滑過去揉捏嫩白的臀肉，然後作勢要伸進去愛撫一整個禮拜沒機會糾纏的灼熱肉穴，少年因而連忙說道，並以乏力的手抵住男人的肩膀，使得不想再忍耐的男人咬緊牙槽。

Pakin不是很想浪費時間走到床邊的桌子然後再走回來。

連他自己都不想去相信，他的慾望竟然如此強烈。

「我不會伸進去的。」他在少年耳邊低喃道，接著把這副纖瘦的身子一翻，讓少年背對著自己，鋒利的目光則盯著對方被汗濡溼的脖頸，此時正因緊張而泛起薄紅。少年因汗珠而變得潤澤的粉頸，誘人低下頭以舌尖品嚐滋味，而這些不僅止於想像……他是真的低下頭去舔拭。

少年果然渾身一震，抵在門板上的手頓時緊握成拳，喘到顫慄，因為……熾熱的肉棍正貼在他的股溝上，接著插入了他被迫併攏夾緊的大腿間。

巨大、灼熱且堅硬。

「借我一下。」

嘶啞低沉的嗓音在他耳邊低喃，使得情慾越發衝向高峰……。

啊！

當男人的大手伸進了質地柔軟的T恤裡面，為了搓揉色澤粉嫩的乳頭，Graph頓時一個激靈，邊喘邊抖，任由情慾鋪天蓋地襲來，伸手向下握住自己發燙的肉棒，然後配合著大腿間抽插的頻率擼動。

Pakin哥的那裡好燙啊。

那根巨物滾燙得幾乎要將少年的意識融化了，他甚至連站都站不穩，可依然強迫自己翹起臀部接受肉棒進進出出的韻律，後來他只聽見了……。

「很棒！」

這是他收到的第一個讚美，少年於是抬起頭，把腿收攏得更緊，放開自己的私處，然後承受大腿撞在臀部上的衝擊力。

「哥……呃……哈啊……哈啊……好刺激……。」

舒爽的感覺一次次地襲來，由於對方炙熱的肉棒正磨擦著他的私處，少年忍不住把臀部向後頂，快速地替自己套弄，因為終點就近在咫尺。

快了，快了……啊哈！

啪啪啪啪。

這個姿勢使得令人害臊的聲音響遍了整間寬敞的臥房，撩撥著少年的慾望。他加快了套弄自己的動作，緊閉著眼睛，微微張著嘴，直到一片光芒閃進了他的腦海中。

嘩。

Graph已經射了，站在他身後的Pakin緊緊捏住他嫩白的臀部，緊接著加快了速度，可這麼做似乎還是不夠。

「我操！」Pakin的需求當然不只有這樣，他加重了抽送的力道，更快速地撞擊。他能感覺到少年白皙的大腿被弄得黏糊糊的，也因為精液而變得溼滑，所以肉棒好幾次都差點滑出來，他咬緊牙槽。

「哥……我……我用嘴巴……幫你好嗎？」

！

Graph的提議讓他瞬間愣了一下。

提議的人這時回頭看了過來，漲紅的俊臉看起來不是很確定，Pakin因此停下了臀部的動作，只說了——

「好啊。」

就這樣，已經先抵達終點的人，這才抖著膝蓋緩緩跪在地上，把臉轉向仍昂首挺立對抗地心引力的惡龍，用兩隻手握住了它，然後忍不住吞了一口唾沫。

上一回的經驗不是很愉快，但我就是想替Pakin哥做嘛。

上一次Graph是被Pakin哥強塞入當作懲罰，因此差點嘔吐。而這一次Pakin倒不怎麼急躁，他僅注視著張著嘴的Graph。

吸溜。

接著是一番吸吸舔舔，恍若第一次的生澀，但Graph卻……將它吞進了最深處。

「嘴巴收緊，盡可能地……做，啊哈。」

Pakin發出了舒爽的呻吟聲，Graph依照指示吸吮。Pakin的大手隨即放在Graph深色的頭髮上，注視著這名努力學習將嘴巴收緊、用力吸吮的少年。當Graph開始掌握到訣竅，才以令人滿意的韻律吞吐。

「很棒！就是那樣。」

一受到了鼓舞，原本還有些膽怯的Graph便開始以舌頭四處塗抹，又是收緊嘴巴，又是用力吸吮，兩隻手放在男人強健的大腿上，放鬆咽喉，盡可能地將性器吞入。

滋溜。

Graph不是故意的，可他的舌尖不經意地掃過男人溼潤的龜頭，使得鮮少表現出情緒的男人從喉嚨裡發出了低沉的呻吟，臀部微微一抖，這讓Graph再次學習到了一項新技能，接著又更加忘情地含吮對方的巨物。

咕啾、咕啾、咕啾、咕啾、咕啾。

唇上的動作越發膠著，Graph看起來也適應了不少，Pakin因此開始稍微擺動身體，以自己喜歡的速度輕輕推送，教導自己監護的少年依照自己的喜好去做。而Graph學習得也快，Pakin於是把頭微微仰起，深深吸了一口氣，情慾快被推到了高峰。

「還要！」

Pakin吼出聲來，Pakin聽了便加快速度，用力攪動舌頭，能感覺到對方繃緊的力道，然後……。

嘩。

「咳咳咳咳！」沒有心理準備的人差點來不及鬆開燒燙的火炬，被射入喉嚨的苦中帶腥的汁水嗆到，接著抬手沿著嘴角擦拭。

才剛釋放的男人這時仍以手抵著房門，吸了一口又深又長的氣，然後低頭看著像是全身無力般跌坐在地上的少年以手背擦拭自己的嘴，一看就知道不習慣這種苦澀的怪味，男人只好拉起襯衫衣角替他擦拭。

「呵，看來是不習慣。」

「我怎麼可能習慣嘛，我又不曾幫別人做過！」累到喘息的Graph大聲抗議道，眼眸像是發怒般的發亮。

對啦，誰像哥一樣啊？也不知道吃過幾次了！

那模樣看得Pakin勾起了嘴角，接著只說了一句話——

「那就好好品嚐吧，今晚我一定不會讓你只吃這麼一次。」

！

這句話讓Graph睜大了眼睛，注視著拉起他手臂的男人，他因此跟著起身，嘴上很想抗議自己已經沒有力氣了，可是一見到對方看過來的那種炯亮眼神，再加上對方那帶著目的的低啞嗓音，他的身體就無法抵抗自己的內心。

「把我這一整個禮拜所累積的分量全都收下吧！」

已解讀話中之意的內心告訴他，這一整個禮拜……Pakin哥沒有去找別人。

這個事實讓執拗的少年再也拗不起來，只知道自己甘願——

如果他只有我一個人，就算要在地獄裡繼續做下去，我也心甘情願。

同一時間，Graph大概不知道，已成禁區的房間內部，其實和恐怖程度更甚的門外沒兩樣。

「妳去敲門啦。」

「瘋了嗎？也不看看守在門外的金派？誰敢啊！」

兩名女傭輕聲互相爭論，就連房門前面都不敢經過，即使女管家派她們上來請兩位老闆下樓吃晚餐，但由於……惡面狗就趴在門前，而且……。

「啊嗚～～～～」每次有人靠近房門前，金派就會發出低吼，接著露出鋒利的獠牙，表示牠隨時會衝上去咬接近禁區的所有人，所以有誰敢上前去打擾呢？統統被這隻一臉凶樣的狗嚇得迅雷不及掩耳地撤退。

金派趴在自己的前腳上，但豎起的耳朵一直聆聽著兩名主人的動靜。

牠或許對Graph很執拗，讓人都想替牠改名字了，但是……凶狠程度真的遠遠比不上買下牠的人。

金派……這個名字最適合不過了。

第四十四章

回家!?

Pakin或許喜歡各種好友精心舉辦的宴會，但絕不包含那些正式的場合，就好比公司大老闆——「Siraphop的父親」所舉辦的最新進口商品大型開幕式，可他卻得代替人不在泰國的父親出席。此時此刻，他正站在活動上的某個角落，注視著那些正在製作新聞與採訪知名人物的媒體，而他絕對不是那些顯貴當中的一名。

他第五次對著手下抬手揮動，以此作為信號，為了防止並打發掉那些打算上前採訪的記者。他不喜歡出現在媒體上，他的工作本就不需要出現在報紙上，他也不像某些權貴一樣老喜歡曝光自己的愛好。

Pakin龐大的事業都隱藏在父親的公司底下，而他還沒準備好要將它們搬到檯面上來，因為會有非常多的問題等著他回答，況且不用想也知道，他有多懶得處理這些麻煩事。

但Scene那傢伙就不一樣了。

你看起來倒是很享受嘛？

Pakin只能緩緩地搖頭，以充滿無奈的眼神直直投向正在接受採訪的好友，而對方身邊還站著一位知名女演員，僅僅掃過一眼，就知道她的工作肯定不只是替品牌方公子解說產品。

不過他的視線最後不由得停在了某張熟面孔上。

「媽的真煩人。」

Pakin嘟囔道，接著挺直了身板，明顯帶著厭煩的凌厲俊臉宛如迅速戴上了一張面具，展露出商業微笑，對著一名走上前來打招呼、彷彿和他很要好的中年男子雙手合十。

「叔叔好。」

「你也來了啊？ Pakin，平常都很少看你會來參加這類活動呢。」

「這次是Siraphop先生親自來邀請的，要是不來，這次可能就跟我斷絕朋友關係了。」Pakin帶著笑容說道，同時注視著眼前這位知名的政治人物——Kritithi的親生父親。

這個人從不關心自己的兒子，即使那孩子已經在他家住上好幾個月了。

「哈哈哈哈！我都忘了你跟大老闆的大兒子是好朋友。」

若說Pakin有多厭惡這種宴會，那麼他就有多厭惡這個遲遲不肯進入正題的狡猾臭老頭。

「叔叔最近過得好嗎？」既然對方始終不肯進入正題，那麼他先等著看看對方想幹什麼，因為光看眼神大概就能猜到，對方不只是見到熟面孔後純粹上前打招呼這麼簡單。

最近不是造勢期間，那麼他大概能猜想到的事情就是……那孩子了。

「就馬馬虎虎，最近叔叔也開始意識到自己老了不少，走路、爬高都像個老人一樣覺得痠痛。」

「要是我爸聽了可能會大聲抗議吧？那位大爺還像個小夥子一樣正在佛羅倫斯快活。」

「叔叔才比不上**Panupong**先生呢。」

對方語帶玩笑，提起了Pakin的父親。Pakin勾起一抹淺淡的笑容，等待停頓了片刻的那個人，他心想對方就要進入正題了，而結果也正如他所料。

「對了，叔叔也開始想念我們家Graph了，連續好幾個月都不肯回家看看，他過得怎麼樣啦？」

這個問題讓Pakin聽了之後稍微笑了笑，然後以最中立的答案回答，雖然知道對方肯定聽到了什麼風聲，而且也應該不是什麼好事。

「他過得挺好的。」

「但是叔叔聽說，我那個兒子給Pakin帶來麻煩了，不是嗎？」

Pakin微微挑眉，彷彿很意外，不知那孩子何時給他帶來過麻煩，但其實他心中已知曉肯定有人把那晚的事情透漏給對方。然而從對方的眼神看來，似乎並不擔心他會有多困擾，而是怕自己的孩子會被牽扯其中。

呵，現在才在擔心自己的孩子，會不會太遲了？

「不會呀，Graph是個好孩子。」

如果就這陣子的表現來看，也不算撒謊。

Pakin一邊說著，一邊想起了最近這段時間已經沒那麼固執、不太常頂嘴的執拗少年，或許是因為那次的事件被他吼過，所以那小子嚇到畏縮，再加上獎勵的利誘，說是只要表現良好就願意順著那小子的意，所以那小子才會保持平和模式，讓他不需要頭疼。

若是平心而論……那小子的表現好到令人難以置信呢。

「但是叔叔覺得不好意思，我兒子也在那個家住了好一陣子了，叔叔在想……差不多該讓他回來住了。」

！

這是Pakin首次明顯沉默了下來，雖然轉瞬即逝，可熟人又怎麼會沒發覺？而且Pakin又怎麼會沒察覺到自己的情感呢？

有一瞬間，他感到失落，但隨即又被另一個想法抹煞掉了——這樣也好。他的監護人要務也能告一段落。

「而且，最近大型活動也快要來臨了，如果還要分神去照顧那孩子，叔叔也擔心Pakin會很累。叔叔那孩子很固執，時不時就搗亂一下，做出一些讓所有人都雞飛狗跳的事情。」

是呀，那小子確實每次都會自找麻煩惹上一些危險的事情。

Pakin臉上仍掛著笑容這麼想著，但腦子裡正在思考對方所講的話，起初有一瞬間他還以為對方對孩子尚有一絲掛念，畢竟孩子和他走得那麼近，搞不好會受到波及，再加上眼下時局並不是那麼穩定。不過聽了一陣子之後，他很確定面前這個中年男子更擔心的是自己。

要是兒子惹出什麼麻煩搞砸了大事，身為父親的人當然也要負起連帶責任。

難怪那孩子會這麼拚命地抵抗自己的父母。

「所以叔叔想請Pakin把Graph送回家呢。」

當中年男子總結出自己的目的，Pakin不由得嘆了口氣，裝出一副沉重的表情，而後才緩緩搖了搖頭。

「不是我不想把Graph送回去，我不管怎樣都沒有問題，可是弟弟他大概不會那麼輕易地回去，叔叔應該也知道Graph的個性……。」

身為人父的那個人放聲大笑，目光露出些許煩躁，想起了自己那個好兒子竟敢拿小老婆的事情威脅他。

Pakin又繼續說了下去：「我也不想強迫他，如果想讓弟弟回家，這個工作可能要麻煩叔叔親自接回去，Graph應該會很開心的。」

他以這番話作結，這些話若是被那執拗的孩子聽見了，大概會大吵大鬧讓所有人頭痛吧？因為他的回答就好像不在乎那小子要去哪裡，而且還願意讓那小子的爸爸過來接人，可是Pakin很清楚知道自己在做什麼。

噢不，他比那小子的親生父親還要更了解那執拗小孩的個性。

＊＊＊

『啊，坐下。』

『汪！』

『等等，先別吃喔。』

『汪汪。』

『好了，吃吧。』

「哇塞～～～～～你的狗根本就是天才轉世嘛！」

午休期間，足球場旁，事先已先預約好球場的一大群少年，在午休結束鈴聲響起後，一窩蜂準備下場踢球，但其中並不包含兩名正坐在一起低頭看著手機的不同班級的好友，而手機螢幕上正顯示著面惡牧羊犬的畫面。這隻牧羊犬嚴謹地聽從每一個指示，使得帥氣西伯利亞哈士奇的主人忍不住驚奇地大叫。

「嗯，金派是真的超聰明的，連馴犬師都誇牠。」

「太詐了啦，你都有專門的馴犬師到府訓練！你看看我的狗，連大便位置都不固定，上一次我媽踩到了狗大便，叫到屋子都要塌了，我還從早到晚被罵說不懂得怎麼養狗。」Kak無奈地抱怨道，明明朋友比他更晚養狗，可是人家養的狗卻很聰明，他的狗則依舊追著自己的尾巴當興趣。

「可是牠也很可愛呀！你看看我的狗，就只是跩。」Graph

跟著批判了幾句，想著自己那隻純種德國牧羊犬，雖然金派在影片中看起來無比聰明機靈，可實際上要是牠不想聽從指令，就算他喊到死，金派也只會一動不動地趴著注視著前方。此外，金派似乎精力過於充沛，有時候會在草場上挖洞玩耍，髒到不得已他只好抓起來再洗一次澡，而且最讓他不爽的是，當買主一回來，那隻臭狗就跑到門口守候。

結果老子回來你只抬頭看了一眼，然後就趴回去繼續睡覺了，可惡，一想到就生氣！

「嗯，不過我的狗比你的狗還可愛，長得也比較帥。」

「喂，關於這點我有異議，金派比阿木帥好嗎？你看看牠的臉，你的狗就只會傻笑。」

「你的視力才有問題，阿木帥到炸，歐洲男孩風格！你再看看你的狗，鼻子黑漆漆的，一副跑去挖過煤炭的樣子。」

「我家狗的起源地是在德國好嗎？」

「又怎樣？所以牠是納粹狗嗎？」

兩個人一開始還相談甚歡，可當對方拿狗出來嗆聲，Graph就忍不住想誇耀自己的狗比較好，而且一提到長相，事情就變得越發不可收拾了。每個人都愛自己的狗，就算長了疥癬也比別人的狗好看，使得此時已入了狗痴協會的兩位好友怒目相視。

「噢吼，Graph跟Kak媽的快要打起來了。」

「蠢得要命，就為了狗的事情打架？」

「天哪，你有聽到他們談話的內容嗎？他們就為了誰的狗比較帥吵架，講得好像自己就是老婆似的，為了自家老公的事情吵架。」

球場上的友人大聲揶揄，時不時飄來幾句閒言閒語，在一旁聊得不亦樂乎。

「Graph這種的會有老公？他那種顏值都不知道有幾個老婆嘍。」

「不過我覺得Kak可以欸，看他身材小小的，操起來比較容易。」

「啊，不然你們就直接開幹了吧，我支持。」

結果似乎講得太過火，怒瞪對方的兩個人忽然轉向了球場，然後異口同聲地脫口大罵——

「畜生啊！」

就那樣，球場上頓時響起了爆笑聲，特別是這位小個子朋友，衝進去邊追邊踢那位講他會有老公的人。Graph見狀不禁搖了搖頭，重重嘆了口氣，一邊將手機收進口袋，一邊想著爭論這種事情超沒意義。

但無論如何金派都比阿木帥氣。

愛狗成痴的這人仍堅持自己的論點，就在這時……。

「啊，Graph你這是背著我亂來嘍？」

「Janjao。」

Graph立刻回頭向後看去，接著就看到好友正攀附在網狀圍籬上，那道圍籬就隔在球場與食堂間，防止足球飛過去把餐盤撞到七零八落。Janjao那張清秀的臉此刻正帶著微笑，以眼神裝模作樣，逗得Graph忍不住笑了出來。

「才不敢咧，妳不是知道的嗎？我就只有Janjao一個人。」

裝成是情侶的兩個人熟練地對話著，但此時此刻Graph因為心情太好，不自覺地講出這種讓人想入非非的話，聽得女孩不禁睜大了眼睛。

「吼，講這種話，我要是忍不住心動了該怎麼辦？」

「哈哈哈哈哈！跟老師談完了嗎？」

「談好了。」馬尾女孩用力點了點頭，然後才戰戰兢兢地看向球場。

「我如果進去坐在你旁邊，臉會不會被球打到啊？」

「進來啊，等一下我坐前面保護妳。」

說完Graph立刻起身，然後繞過網狀圍籬前來迎接整張臉都是汗水的好友，把人帶進來一起坐在球場邊，甚至還幫忙拿書包。當然嘍，這些舉動又怎麼可能沒刺激到那些等著消遣人的狗嘴們。

「哇，老媽子來了，各位！」

「臭Kak、臭Kak，你沒得吃了，我們大帥哥的正宮來了。」

「吼，我都說了，我不是Graph的老婆好嗎？你們是聽不懂人話嗎！」才剛跑完一整圈球場的小個子友人吼得越發激動，接著又重新一輪邊跑邊踹的追逐。

這一幕看得Graph連連搖頭，他把臉轉向了Janjao，有些不好意思地說道：「別生他們的氣喔，他們就只是狗嘴比較壞一點，但是個性還不錯啦。」

「如果不找你一起蹺課的話，我就會……試著那樣子看待他們。」

上次那些人害得Graph被迫進訓導室，Janjao其實尚未氣消，可是看她朋友最近笑得更多了，心情好了不少，做任何事情都看得出來更快樂了，而且也沒蹺課或是到處閒晃惹禍上身，她才勉為其難地原諒那些人。

「哪敢蹺課啊，蹺了就會被某人凶。」

「欸？是指我這個老媽子，還是……另有其人呢？」一逮到機會，Janjao就以清澈的嗓音揶揄道，對於自己被說成是老媽子這事不怎麼在意，因為早就習慣了，她比較想知道另外一件事情。

少年聞言愣了一下。

「哎喲，那一位根本不會知道我有沒有蹺課。」

「可是Graph還是很聽那位哥哥的話，肯乖乖來上課。」

被連番消遣之後，屬於某人的壞壞俊俏男孩不禁臉頰泛紅，讓Janjao忍不住覺得好笑。

其他人或許把她跟Graph誤認為是一對情侶，而他們十分要好的親密感，肯定也讓嗑他們這對CP的粉絲們背地裡講她大概已經和Graph上過床了，不過Janjao並不在意，誰想講什麼就去講，她和好友自己知道就夠了，而且她也知道Graph他呀……最可愛了。

這個男孩可愛到無法成為任何人的老公，只有當Pakin哥的人……最適合他了。

「妳是不是又在腦補什麼了？」

「你怎麼知道！」Janjao咯咯笑了幾聲，然後直白地說道：「最近Graph看起來心情很不錯呢，我也替你開心，先前看你哭成那樣，我都難過死了。」

那個時候看著Graph哭到痛徹心扉，她則為自己的無能為力感到難受，可現在一切看起來都不一樣了，Graph不太會自我嘲諷，而且也明顯的更常露出笑容，原因不外乎……就只有那個男人。

這時Graph沉默了一下，接著點了點頭。

「謝啦，我承認，Janjao，最近過得太開心了，開心到有時會感到害怕。」

由於經歷過另一個男人無數次陰晴不定的情緒起伏，少年說話的音量因此小了下來，馬尾女孩見狀立刻出聲安慰。

「別這樣啦，笑得帥一點嘛，Graph！人家都說，當我們在快樂的當下，別去預設一些負面的事情……啊，對了，Graph現在不是住在Pakin哥家嗎？你都沒有回過家嗎？」先挑起問題的女孩隨即換了個話題，擔心好友會去回想舊事，現在每天這個樣子就已經很好了。

然而這句問話使得少年立刻撇嘴。

「為什麼要回去？那個家也不見得有人會在乎。」

「別那麼說自己的父母嘛。」

當月亮女孩一反駁，Graph就拿出了手機，秀出了通話紀錄的畫面。

「看看我爸媽打來找了幾次？」

Janjao只好不是很確定地接過手機，緩緩地用指尖滑過螢幕，接著就發現上面的通聯紀錄裡，完全沒有顯示爸爸或者是媽媽。

「這樣懂了沒？他一點也不在乎我，只要不讓他名譽受損就行了。」Graph說著，不是很在意地聳了聳肩，可一個十七歲的少年又怎能完全將雙親強加的孤寂感完全屏除呢？這樣只會讓他流露出孤寂與哀傷的神情吧？

「Win哥還比較像我爸呢。」

Win哥……可以很肯定地說這個人與他非常親近。這個人會在沒有工作的時候來接送他，當Pakin哥不在的時候會帶他出去一起吃飯，最近還邀他去看電影，雖然有保鑣遠遠地跟著，但只要是和Win哥出去，他的重要監護人都會答應，而這些都不可思議得讓人覺得很有趣。

「我身邊只要有Pakin哥、Win哥、Chai哥、Kaew嬸……

這樣就夠了，這些比我這輩子所擁有的還要多。」

Janjao稍微咬住自己的嘴唇，因為她感覺到眼角發燙，淚水逐漸湧上。縱使好友以滿不在乎的神情講出那些話，可還是令她感到於心不忍，不過在她開口安慰之前……。

嗡——嗡——嗡——

Graph那支轉成靜音的手機忽地震動了起來，Janjao因此嚇了一跳，慌忙低下頭查看。

「Graph，是你爸爸打來的！」

Graph一聽，果不其然眼睛睜得比Janjao還要大，因為幾千年來對他不管不顧的人突然打電話過來，這都什麼事啊？可顯示在手機螢幕上的名稱絕對錯不了……爸。

＊＊＊

「Kaew嬸妳這話是什麼意思？我爸為什麼會來這裡！」

「我也不知道呢，Graph先生，不過您父親現在和Pakin先生在客廳裡面。」

「到底是來幹什麼的啦！」

Kritithi先生火速地趕回住處，因為他接到了生父的電話，那個人以平淡的語氣說會在Pakin的家中等著，少年因此決定蹺課。少年打電話通知彷彿已得知發生了什麼事情的司機，因為對方早就等在校門口要接他回去，他於是跳上了車，盡可能地快速趕回去，然後才發現……Pakin哥早就知道他爸要過來。

Graph的情緒已經比一開始的時候要冷靜多了，但就因為是家裡的事情，他的雙眸因而不悅地發亮。他的父母只在乎利益，這表示肯定發生了什麼大事，才會讓這個總是忙於應付他人的人願意跑到住處來找他。

以前想要和他一起吃頓飯，還老是推說沒時間！

一想到這裡，Graph深深吸了一口氣，然後快步走向了客廳，沒來得及注意金派就趴在大門前等著，而小狗一見到他，就小步跑來他的身邊，跟著一起進入了客廳。

還真的沒錯，那個帶著政治笑容發出笑聲的人，正是他的父親。

「爸來幹什麼！」

為人子的Graph馬上開口質問，使得兩名大人不約而同地將視線投射過去。

特別是那名中年男子，他瞬間眉頭一擰，語氣粗暴道：「你是這麼跟你爸說話的嗎？ Graph。」

「我只是想知道爸為什麼過來。」Graph妥協地調整了自己的語氣，因為他看到另一個男人嚴厲的眼神。他承認自己畏懼Pakin哥，但他並不懼怕自己的父親。

「過來這邊坐啊，Graph。」Pakin這時出聲打岔道。

才剛回到家的Graph深深吸了一口氣，走到離父親最遠的單人沙發上坐了下來。

「我來了，所以有什麼事嗎？」

「我是你爸，我來這裡一定要有什麼理由嗎？」

這麼久以來也沒看你盡過什麼父親的義務。

「……」

Graph僅收了口，感覺到金派正趴在自己的腳上，心情因而稍微冷靜了下來，他伸手過去輕輕拍了拍小狗的頭，像是在說：你不准拋下我跑去別的地方喔。

如果金派能開口講話，大概會說：主人的手正在發抖。

後來Graph的手抖得更厲害了，因為身為人父的那個人語氣強硬道——

「我來接你回家。」

「！！！」

Graph睜大了眼睛，一副不敢相信自己耳朵似的迅速轉向說話的人，驚嚇到心臟幾乎停止跳動，然後呼吸越發困難，因為對方接著說道——

「你已經麻煩Pakin夠久了，我想你該回家了。」

唰。

「我不回去！！！」

就在那一瞬間，最近表現良好的執拗孩子立刻起身，大聲咆哮，猛力搖頭，並且毫不顧及父親顏面地嚴正拒絕。

「不管怎樣我就是不回去！」為什麼他非得回去那棟倒楣的屋子呢？

帶著這個想法的少年望向了Pakin哥的臉，像是在尋求協助，可是屋主卻……依舊不為所動。

Graph不知道Pakin哥在想什麼，可是他的內心正極度感到害怕。

如果爸這次來，是因為Pakin哥想把我趕出門呢？

「你這個孩子！你在這個家已經住幾個月了？多少也顧忌一下Pakin，人家不得已接手照顧你這個長不大的孩子，我真的覺得丟光臉了，你也已經十六歲了，試著用腦袋多多思考。」

「不用你現在才來擺出父親的樣子！」

Graph很憤怒，氣到超乎自己想像的程度，氣到血液往臉上暴衝，因為對方就連自己孩子的年紀都不記得！

而這句目無尊長的話語也讓知名政治人物立刻站起身來。平常就算遭到批判時再怎麼激動，也總有辦法在媒體前冷靜下來的情緒，竟然只因自己唯一的獨子所講的話而被挑起。

「Graph你這個臭小子！」

「怎樣？我哪裡說錯了？爸以為我現在是幾年級？」

「講這些有關係嗎！！！」

「爸先回答，我現在唸幾年級？還是說爸根本就不知道！！！」

父子兩人互不相讓地朝對方怒吼，其中一個氣到沒了好好公民的形象，另一個人雖然也在生氣，可卻令人心疼，女管家於是捏緊了自己的手。

回了嘴的少年正在……流淚。

「回答我啊，你這個兒子現在讀到幾年級了！！！」

「……」

可是身為人父的這一位卻沉默了下來，就好像在說……不知道。

就連唯一的獨子現在幾歲、就讀幾年級也不知道，而這些成了壓垮名叫Kritithi的人的最後一根稻草。

「聽清楚，我現在是十七歲，不是十六歲，我就讀高二，但是爸不用去記沒關係，你把時間拿去玩你的政治吧，對這個只會帶衰的、只會頂嘴的小孩，就讓他自生自滅吧！然後請你記住，我再也不會回那個家了，爸別來跟我扯上關係，把時間拿去照顧自己的小老婆吧！！！」語畢，Graph朝屋主投射出失望的眼神。

這個男人完全不幫忙，而且他的沉默，就等同於把他丟到其他地方。

這個叫做Graph的人，沒有一個能稱之為家的地方了是嗎？

本來以為這裡就是了……可是屋主卻不這麼想。

「記好了，就算爸把我拖回去，我也不走！！！」

「Graph ！！！」

話一講完，Graph就轉身跑出了客廳，不理會身為人父的那位所發出的吼聲。中年男子作勢要上前去拉住那個不討人喜愛的孩子，想打到他牢牢記住是誰養育他，浪費錢把那小子養到翅膀都長硬了，可是……。

「啊嗚～～～～！！！！」

大型犬突然跳出來擋在了中年男子的面前，機敏的眼神露出了凶光，甚至還露出了鋒利的獠牙，牠兩隻前腿壓低，準備撲上去攻擊這個想跟上去傷害牠主人的人。

「汪！汪汪汪！！！！」

再加上宏亮的叫聲，使得正準備要衝上去追兒子的中年男子心生恐懼。

Pakin見狀立即上前站在金派的旁邊，輕輕拍了拍牠的腦袋瓜。

「安靜！」

一句話就讓大型犬收起了獠牙，可牠的眼神依舊帶著敵意地注視著中年男子，只要主人一聲令下，牠隨時準備好衝上去撕咬。在那之後，Pakin轉頭看向了比較年長的那個人，接著假意嘆了口氣。

「我想，叔叔還是先回去好了，今天大概沒辦法平心靜氣地談話了。」

中年男子只好從喉嚨裡發出哼哼唧唧的嘟噥聲，整理了一下衣著，努力表現出自己並不害怕那隻大型犬，雖然腳已經向後退了幾步。在那之後，他語氣不善道：「轉告那個臭小子，如果他不回家，我會斷了他所有的金援，反正像Graph這樣的小鬼到哪都無法生存！」

「好的，我會轉告他的。」Pakin微微一笑，一邊注視著轉身離開他家的那個人，一邊在心中嘲諷。

真是大開眼界，這種人竟然還敢說自己是人家的爸爸？

第四十五章

想稱之爲家的地方

「可惡，那個讓人倒胃口的臭老頭！！！」

Graph衝進臥室，用力甩上了門，然後才吼出聲來，像是在發洩心中的憤怒。他整個胸口都很鬱悶，彷彿有股氣壓積在裡頭，會隨時準備炸出體外，呼吸也變得窒塞，整副身體都在顫抖，這時候心臟……則因身為人父的那個人所講的話，宛如快要碎裂了。

他曾經想過要引起那個人的注意，可是卻一次也沒有得到過關注。

別人都有父母替自己過生日的日子。打從他有記憶以來，小男孩Graph只看過大大的蛋糕、一大堆的禮物，以及他不需要的保母，但卻沒有爸爸和媽媽的身影……那是他最想得到的禮物。

小男孩所熟悉的地方，就是醫院裡四四方方的病房，以及孤獨寂寞的感受，恍如這個世界上就只有他一個人。

他討厭這一切，包含醫院、生日，以及從沒有人遵守過的承諾。

『媽媽今年會陪著Graph一起過生日喔。』

他的母親曾經答應過、曾經許下過承諾，說會幫他舉辦生日派對，於是Graph一天天數著日子，告訴所有人，今年媽媽會在他出生的這一天陪伴著他。可當真的到了那一天，卻見不到那個許下承諾的人的身影，只有小男孩Graph所不需要的昂貴禮物，以及那個人替自己解釋的藉口——

『媽媽要工作賺錢買禮物給Graph呀。』

所以現在擁有的大量財富難道還不夠用嗎？

帶著那樣的想法，Graph把失望的情緒發洩在那些物品上，他摧毀它們、破壞它們，就算要求再買新的，買多少都不會有人指責他，因為能夠教育他的人，從來沒給過他時間。

Graph是被金錢、物質所養育的，他不曾得到過父母的關愛，那他為何要尊敬那種人呢？當那個人想要他稱自己為父親的時候，就會強迫他照自己的意思去做。連狗都會有感情、有感覺、有自己的需求，那麼那些人曾經有把他當成是人來看待嗎？

從來沒有，我就只是一隻你們想扔在哪就扔在哪的娃娃罷了！

帶著這個想法，Graph站在房間裡深呼吸，但並不是為了壓抑怒氣，而是想收住淚水。

「別流下來啊，你不可以哭啊，Graph，不可以！」溫熱的淚液盈滿眼眶，他很難過生下他的人居然該死的對他的事情一無所知，而且更令人難過的是，他最愛、最在乎、最重視的那個人……竟想把他趕出這個家。

『又生病了，你怎麼常常在生病啊？我又得浪費時間來探望你了。』

這個人是第一個敢忤逆他、凶他、對他好的人，而且……對方每次都會履行自己的承諾。

雖然會生氣、會煩躁，可對方若是答應要來，就會說到做到。

Pakin哥就是那樣的人。

啪嗒。

「你別哭啊！」Graph大聲吼叫，可眼淚……卻已淚溼了雙頰。

Pakin哥已經不需要我了，他要把我送回去了。

一想到這裡，Graph不由得捏緊了雙手，努力止住淚水，把情緒轉向了憤怒——但其實，他正害怕得不得了。

他害怕……被拋棄。

「別丟下我。」這才是他真實的感受。

他現在已經把這棟房子當成家了，比他生長的那個地方更像個家，這個他一回來，就有人等著和他一起吃飯的地方……可這或許只是他的一廂情願吧？

啪嗒。

Graph癱坐在床邊，背倚著柔軟的床墊，將兩腳膝蓋往身體的方向收攏，兩隻手向前環抱住小腿，然後無力地把頭向下靠在膝蓋上，盡可能地緊緊抱住自己，努力不去想他這輩子孑然一身的真相。

沒有半個人真正需要他。

「別哭，Graph，你別哭，你已經長大了，說了別哭啊！」喝止的話語也阻止不了從眼眶裡滾落的透明淚珠。

他早該習慣寂寞，可實際上，在他得到過幸福之後，就再也無法習慣痛苦了。

咯吱、咯吱、咯吱、咯吱。

「汪！汪汪汪汪！！！」

啊！

就在這時，抱著膝蓋哭泣的Graph突然渾身一震。一聽到重重的抓門聲響，他立刻抬頭看向房門，接著就聽見了金派的吠聲。Graph甚至沒來得及反應，雙腳就往那扇門移動了，他迅速地打開房門，彷彿期待著誰……誰都可以，他只希望此刻有人能夠陪伴他。

「汪！」

「金派，過來！」

門一打開，Graph就看到一隻大型犬站在門口等著，緊接著那隻偏執的金派依循著主人的呼喚聲跑了進來，撲進了少年的懷中。Graph緊緊地抱著牠，將臉埋在牠深色的毛當中，而後生物的暖意便將他偽裝出來的堅強徹底摧毀，只剩下缺乏溫暖的那份脆弱。

「金派，別丟下我喔，我現在……就只剩下你了……別丟下我。」

「汪！！！」狗兒大叫一聲回應道，接著把舌頭伸出去舔去主人的眼淚，直到Graph更加緊摟住牠的脖子。

「別丟下我喔。」

在那之後，俊俏少年的哭聲便在寬敞的臥房裡迴盪，只有一隻大型犬在他的身邊相依相伴。

＊＊＊

Pakin才剛把客人送上車，並目送對方直至看不見為止，而後轉身準備回屋內，可沒想到會看到女管家站在那裡以責備的眼神注視著他，他以低沉地嗓音問道：「大嬸有什麼事嗎？」

「我求您了，別把Graph先生送回去好嗎？」

「……」

Kaew嬸從來不曾違抗過老闆的指令，不曾表達出逾越的想法，因為思及自己的義務僅只是把這個家打理得有條不紊，但要是她哪次請求表達意見，身為老闆的人就得停下來聆聽，而此時

Kaew嬸也正開口提出請求。

Pakin靜靜注視著對方的眼睛，直到這位女管家以懇求的語氣說道——

「別讓Graph先生回到那個家好嗎？他在這裡住得很開心，Graph先生或許是個調皮的孩子，跟大人說話的方式粗魯了點，可是和他剛來的時候相比，Graph先生是真的乖順了不少。如果把他送回去，他就只能面對相同的環境，同樣感到孤單，所以大嬸求您了，別把他送回去繼續遭受那樣的事情啊。」

聽的人依舊沉默不語，使得下定決心要把話講出來的人繼續說了下去。

「Graph先生是個非常怕寂寞的孩子呀，他跟我講過很多事情，坦白說，我不是很喜歡那個家的養育方式。只要那個男人給予自己的孩子更多的關愛，Graph先生就會變得更討人喜歡，會成為一個更好的孩子。Pakin先生應該比我更清楚，Graph先生有多寂寞，而且Graph先生現在在這裡住得有多開心啊。」年事已高的婦人再次以懇求的語氣說道。

要是把一個快樂的孩子送回去陷入同樣的痛苦之中，就連Kaew嬸也於心不忍。她已經習慣了每天早上得去叫醒這個愛睡懶覺的少年，替他準備最美味的早餐，送他上車前往學校，然後等他傍晚回來用餐。那孩子想撒嬌、想找人說說話，可是就連引人注意的方法都不懂，於是舉止粗暴，以不好的方式表現出來。

如果懂得如何與他相處，會發現Graph先生其實是一個非常好的孩子。

「看來整個家裡的人都向著他呢！如果Win回來，我大概又得忍受聽那小子的嘲諷了。」

Pakin以平淡的語氣說了這麼一堆話，老人家抿住了嘴，盯著老闆的臉，像是想聽到答案。然而Pakin卻只是經過了她的面前，張口說道——

「我也沒說過要把Graph送回去啊？」

Kaew嬸聽了這句話愣得睜大了眼睛，她看著屋主上樓走回房間，準備去找此時應該哭得死去活來的那個孩子，而後才輕聲喃喃道：「謝謝您，Pakin先生。」

Pakin不需要這些感謝，因為他……打從一開始就沒打算將那孩子送回去。

Pakin在開門之前其實就已經先預料到，那個調皮、說起話來目無尊長的少年，肯定會變成一個嚎啕大哭的小孩子，可萬萬沒想到打開門後，竟會讓胸口裡的那塊肉這麼強烈地抽動。

他看到的畫面，是那執拗的少年蜷縮在房間角落緊緊抱著金派，把臉埋在小狗的毛髮中，任由淚水滑落。對方這時抬起頭，對上了他的眼睛。

這小子看起來……比平常還要更令人同情。

Graph帶著眼淚問他：「哥……會把我送回家對不對？」

「那你是怎麼想的呢？」Pakin反問道，看著深深吸了一口氣的Graph故作堅強地注視他的眼睛，可是抱住金派的手依舊在顫抖，連他的兩隻眼睛都能看得出來。

「哥……要把我趕回家嗎？」

「……」

Pakin依然沒回答，他只是站在那注視著Graph將大狗抱得更緊了些，像是把牠當成了支柱。隨後Graph開始嘲諷起自己，用手背抹去臉上的淚水，說話的時候聲音在顫抖。

「我早該知道……早該知道像我這樣的孩子……沒有人要，

沒有人會需要像我樣的……爛小孩。」Graph邊說邊站起身，望進了對方的眼裡，接著，這個一直以來都很囂張臭屁的小子又流下了一堆眼淚，而且還像個需要父母一起慶祝生日的七歲小孩那般問他：「我想留在這裡……我……嗚……我不想走……不想走，別趕我走好不好？」

Graph放下了所有尊嚴，懇求繼續留下來，而屋主就只說了一句話。

「你爸要我轉告你，如果不肯回去，就會斷了你所有的金援。」

「！！！」

Graph立刻睜大了眼睛，因為就算他再怎麼固執，又怎會不知道只要自己沒了錢，他就什麼也沒有了。他每天住在這裡，銀行帳戶裡有錢，信用卡帳單家裡會代繳，如果斷了他的金援，就等同於逼迫他不得不回家，畢竟Pakin哥絕對不可能會花錢在他這種煩人的小孩身上。

在這個家的幸福時光已經沒了。

「我……必須收拾東西……對吧？」Graph聲音顫抖地問道，接著低頭輕輕拍了拍金派的頭，垂著臉與牠四目相視，即便眼裡全是淚水。

「我可以把金派……一起帶走嗎……嗚……我可以把牠一起帶走嗎……牠是唯一一個沒有……丟下我的家人。」Graph說話的聲音開始哽咽，以致於幾乎聽不太懂他說了什麼，只知道他緊抓著大狗脖子上的毛髮，猶如抓著最後一根救命稻草。

「我求你了，請讓我把牠……一起帶走。」Graph開始不斷啜泣，用手背往左臉與右臉上各抹了一把，看起來可憐兮兮的，任誰看了都會心軟。

「牠本來就是你的。」

「嗚……。」

Graph期待Pakin哥會告訴他不用走，可是這樣的回答，已經很清楚地回答了他的問題——想去哪就去哪，想將牠一起帶走就帶走，但是請快點離開這棟房子吧。

「我……要……收拾東西……嗚……。」Graph哭到快要窒息，努力拖著無力的腿走過無情的人面前，然而……。

啪。

「真要命，你這孩子，我有說過要讓你走嗎？」

就在這一瞬間，Pakin伸手環抱住Graph的腰，把轉身背對自己的人重新拉回來面對面，深邃的眼眸望進了那對因剔透的淚水而模糊的雙眼，他看到Graph眼中流露出委屈、傷心與失望的情感交織在一塊，而比這些還要明顯的是那猶如一隻小幼犬般無助又可憐兮兮的眼神，然後還一邊問道：哥哥會丟下我嗎？

「可……可是……。」

「我又沒說過要把你送回去，這個家裡的人都怎麼了？」

「可是哥……剛才說……把金派……。」

執拗的孩子已經開始語無倫次了，一味地想反駁，這使得握有權勢的人搖了搖頭。

「因為牠是你的狗啊，想帶牠去哪，是你的事，可我沒說過要把你送回去。」Pakin語氣厭倦道，似乎對愛哭的孩子感到很厭煩，雖然大手快速地沿著對方被淚溼的臉頰擦過。

Graph猛地用力吸氣，作勢要開口爭論男人剛才那種反應任誰都會以為是不要他了，不過他還沒來得及反駁，Pakin就掏出了錢包。

Graph只好跟著看向那雙打開錢包的大手，接著就看到對方拿出了好幾張卡，再拿著它們輕輕在他額頭上敲了敲。

「雖然你爸會斷了你的金援，不過區區一個麻煩小鬼，我怎麼會養不起？等一下把舊卡折斷扔了，然後拿這些去用吧，明天我會吩咐Chai去申請附卡，用你的名字申請。」

Pakin話語從容，但卻讓Graph聽得不敢相信地睜大了眼睛。

啪。

他兩隻手隨後抓住了Pakin哥壯實的手臂，並以顫抖的聲音問道：「哥……哥這話是什麼意思？」

聽了這個問題，屋主不禁對著腦子愚鈍的孩子嘆了好長一口氣，然後只回答了一句話——

「我的意思是……你可以繼續住在這裡。」

「哥說的是真的嗎！！！」

少年幾乎要撲向男人身上了，他迅速地問道，淚水在那一秒鐘內打住，接著深深注視著對方明顯表現出不耐煩的銳利眼眸。明知對方討厭麻煩，可他需要明確的答案，想確認自己沒有聽錯。

「我這人不會說謊。」

男人邊說邊將手滑到了少年橢圓的頭顱，輕輕地在他的頭上壓了壓，使嘴硬的少年能感受到讓他忘記一切、忘記堅持己見的碰觸。少年隨即撲進了男人的懷抱，然後……放聲大哭。

看著少年這副模樣，不太喜歡安慰別人的男人輕輕地抱著他，然後更確定地再次強調自己的想法。

「你不需要再回去那個家了。」

Pakin知道自己今天所做的事情會在未來衍生出一些麻煩，他可以從一開始就將這孩子送回去，可是他沒有那麼做，而是主動請對方自己來把孩子接回去，因為他知道Graph絕不可能輕易答應回去，而且這小子如此火爆的個性，應該不難讓他爸爸氣到斷絕關係。

結果事情果真如預期般發展，而這種方式解決了若是他不把孩子送回去的話，或許會造成對方父親不滿的問題。幸而最後變成了是孩子自己決定要繼續在這裡住下去，他只是無力阻止罷了，雖然他一開始就不打算把人送回去。

他也看到了Kaew嬸所發現的事情，這孩子自從住在這裡之後改變了許多，而且他也不想再看到原本那個令人厭煩的小鬼了。Graph現在變成這個樣子……可愛多了。

不過，這麼做就等同於封閉自己可以逃脫的通道。

他讓這對父子斷絕關係，或許是因為想讓這孩子唯一能回去的地方只剩下自己這裡。

你到底在想什麼啊？ Pakin ？

Pakin知道發生改變的人不僅僅只有Graph一個人，他的內心同樣也發生了改變。

他的內心並不會因為……可能要養這孩子一輩子的想法而感到焦慮。

＊＊＊

太陽正逐漸消失在地平線，將穹蒼染成了一片橘紅色，這時在主臥房裡面，那個大家都認定的調皮孩子仍緊緊抓著Pakin的手臂，原本俊俏的臉蛋看起來十分蒼白，雙眼浮腫，看起來異於中午那時，彷彿是兩個不同的人。房間的一個角落有隻大型犬趴在狗墊上，把臉埋在兩條前腿上，耳朵豎立著，像是在聆聽主人說話。

「我再也不回那個家了。」

停止哭泣的少年像是在尋求一些保證，男人聽了於是點了點頭，將背倚靠在床頭，動了動因得裝模作樣和這孩子的父親談了許久而感到痠疼的脖子。

「不想回去就不要回去。」

「那錢的事呢？哥講的是真的嗎？」少年一邊提起了他父親的威脅，一邊拿出錢包，把好幾張卡抽出來統統擺在床上。

他唯一一項從那個家裡所得到的雄厚資源，就是錢。

「只要你能保證不打我車子的主意，不管要多少，我都能給你。」屋主這時風趣地說道，但他也真的就是那個意思，以防這小子突然哪根筋不對勁，拿他的寶貝愛車撞著玩，不過擰斷這小子的脖子或許比重新買輛車要簡單些。

「嗯，我不會去動哥的車子，那我的孩子呢？」

Graph想起了對他來說價格最昂貴的東西，並且在心中計劃接下來的生活該怎麼辦。

「我已經請人把它賣了。」

對方不痛不癢地說道，並且聳了聳肩，像是沒什麼想法一樣，可卻讓Graph聽了瞠目結舌。

那一輛要價百萬欸！

「哥怎麼可以那麼做？那是我的車子！」前一個小時，Graph還是個害怕寂寞的孩子，淚眼婆娑，可當一切情況好像開始好轉，往好的方向發展，原先那個爭強好鬥的孩子就又回來了。Graph不甘示弱地大吵，因為騎了還不到一年的寶貝已經被賣掉了。

「留著幹嘛？留著也只會讓你惹事，在路邊亂衝亂撞，賣掉是正確的，如果想玩摩托車，就去賽場上飆，我在那裡留了好幾輛。」

「那個非法賽場？」

Graph不是很確定地問道，沒想過自己能獲得再次進入賽場的允諾，但Pakin卻哼笑了幾聲，然後回了一句話。

「還在痴心妄想以為我會再帶你去？」

「好啦，我就是掃把星。」

Graph不悅地嘟噥著，可是這份不悅比不上得知可以繼續住在這裡的暖心感受，而這個想法也清楚地從他的眼神中透露出來，高大的男人接著以更為柔和的語氣繼續說話。

「你住在這裡，我沒意見，但要好好表現，別變壞就好。」

「我……隨時都能回來這裡，對嗎？哥？」

怕寂寞的孩子立即以不確定的語氣問道。他抬起頭與屋主對視，那個曾經把他趕出家門、想盡辦法把他狠狠罵走的人，現在卻點了頭，並將手伸過來放在他圓圓的頭上，沒有推得讓他往後仰，或是惡意讓他疼痛，只是輕輕地撫摸……像是在安慰。

「想回來就回來。」

Graph接著以顫抖的語氣問道——

「我可以把這裡……當成家嗎？」

他已經有了一個隨時等著迎接他的地方，對嗎？

一個有人等著他的地方。

一個不再孤單寂寞的地方。

一個有人願意聆聽他心聲的地方。

他也像別人那樣有了一個溫暖的棲身之地，對嗎？

面對可憐孩子的問題，鐵石心腸的人僅僅回了一句——

「隨便你。」

就這麼一句話，便足以讓Graph露出燦爛的笑容，所有的委屈、傷心與失望的情緒，這時全都隨著這句允諾消散。然後這位剛來到這個家時幾乎不懂禮貌為何物的少年，以輕柔的聲音說道：「Pakin哥，謝謝你。」

這句感謝使聽的人感到意外，但也讓這個凶狠的男人勾出了一抹笑容。

「謝我做什麼？去感謝Kaew嬸吧。」

「Kaew嬸？」

「Kaew嬸從來沒跟我提過什麼要求，但卻求我別再把你送回那個家。」

少年的心臟頓時跳得愈來愈劇烈，他從未想過會有人想把他留在這裡，可當得知那位從他一踏進這個家起就一直在照顧他的女管家，居然敢開口向這個冷酷的人提要求時……他的心中湧出了難以言喻的暖意。

這就是打從心底尊敬一個人的感覺嗎……這是他從來不曾對親生父母所產生過的感覺。

「我一定會道謝的。」Graph語氣認真道，不過就在他準備繼續發問時……。

咚咚咚！

「Graph！你在裡面嗎！！！」

一陣急促的敲門聲響起，隨即傳來了熟悉的聲音，少年微微挑起眉毛，沒看到屋主翻白眼的動作，因為……那個唯一敢跟Pakin先生對抗的人已經回家了。

「Win哥，嘿，輕一點，哥是打算把門拆了嗎？」

猛力的敲門聲持續不斷，少年急忙從床上跳下來，衝上前去開門。門口出現了一名身材修長的男模，他臉上依舊帶著精緻的妝容，眼線讓雙眸更顯前衛且迷人，唇蜜讓朱唇顯得潤澤，似乎是工作結束尚未卸妝就衝了回來，看得出他有多匆忙，而且眼神……還充滿擔憂。

門一開，Pawit就擠進了房間，怒視著親戚哥哥的臉。

「有人說Kin要把Graph送回去。」

「啊，Win哥，不是的，Pakin哥沒有要把我送回去。」

唰。

這兩兄弟的眼神根本一模一樣。

銳利的眼眸掃了過來，少年緩緩搖了搖頭，然後立刻補充道——

「我不回那個家了，哥，我會留在這裡……我可以留下來對嗎？」屋主是同意了，但並不表示其他人也願意呀，少年因此不是很確定地問道。若是這位哥哥說不可以……他應該也會感到很難過。

其實一看到Win哥的臉，Graph就想著要衝上去指控他爸爸幹了什麼事情，但他不敢。

我是個男生，怎麼能那樣做呢？

Graph這麼告訴自己，看著重重嘆了一口氣的男模，然後……。

啪。

「啊，Win哥！」

結果反而是Pawit將Graph擁入懷中。他一邊來回輕撫著少年的背部，一邊附在耳邊低語。

「就留在這裡吧，Graph，如果在這裡住得開心，那就留在這裡，如果Kin不讓你留下來，我會親自打電話去求真正的屋主。」

如果Pawit所說的真正屋主不是指Pakin的父親，那大概就沒有別人了。坐在床上的男人於是緩緩地搖了搖頭。

「可以別把事情搞得更複雜嗎？」

他懶得再去與自己的性格養成典範對抗了。

聽了這些話，Pawit沉默地注視著表哥的臉，然後沉聲道：「本來我是打算來找麻煩的，不過Kin要是已經處理好了，我就不會插手。」

「哼，會不會太過度保護了？」

兩兄弟靜靜地對視，然後那位外表看起來只關心自己、對他人不感興趣的男模勾出一抹挑釁的笑容，並且明確地開口道：「我把Graph當家人，要是我的家人被欺負了，我不會坐視不管，這還是你教我的。」

Pakin曾在幾年前他出事時這樣教誨過他。

像Pakin先生這種以自我為中心的人，在得知弟弟的貞操被好友奪走之後，氣得差點瘋掉。

這模樣讓屋主微微瞇起了眼睛，而後才勾起嘴角，從床上跨了下來，接著準備走出房間。不過在離開之前，他站到了Graph的面前，說了這麼一句話——

「有人這麼擔心你，你還不敢稱這裡為家嗎？」

短短的一句話，卻更加深刻地烙印在少年的心中。

Graph愈加牢記在心……到底是誰給了他所需要的一切。

這個男人雖壞心，但卻是這個Kritithi先生生命裡的全部，這個人才剛給了他一個名為「**家**」的地方。

第四十六章
往內心又靠近了一步

就在天空被夜晚的星斗覆蓋的時候，整座宏偉的豪宅就只剩下照亮走道的庭園燈光，而各個房間裡的燈也陸陸續續一盞一盞地關上，表示居住者正逐漸進入夢鄉。不過再深入到屋主的大臥房，一名隔天就得早起的少年仍躺在床上，眨著眼睛，注視著才剛講出一句話的屋主。

「明天我得跑南部一趟。」

「又要去了嗎？哥。」

「你這種語氣，是在不高興什麼嗎？」

被Pakin一反問，躺在一旁全身赤裸的執拗少年不禁想反駁，但卻又講不出口，只好閉上嘴巴，然後轉動目光看著他們的模樣。

噢，難怪，卯起來要了我，就是因為他又要離開了。

現在的Graph已經逐漸習慣跟這個超持久的狠男人發生關係了，如果金派有旺盛的精力可以在庭園裡跑上一整天，那麼買下牠的人就有辦法操他一整晚。結果現在，他感覺身體強壯了不少……還不是因為像這樣一週有四個晚上被誘導著運動。

因此，當他坐在床上閱讀這些Janjao強塞給他的書籍時，突然被剛回到家的男人壓在身上，他只好**「心甘情願地」**回應對方的碰觸。不過他現在才得知，對方這麼勇猛的衝撞，是為了補償自己去工作的那段期間，而且……。

「會去多久？」

「沒辦法給你答案，要先去看看有沒有什麼紕漏。」

聽到這種回覆，Graph從鼻子裡用力噴出氣來，表示自己……超級不開心。

「現在敢對我發出這種聲音了？」

「嗯，我就只是哥用來發洩慾望的工具而已，怎麼可能會帶我一起去？」現在這個調皮的孩子開始懂了，爭辯是沒有益處的，大吵大鬧也沒什麼幫助。而在按照Win哥的指示進行測試後，Graph發現委屈巴巴的語氣能得到最佳的效果。

但我不是裝出來的，我是真的覺得委屈。

「呵。」

可惡。

這模樣使得高大的男人發出了輕笑，少年不由得在心中咒罵，作勢要從床上起身再去洗一次澡，發洩一下自己的不悅，但……。

啪。

少年被男人的大手先一步鎖住了喉嚨，然後被拉了一下，纖瘦的身體就又躺回去倚在男人的胸口上，他因而抬起頭注視對方的眼睛。

「你是月經來了嗎？」

該問你自己才對吧？這麼怪裡怪氣的。

Graph把臉別向了另一邊，試圖抑制住自己的嘴可能會吐出什麼話來，害得自己被丟出房間。結果Pakin哥將大手放在了他深色的頭髮上，輕輕揉搓，彷彿在說「別再生我的氣了」。

此時，Pakin那張五官深邃的臉上明顯流露出思索的神情。

他準備了好幾年的大型活動就要在下個月開始了，因此，他現在必須做好萬全的準備，而且也要確保一切安全無虞。

他不是指自己的命，不過這個執拗的小子大概早就忘了上個月自己發生過什麼事情。

就算賽車那晚的事件已經超過一個月了，可這個擁有超越他人權力的男人怎會不知道，敵人正在等著他露出破綻和弱點呢？只不過像Pakin這樣的男人沒打算把自己的弱點暴露在別人面前。雖然他不是很想承認，但不可否認的是，這個曾經讓他覺得厭煩的孩子……如今成了他人生中最大的盲點。

這個被放在手邊的弱點和盲點，被保護在這座鐵製的堡壘之下。

只要Graph住在這棟屋子裡，並恪守他所訂下的規矩，那麼Graph就能安全。但他又怎會不知道這執拗的小子有多想跟著一起去？

即便那座島是他的地盤，但由於島周邊的場地正在籌備中，會一直有外人進進出出……他並不打算冒這個風險。

Pakin隨時都能挑戰危險，任何情況下都能冒險，但只要一看到那個明明想留在他身邊，卻表現得像隻獵物的孩子的臉，他就知道還不是時候帶他一起去。

呵，再過十年，還不知道能否比現在的Win更成熟呢？

那個自己在一旁嘀嘀咕咕的臭小子，不用想也知道那小子正在罵他。

「那裡太危險了。」

咻。

正在暗罵人的少年立刻抬起頭注視著對方那對凌厲的雙眸，講話的男人則伸出另一隻手去抓起床頭櫃上的香菸，熟練地點燃，讓渴望知曉的人先等著。

直到他在空氣中噴出了白煙，這才轉回來再次對上少年的眼眸。而Graph看起來似乎也跟金派一樣學會了「**等待**」的指令。

Graph肯乖乖地躺著等他好幾分鐘的反應，讓這個以前從沒想過談論自己工作內容的人，也願意開這個口。

Pakin從沒跟任何人訴說過這件事，除非是有共同利益的對象，但這一次，他卻願意告訴一個與工作完全不相干的孩子，或許是因為……對方委屈巴巴的語氣就像是在問：又要丟下我一個人了嗎？

最近這孩子很敢表現出害怕被拋棄的情緒，所以他只好給他一些信心，讓他知道自己沒想過要丟下他。

「我在美國那時就想到了一些點子，等我一回到泰國，就開始大量採購南部的島嶼，有一部分是為了開設賭場，直到我找到了這座島，景色正是我想要的，島嶼的大小也很適中，遠離被視為是泰國領土的海域，再加上有些隱密的度假村，可以說是那些外國有錢人的私人度假勝地。所以我聯繫購買，幾乎投入了全部的籌碼，直到將它弄到手，然後再花了兩年多的時間做準備。」

Graph沒想過對方會講給他聽，Pakin哥從很久以前就不怎麼會去談論有關自己的事情，工作的事情更是如此，只有他自己最近很常拿不同的話題來談論，而對方也願意聆聽。因此，當Pakin哥願意開口談論時，Graph心中所有的委屈便一掃而空。

Graph只知道，能倚在心儀之人的胸前，抬頭凝視著對方的眼睛，一邊看著凶狠的男人抽菸，一邊聽對方訴說著工作的事情……居然不可思議地令他覺得溫暖。

知道Pakin哥願意再讓他靠近一步，他心裡暖暖的。

「哥，是什麼樣的計畫呢？」Graph禁不住好奇，想知道這個男人準備長達兩年時間的計畫究竟是什麼。

這個問題使聽的人眼睛一亮。Pakin深深地吸進了一口尼古丁，往白煙填滿肺部，接著……露出了一抹壞笑。

「最大規模的非法賽車活動，如何？」

「賽車……活動？」Graph不由得翻身坐起，以手肘抵著男人的胸膛，一副不敢相信地重複詢問。

即便知道Pakin哥對速度有著狂熱，但沒想到他會做到這種程度。

「沒錯，我把整座島改建成賽場，賽道包含了平坦、陡峭、上坡、彎道，終點則設置在島中央。舉辦一整個禮拜，沒有規則，不能保證安全，想使什麼骯髒手段也行，來參加比賽的選手必須有赴死的心理準備，因為不會受到法律的制裁，以此換取賦予勝利者的名聲與金錢。」

Graph愈聽，眼睛就睜得愈大，因為他從來沒聽過這麼瘋狂的事情。

「那哥得到了什麼？」

這絕對不只是為求痛快罷了，就算再怎麼喜歡追求速度，對方應該不會只為了看到選手衝上山赴死而打造出這種賽場。

而Graph提出的這個問題，則讓Pakin露出了狡黠的笑容。這抹笑容讓Graph的背脊一陣發麻，手掌立刻變得冰冷。

「看來已經懂得思考了……你覺得我會拿什麼做交換？」

Graph稍微低下了頭，大腦快速地運轉，接著就發現他的心中其實早已有了答案，只不過不是很確定。

「是跟賭博……有關嗎？」

「很聰明嘛。」

「真的嗎？賭博耶！」

高大的男人輕輕笑了笑，然後轉身將菸蒂捻熄，接著又回過頭來與等著聽答案的人對視。

「別小看賭博，已經有很多人因為它而陷入困境，而且也別小看那些有錢人渴望解放的需求，以金錢當賭注固然有它的價值，但如果以性命當賭注……價值更高。」Pakin簡單說道。

他與好幾位外國投資者合作，其中一位是他父親的朋友，對方曾在他留學期間教了他很多事情。

他前往國外深造並不是為了去亂搞性交，或是沉迷於其中。

Pakin仍記得自己看到價值幾百萬名車的那一瞬間，引擎全力運作，飛速衝刺、對撞，接著爆炸，空氣中燃起了火焰，群眾頓時歡聲雷動。

這個畫面或許很可怕，可是它將人類原始的天性釋放出來。

倘若人類不需要暴力，那麼古代的角鬥士或許就不會出現了。

「那哥要怎麼確定不會被取締呢？」

這個問題讓Pakin相當滿意，因為這表示懷中的孩子已經會去思考了。

「來參加活動的人不少，但你知道嗎？來報名參加活動的人大部分是誰？」

Graph沉默了半晌，然後睜大了眼睛。

「哥的意思是……！」

「沒錯，那些人是要怎麼對我提出指控呢？」掌握大把權力的人不禁露出了輕蔑的笑容。

這場活動不只是有錢人的活動，還包含了在政治上握有重權的人物，而且不只是國內，就連國外也有人想要參加。假如會被取締，有誰會想把自己拖進牢房？因此，這是個非法的活動，可是他受到那些凌駕於法律之上的人保護。

「這項活動將在全球轉播，並且只會將畫面發送給已通過審核的會員。」

Graph沒想到活動會這麼盛大，這個計畫已在這個留學歸國之人的腦中醞釀那麼多年，甚至現在還都籌備好了一切。這表示，Pakin哥平時在首都道路上舉辦的賽場，藐視法律，沒人能取締，這些都只是沾醬罷了，與即將送上的主菜完全無法比擬。

「哥投入這些是為了錢嗎？」

「你怎麼想？」

坦白說，Graph不知道，他一直以來都跟不上Pakin哥的思維，而現在也同樣跟不上。

而反問的男人也沒給出答案，即便心中已經有了答案。

金錢方面或許是大事，但並不是最重要的。

Pakin從年幼時期就很清楚自己是那種熱衷挑戰的人，喜歡生活中的冒險，因此，能做些挑戰所有過去的事情是他最大的夢想。

但他不是那種天馬行空的人，一旦想做什麼，他就會著手去做，至於結果會怎樣……不管是好的還是不好的，都是他必須承受的回報。打從他跳入這個圈子，就有這樣的心理準備，可現在卻因為一個孩子，得坐在這裡擔心一些沒意義的事。

這個嘴硬的固執小子正以擔憂的眼神注視著他。

「我的事情講完了。反正這陣子我得常常南下去監督工作，等到活動快接近了，或許有陣子會沒辦法回來。」

聽的人已經在咬自己的嘴唇了，努力把即將脫口而出的話——帶我一起去——吞了回去。

啪。

Pakin又怎會不知道這小子要的是什麼？他將大手的指尖插入少年柔軟的髮間，然後托著少年的頭，要他靠向自己。

「那太危險了。當個好孩子，在家裡等著……可以答應我嗎？」

深邃的眼眸望進了那對正受到動搖的澄澈雙眸，他以此告訴對方，他並不是在開玩笑，而且也不會有任何轉圜的餘地。

這個不曾輕易聽從命令、好辯的少年隨即深吸了一口氣，主動迎上前，抬起兩隻手摟住了男人的脖子，然後把臉向下埋。

「我會當個好孩子。」最後，Graph也學會了留在這個男人身邊的方法。

如果有哪些事情不被允許，那就是不行；但如果有哪些事是可以答應的……Pakin會主動允諾。

這一次，Graph仍不敢相信這個把一切藏在心中的人竟願意告訴他。雖然他害怕對方會發生危險，可卻也感覺到胸口那塊肉高興地劇烈跳動。他向自己保證，絕對不會把自己所知道的事情說出去，他會守著它，然後再告訴自己的內心，Pakin哥已經接受他了。

至少願意讓他上前待在身邊。

所以，只是當個好孩子，他Graph做得到。

這個答覆讓Pakin迷人的臉上露出了笑容，隨後，他的大手撫住少年的後腦杓、將少年的臉壓向自己……兩唇相接。

這個吻，充滿熱情與渴望，輾壓這張才剛說出會當個好孩子這種可愛回答的腫脹嘴唇上，摻雜著尼古丁味的舌尖，搜刮每一滴甜美的汁液。男人接著插入，有意教訓這具因強烈慾望而顫慄的身體，少年因而癱軟倒在對方的胸膛，只能張開雙腿跨坐在對方的身上，然後悄聲詢問——

「我可以打電話給哥哥嗎？」

「如果不打……我就會回來收拾你。」

Pakin沙啞的嗓音刺激了Graph的神經，他渾身顫抖，只能閉上眼睛，發出呻吟聲，劃破夜裡的寂靜，與肉體摩擦的淫靡之聲相互交織。柔軟的床墊在晃動，情慾的熱度也不斷地向上攀升，變成了淫蕩的碰撞節奏。

這份熱情與激情的積累，因從不曾違背承諾的人得為了工作而分離一段時間所致。

當臥房的床劇烈晃動的時候，房間的一角，金派正趴在狗床裡，把臉靠在前腿上，睡得很安穩，不過耳朵卻依然豎立著，彷彿隨時都在保持警覺，守護兩位主人的安危。

誰都不能傷害牠的主人，只有像這樣互相「傷害」，牠才會允許。

＊＊＊

「吼！無聊死了！」

「講這種話不禮貌喔，Graph先生。」

「哎喲，Kaew嬸，我就很無聊嘛，哪裡都不能去。」

「可以看書呀，下個禮拜不是要期末考了嗎？」

Graph不由得皺起臉來，因為他坐著打遊戲覺得無聊，看漫畫覺得無聊，和朋友聊天覺得無聊，就連逗弄金派，牠也投以無趣的眼神，所以他只好無比煩悶地咒罵出聲，結果讓正好端點心過來給他的Kaew嬸擺出了嚴肅的面孔，語氣強硬地提出糾正。

當然，調皮的孩子立刻向對方示好。

可以這麼說，Graph能和爸爸爭辯、能和媽媽吵架，但就是無法跟Kaew嬸爭論，他能直白地表示很愛這個老人家，就和Win哥沒什麼不同。

女管家正忙著將遊戲機收拾歸位，接著轉過頭來露出一抹淡笑。

「Pakin先生去南部也才過了三天。」

「我才沒在想Pakin哥呢。」Graph立刻抱住彎起的膝蓋，對於那個要他打電話過去的人，他並沒有什麼委屈、思念或者是存有什麼狗屁情緒，不過很可惡的是，每回只講兩句話就得掛電話了，他真的什麼狗屁都感覺不到！

「那就看書啊，小Janjao不是還特地過來幫你複習嗎？」

Janjao昨天跑來找他，並且搬了一堆跟狗屋一樣高的講義過來，然後將課業資料全部強行塞進他的腦中。坦白說，他差點被弄死。正當他想開溜的時候，Janjao就和Kaew嬸聯手出招，阻斷了他所有的去路。

所以……今天不想再學這些鬼東西了，頭好痛！

不聽話的少年這麼告訴自己，並瞄了一眼桌上另一份所有科目的總結資料。他也是會感到愧疚的，好友特地蹺掉補習班的課來幫他惡補，就因為擔心他會一再考不及格，可要是一口氣學得太多，以前經常蹺課的他大腦也會受不了。

「我已經看很多書了，Kaew嬸。」然而，倔強的態度解決不了任何事，少年於是學會了以撒嬌的方式對Kaew嬸柔聲說話。

「所以你今天玩遊戲，我才沒說你什麼呀。」

女管家忍住笑意，因為這個任性妄為的孩子無法辯駁，只能在遊戲機和她之間看來看去，然後躺倒在沙發上，表示自己認輸了，不再頂嘴。其實她也想讓Graph先生在學習上更認真一些，可一回想起昨天……其實這孩子也真的已經非常努力了。

Graph先生或許會說讀書很無聊，不想再看書了，可是她昨天聽見他脫口對那個女孩說——

『如果拿到好成績，Pakin哥或許會誇獎我。』

這或許是他後來認真讀書的原因，而今天⋯⋯確實是有些情緒低落。

看樣子是在等Pakin先生的電話。

「那麼Graph先生不約Win先生一起出去外面走走嗎？」

「Win哥回來了嗎？」

「有人說是早上回來的，現在應該快醒來了。」

Graph的眼睛隨即亮了起來，轉頭去看時鐘，發現已經過了中午，於是迅速起身，急急忙忙地轉頭告訴女管家：「那我去叫Win哥起床喔。」

在那之後，這個情緒低落的少年像是找到了朋友，飛快地衝上了二樓，看得女管家不禁輕聲笑了出來。

這樣才像個十七歲的孩子嘛。

Win哥說要教我怎麼打扮。

Graph不認為自己的打扮有多糟，但他還只是個高中生，不過是把名牌衣服拿出來混搭就可以直接出門了，然而這與Win哥有著雲泥之別。Win哥就算穿著普通的衣服走在街上，還是會有人回頭看，所以他曾經問過對方，為什麼不去當演員？明明就有工作邀約。

對方當下則明確地回答道：『懶得塑造形象。』

清晰明瞭又直擊要點，不愧是Pakin先生的表弟。

叩叩叩。

咯吱——

「Win哥，醒了沒？」

Graph先敲了敲門，而後才開了一小道門縫走進去。厚重的窗簾依舊是拉上的，阻絕了明亮的光線，使得整間房陷入黑暗之中，他只看到一個模糊的身影正躺在大床的中央。Graph走上前去，先查看對方是否正在熟睡，因為他沒壞到把一個非常疲憊的人叫醒。

「Win哥。」Graph走過去靠在大床邊，視線聚焦在床上，接著發現對方依舊未醒。

「Win哥，已經中午了。」

「嗯，是Graph……嗎？」

「嗯，是我。」

當他再次呼喚，那個側躺著、將臉埋在枕頭上的人，這時發出了沙啞的呻吟聲……性感極了。

平常的Win哥就性感得令人窒息了，但像這樣剛醒過來，發出的聲音低沉且沙啞，但沒有發出恐怖的哈欠聲，Graph感到異樣的心癢，特別是當他的眼睛逐漸適應黑暗，這才發現對方是光著身體睡覺，兩頰因而微微泛紅。

說真的，就算有男人說自己多Man、多直，一旦見到了Win哥現在的模樣，肯定也會暗自心動的。

這個男人緩緩撐起身體，長到脖子的頭髮有些凌亂，朱唇微啟，極度迷人的臉蛋微微睜開眼，接著招手呼喚他。

「拉我一下。」

Graph隨即像個聽從大人指示的孩子一樣，伸出手打算把男模從床上拉起，然而……。

咻。

咚！

「啊！！！Win哥你在搞什麼啦！！！」Graph不由得放

聲大叫，因為他非但沒有將男模拉起來，反而被對方拉下去倒在床上。而當他一回神，睜開眼，不禁睜大了眼睛。

Win哥也太色情了！

對方翻身跨坐在他身上，棉被因而滑落到膝蓋處，露出了一絲不掛的身軀。雖然整個房間一片黑暗，但眼睛適應了的Graph還是看得一清二楚，臉頰頓時一陣酡紅，他將臉別開，盡量不往下看，因為就像先前所講的那樣，Win哥平常就十分迷人了，現在這副模樣……誰還把持得住？

「哥……哥想幹嘛？」

Graph語氣強硬道，可是聲音卻在顫抖，使得才剛醒來的那個人微微一笑。

「不是要叫醒我嗎？請用更進階一點的方式叫醒我。」

「喂！」

Graph不禁又睜大了眼睛，因為對方那張好看的臉蛋忽地迎上來，與他僅隔著呼吸的距離，那雙充滿誘惑的雙眸掃過他整張臉，使他的臉頰變得滾燙，再加上纖細的身軀正朝他靠上來，那天對方幫他**「清洗」**的畫面一瞬間鑽進了腦海中。

「Win……Win哥，我不玩了，我真的會推開你喔。」

「模特兒的身體是重要的商品。好啊，你推啊，如果害我沒辦法工作，我就把過錯算在Graph頭上。」

於是Graph只好一動也不動地待著。

畢竟Graph都無法應付Pakin哥了，那麼Pawit……就更難對付了。

Pawit故意以鼻尖輕輕滑過Graph潔白的臉頰，再往下移到脖頸。Graph渾身一震，準備推開對方的手卻不由得緊握住對方的肩頭，而且還不停地顫抖。溫熱的鼻息正緩緩地撩撥他，此外，Pawit光滑的纖纖玉手也在他的臀部附近挑逗。

啾。

「你的脖子看起來很好咬。」

「Win⋯⋯Win哥，我真的不跟你玩了啦！」Graph的語氣變得更加強硬，接著猛地倒抽了一口氣，因為Win哥⋯⋯已經在吸吮他的脖子了。

不只是吸而已，對方又吸又舔，甚至還用力抿嘴，搞得他的身體不由自主地顫慄。可是少年仍察覺到了異常，他將手滑到了男模柔軟的頭髮上。

「Win哥，昨晚發生什麼事了嗎？」

相處過一段時間，Graph慢慢能摸清對方的情緒了，若是被對方狠狠地捉弄，表示Win哥的情緒不是很穩定。

「⋯⋯」

這個問題讓Pawit從他的脖頸上移開，抬起臉部注視著他的眼睛，然後朝他笑了笑。

如果告訴Graph，昨晚有人說他是濫交的男模，Graph會做出什麼表情呢？

然而，Pawit僅緩慢地搖了搖頭，就像什麼事也沒發生一樣，因為他也很氣自己被人那樣子羞辱之後，竟然拿這孩子出氣。他想向別人證明，就算不是心愛的人也能一起睡，而Graph只是剛好在他情緒不穩定的時候闖進來罷了，其實若停下來想一想⋯⋯。

其實他就只是遷⋯⋯遷怒這個被自己當作弟弟的人，遷怒這個能跟心愛之人上床的孩子。

咻。

一想到這裡，Pawit重新躺回到床上，長長地嘆了一口氣。

他告訴過表哥，別把Graph逼迫到變得像他一樣，結果自己一生起氣來，卻做出這樣的事情。他知道這孩子不敢反抗，因為怕他生氣，害怕被他拋棄，因此，他該停手了，就讓Graph做自己，做回到身心都屬於他哥哥的那個Graph就好了。

「唉，一點都不好玩……幫我打開窗簾吧。」

「開這種玩笑一點都不好笑啊，哥，我不喜歡。」

Graph也立刻從床上起身，語氣嚴肅道。他伸手緊握住自己的脖子，坦白說有一瞬間是真的感到一陣酥麻，他隨即怒瞪著這位哥哥，被瞪的人不禁笑了起來。

「不好笑就不好笑，幫我拉一下窗簾。」

「好啦、好啦。Win哥要跟我一起出去買東西嗎？」

Graph邊說邊走過去拉開窗簾，讓明亮的陽光灑進房間內，使得剛醒來的人微微皺眉。

「是可以啦，但是要先讓我洗個澡。」

「那我去樓下等喔。」一直盯著Win哥的裸體不是好事，因此已經把窗簾拉開的Graph快步走出了房間，感覺就快要心臟病發了。他忍不住暗自慶幸，這樣的人是屋主的親戚，不然的話……他肯定又會變回那個忌妒到無理取鬧的蠢孩子。

鈴～～～

接著，Graph那張無奈的臉頓時喜笑顏開，因為他聽見了手機鈴聲。

「Pakin哥！」他不用看螢幕也知道是誰打來的。

「你在家嗎？」

「在家，哥，怎樣嗎？」Graph積極地應答道，接著正準備問對方何時回來，若不是因為……。

「很好，你幫我去一趟車庫那邊，帶著赫尼西(註)的鑰匙一起過去，我應該把文件忘在車前座了，幫我看看有沒有。」

所以打電話來就只為工作的事嗎？

Graph極厭煩地翻了個白眼，嘴唇微動嘟囔，但不想大聲抱怨，免得被罵，雙腳接著邁向掛了一整排鑰匙的地方。多少記得對方心愛的車子是哪一輛，他一把抓起了鑰匙，接著走捷徑前往位在豪宅另一邊、可以稱得上是小型展示廳的車庫，金派也從自己幫園丁挖的洞旁跟著一起跑了過來。

「等一下喔，哥，我正要走去車庫。」

「嗯，那最近過得怎樣？」

在走路的過程中，有人還算有良心地詢問，使得很想聊天的少年立刻講了出來。

「我快被弄死了，被人強迫看書準備考試，學期就快要結束了，Janjao每天都對我劈里啪啦講個沒完，昨天也跑來幫我補習，看書看得頭都痛了，Kaew嬸剛才又讓我讀書，所以我就找Win哥出去，回來再讀也可以，書又不會自己跑掉……到了，哥的文件長什麼樣子？」

「放在棕色的資料袋裡，如果打開來有看到，就是那份了。」

Graph並沒有注意到對方的語氣是否變得比較嚴肅，他僅解開了價值好幾千萬的Venom GT款赫尼西跑車的車鎖，然後鑽進去找那份文件。

「汪！」

「啊，金派，安靜，我在找東西……找到了，哥，棕色的資料袋！」

（註）赫尼西：Hennessey跑車廠牌的音譯。

啪嗒。

拿起資料袋的Graph，下一秒卻不慎讓它脫手掉了下去，因為當他抬起頭之後發現……那隻惡面狗從另一邊的窗戶冒出臉來，這表示牠那兩隻長著指甲的前腳已經整個趴在車門上了，而且看起來不只是這樣，牠還伸出了爪子，然後……。

嘎吱————

尚未修剪的指甲在車門上摩擦發出了刺耳的聲音，Graph不由得張大了嘴巴，再次在心中對著自己反覆確認。

這輛車……是Pakin哥的最愛。

「怎麼了？」

「沒……沒有！」

Graph差點就為了自己忍不住提高的音量打自己的嘴，可對方似乎很著急，因為說話的語速飛快。

「幫我收在房間裡，我明天回曼谷，晚上見。」

在那之後，電話另一端就切斷通話了，只剩下一臉想哭的少年，他怒瞪著那隻「升級版」的、極致頑劣的金派，他這不是自找麻煩嘛！

這下我一定會被擰斷脖子的！

國家圖書館出版品預行編目(CIP)資料

Try me執拗迷愛/Mame著；胡矇譯. -- 初版. --
臺北市：臺灣東販股份有限公司, 2025.04-
1冊；14.7x21公分
譯自：Try Me：Stubborn Wild (Pakin-Graph)
ISBN 978-626-379-826-7(第3冊：平裝). --

868.257 114002001

Try Me 執拗迷愛 3

2025年4月1日初版第一刷發行

作　　者　MAME
譯　　者　胡矇
插　　畫　HT
編　　輯　魏紫庭
美術編輯　許麗文
特約編輯　何文君
發 行 人　若森稔雄
發 行 所　台灣東販股份有限公司
＜地址＞台北市南京東路4段130號2F-1
＜電話＞(02)2577-8878
＜傳真＞(02)2577-8896
＜網址＞https://www.tohan.com.tw
郵撥帳號　1405049-4
法律顧問　蕭雄淋律師
總 經 銷　聯合發行股份有限公司
＜電話＞(02)2917-8022